活　　着

干的就是

这一件

事　　儿

五虎匠

WU
HU
JIANG

杨明远 著

山东文艺出版社

目录

1	楔子	
5	壹	贡品扒鸡
35	贰	活着干死了算
58	叁	收获的不只是金银
76	肆	独眼匠人
96	伍	用心不用手
120	陆	传说中的疯子
139	柒	因为爱所以不朽
158	捌	英雄本色
179	玖	莫欺少年穷
199	拾	节外生枝
217	拾壹	千味之王
238	拾贰	不疯魔不成活
259	拾叁	蜜姻缘
286	拾肆	高傲的存在
311	拾伍	我本善良
334	附录	主要人物信息一览表

楔　子

　　巳时三刻，隗轩阁广场的钟声响彻云霄，接下来隗家庄的钱保长、吕警长就《济南开埠管理条例》进行了宣讲。聚集在广场的百姓似乎并不关心，对于这新的时代、新的潮声，虽不怀疑，却有着隐忧。洋鬼子进城做买卖有啥好？难道天上能掉下馅饼来？

　　比邻广场的大街，一处安静的角落，有个手艺人坐在杌扎子上，低头蹙眉，翻看着手中的蓝布夹子。夹子由多层麻纸裱糊，看上去是有年头的玩意儿，不承想他翻到其中一页，竟发起了呆。

　　隗寿山瞪大眼睛，惊喜异常。

　　只见夹页中现出五个小彩人，分明是栩栩如生的三国五虎将：粗犷勇猛黑脸大眼的张飞，威风凛凛浓眉大眼的赵子龙……

手艺人抬起头。

这是一位笑容可掬、身材瘦削、肤色黝黑的中年男人,四十岁上下年纪,着紫色长衫。

隗寿山愣住了,眼前的手艺人只有左眼放光,右眼眼球则被厚厚的翳肉覆盖,瞳孔已经不见。

"怎么,小老弟识得此物?"

隗寿山问道:"先生是唱皮影戏的吧?"

"知道这个行当?"

"听家父说起过,他在滦县看过演出。"

"后天戌时就在这里打通儿,到时来看。"

"演哪出?"

"《三国五虎》。"手艺人指了指夹页中的五个皮影人,"为啥喜欢他们?"手艺人面带微笑问道。

"忠、孝、勇、慧、毅。"

"讲得好,人是要有点儿精神。咱孙家皮影的《五虎将》有多个版本,《三国》《水浒》《隋唐》《狄青》,还有《大明英烈》。想看《白蛇传》《牛郎织女》,也能演。"

"太好了,可以大饱眼福了。"隗寿山高兴道。

"不过,我喜欢五虎将是因为他们既是英雄也是匠人。"

"先生,这话怎讲?"

手艺人笑而不答。

隗寿山又问道:"先生刚来隗家庄不久吧?"

"来了五天喽,正准备开张。小老弟是本地人?"

"隗家扒鸡是俺爹开的。"

"每次路过还真就犯馋。"

"吃过？"

"香，十几里外都能闻到香味儿。不过……"

"不过什么？"

"只买过鸡血，鸡肉没尝过。"手艺人尴尬地说。

"敢问先生大名？"

"孙志彬，孙大圣的孙，志向的志，彬彬有礼的彬。"

"俺叫隗寿山，后天俺与爹一起来看你的戏，捎只扒鸡给你尝尝。"

"那就谢谢啦。"

隗寿山后来得知，孙志彬十九岁时，一位河南艺人鹿清江到他平阴老家表演皮影戏。狭小的戏园人满为患，白色幕布成为焦点，闪烁的油灯发出的光亮将皮影人映射其上，热闹的剧情、奇特的台词、诙谐的包袱深深吸引了孙志彬。

一场《三国五虎》落幕后，有人悄悄偷走了"关二爷"皮影人，这下可急坏了鹿清江。民间把皮影人、演出器具都看作是"圣物"。"关二爷"失窃更让人觉得这蟊贼胆大妄为、不可饶恕。

想不到蟊贼竟是县城有名的瘪三吕七，在一次醉酒显摆时，掏出了被盗的"关二爷"，但见皮影人凤眉蚕目威武雄健，五绺长髯尽显英姿，恰被孙志彬撞个正着。他火速通知鹿清江，人赃俱获。就是这一缘分，使二人结为师徒。

自此，孙志彬白天练功，晚上给师父打下手，有时也配音。河南的皮影配着山东梆子腔,唱得洒脱豪放,韵味十足,观众们喜欢,孙志彬就一场接一场地配合演出。

孤身一人的鹿清江已是风烛残年,两年后去世,孙志彬继承了衣钵,就在平阴一带演出。眼下,定居在隗家庄。

壹 | 贡品扒鸡

自去年"黄土垫道,净水泼街",光绪皇帝风风光光前往木兰围场狩猎以来,京城再没下过雪。这天,纷纷扬扬的雪花竟从天而降,满城银装一片。负责太后御膳房的总管太监康宝辉此刻正在自己的书房里会客。他四十多岁的年纪,棱角分明的脸庞俊美异常,轻挑的眉角有些放荡不羁,眼神中流露出的目光透着干练。

"总管大人,俺娘的病多亏您找御医给开了方子,否则后果不堪设想。一点心意,还请大人收下。"

说着,肥头大耳的客人从怀中掏出一个小物件,那是块崇祯年间的御制天鸡尊形玉佩。康宝辉看着眼前来自山东临城老家的吴正满脸诚挚,便笑眯眯地接过,拿在手里把玩着。

"都说这神鸟有吉祥之意,收了。"忽而脸色变得凝重,接着道，"从小我在村子里就不受人待见，那年冬天若不是你娘偷偷给了我一口饼子，我早见阎王了。等她的病全好了，我要亲自探望。"

"总管大人，要说这些年，您可是给咱临城帮了大忙，凡是您入股的丝厂、鞋行、竹器行，那在当地可都是响当当的商号，要说日进斗金也不含糊。"

康宝辉面色一沉："我当你是自己人，在外面可不能信口胡说。"

"知道，知道，大人放心。"

"你的郁香斋经营得怎样？"

"去年开业那阵子还说得过去，可不知怎的回头客越来越少。有些人让人从济南捎什么隗家扒鸡，一次还五只八只地买。我就纳闷了，它的味道能好到哪里？这次来，还请大人给出出主意，再这样萧条下去，可就撑不住喽！"

康宝辉端详着手中的天鸡玉佩，来回踱着步，思忖道："任何散落民间的东西都是皇宫出品的好，玉石也罢，扒鸡也罢，这吃的喝的用的穿的都一样。我倒有一个法子，知道烛夜坊吗？"

"久闻大名。"

"烛夜坊的掌柜严怀德是一个只顾低头拉车不知抬头看路的主儿，就让他给咱出一把子力。"

泉城济南，礼和洋行在高都司巷开业后不久的一天。

正午时分，隗寿山自临城回到家，就见泉城老饕高裕斗与师父虎泉生一前一后走进宅院。

"爹,看谁来了!"隗寿山冲屋里喊道。

"那个啥,高兄、虎兄,有失远迎,快屋里请。"仁爷迎了出来。

圆圆的脸膛、肉嘟嘟的鼻子、宛如蒲扇的双耳,和蔼可亲的鲁菜大师虎泉生持着胡须恣个挠地看着仁爷:"馋你的扒鸡喽,哈哈。"

仁爷把两位老哥让到屋里,将亲手泡制的莲心茶斟上,茶香袅袅、氤氲缭绕。高裕斗乘兴说道:"从莲心树上摘下一抹春日的新鲜,倒入热锅里,'撩、抖、搭、揭、捺、抓、甩、扣、推、磨',褪却青气,翠绿变黛绿,一壶冲泡,如同美人蕴香,流年岁月都值了。"

六十岁的高裕斗瘦长脸,文质彬彬,鼻梁上架着一副圆框的金丝边眼镜,因对鲁菜有着丰富的品评经验并著有《齐鲁食经》,被坊间称为"泉城老饕"。

"裕斗兄出口即文章,佩服佩服。"虎泉生由衷说道。

"高兄撰写的《齐鲁食经》俺是日日研读。那个啥,请二位移步餐厅,咱们边吃边聊。"

"仁爷净磕碜我,只是逛了些个地方,尝了几道特色菜,动动脑子善于总结罢了,哪有你这扒鸡高手了得。"高裕斗笑道。

隗家餐厅十分敞亮,屋子中间的圆桌漆黑发亮,精致的餐具十分洁净,很难看出这是一个没有女主人的家。此时,仁爷从九华楼亲点的鲁菜早已上桌,香气四溢。

"寿山哪，还不倒酒？"

隗寿山答应了一声，把仁爷珍藏多年的徐郡德义槽坊高粱烧给客人满上。

"高叔、虎叔，这是刚从临城买回的郁香斋扒鸡，您二位尝尝。"

"这，这就是？"高裕斗转向仁爷。

仁爷点点头。

虎泉生一脸疑惑。

隗寿山将手中的纸包放到圆桌上，麻利地打开油纸，一眼望去，这扒鸡呈金黄色，微显嫩红，晶莹鲜艳，令人赏心悦目，闻之醇香扑鼻。

"泉生兄有所不知，上个月，京城御膳房康总管来到仁爷铺子里，说是奉老佛爷之命到山东寻访贡品扒鸡。太后今年七十一了，身子骨大不如前，这牙口、胃口都不好，点名想吃山东本土产的扒鸡。康总管打听到济南最好吃的扒鸡就是'隗家'，自然找上门来。"高裕斗说道。

虎泉生捋着胡须露出一副自得的神情说道："侬仁爷的手艺，这贡品扒鸡没跑啊！"

高裕斗叹了口气说："错喽，隗家扒鸡败给了临城郁香斋。"

"那个啥，这不俺让寿山买来了郁香斋，咱们一起尝尝，看看到底好吃在哪儿？"仁爷说。

高裕斗夹了一块鸡脯肉放在口中咀嚼着，两眼放光，忘情说道："五香脱骨，柔嫩味纯，咸中不失鲜的精髓，软嫩似有余香相伴，看这色泽金黄，火候拿捏得恰到好处。"

虎泉生仔细品尝着："这扒鸡调得好味，配料至少十五味以上，层次分明、香韵醇厚，这八角、丁香、肉桂的头香果然勾魂。"

"那个啥，再尝尝咱这扒鸡。"

虎泉生夹起一块鸡翅："鲜嫩酥烂，润滑无比，较之郁香斋在味道上不够浓郁，肉质上也差几许。"

高裕斗点头称是。

仁爷叹了口气："想我隗自仁创立隗家扒鸡三十多年，自信没有对手。那个啥，这次失手，果然'天外有天，人外有人'。"仁爷不觉夹起一块郁香斋，入口时吃了一惊，味道果然不俗。

高裕斗为了缓和窘境，忙问道："烛花呢？"

"在店里忙活呢，世季接了宫里的大活儿。"

"叫我说你也该成个家了，济梅患怪病走了这么多年，也算对得起她了，别总是想不开。"

"没啥，咱济南人就是'起脚包子落脚面，要是错了人家怨'，这不通情理的事儿俺做了也不是一桩两桩喽。济梅活着的时候就说，俺应该娶个杀鸡的，天天给俺打下手。她说俺心里总是想着扒鸡，装着她的心能有扒鸡的十分之一就不错。现在后悔喽！"

"依我看哪，这次贡品扒鸡的失利在于原料与老汤，鸡种可以再寻，这老汤可就不好对付喽。"虎泉生宽慰道。

仁爷思忖着，嘴上喃喃道："那个啥，俺觉得扒鸡口味纯正是第一位的,毕竟是鲁菜代表,这老汤,老汤……"

隗寿山起身倒酒,他明白只要是跟扒鸡的制作技艺有关,爹心里就没认过怂。

高裕斗接过话头:"不错,咱中国有'南甜北咸,东辣西酸'之说,鲁菜讲究个'和'字,中庸之道,敦厚平和。"

"来,干一杯!"仁爷提议道。

大家一饮而尽。

"从明代起,山东厨师就进了御膳房,齐鲁酥鱼、清炖肥鸭、火腿蒸白菜,还有这扒鸡都是太后爱吃的。"虎泉生说道。

在一旁伺候的隗寿山此时陷入沉思,忘记了给两位长辈满酒。

打小,隗寿山记忆里始终有鸡,成群的活鸡、成锅的扒鸡,家院里的大灶整日冒着烟,熏黑了的墙壁上被调皮的他画得圈圈点点。每当拾起五颜六色的鸡毛,总会对着阳光眯起眼睛,那色彩很容易令人产生美好的向往,斑斓、闪亮。

浓郁宜人的扒鸡香味儿,满院飘香,经常使他垂涎欲滴。两个长工在爹的带领下里外忙碌的身影无休无止,就这样陪伴着他的成长,从未停歇。

从那时起,隗寿山常常跟在爹身后忙活,拔鸡毛、打鸡蛋、开鸡膛、去鸡杂……

爹说过,扒鸡最初是人们祭祀时为家族尊贵的大人物准备的,有着大吉大利的寓意。"无鸡不成宴,无鸡不成席,无鸡不成欢",扒鸡在宴席上绝对是"大件儿"。

坐落在麟翔街的隗家扒鸡铺所烧制的五香脱骨扒鸡，乃当地名吃。因老板隗自仁为人和善、有头脑有远见，对烛花和寿山两个孩子要求甚严，在生意上真材实料、童叟无欺，还乐善好施，经常接济街坊四邻，庄里的百姓都称之为"仁爷"。

隗家庄，一个极富传奇色彩的地方。

清道光年间，济南府长清柳家庄一带一片泽国，庄内隗姓老少背井离乡，经过一天跋涉来到古历城西郊荒野。这里曾是济南府最大的乱葬岗，灾民搭棚垒屋住了下来，一个紧挨府城的崭新村落逐渐形成。人们劳作之余，休憩其间，夜间仰望星空，心底涌出的是秦琼和李清照的传奇故事，脑海里幻想的是二郎担山、大禹降龙、仙锁历山、郎公讲经和方圆数里的春华秋实。

人们把汲水的木桶伸向地下，才发现不管自哪里打井，都能不偏不倚地贯通墓室，陶罐、瓷盘、瓷壶、铜镜，还有刀剑被没完没了地吊出井穴，仿佛井口下就是博物馆，这些古物与累累白骨一样受到人们的敬畏与忌恶，大家捣碎它们，重新掩埋，弄得残砖断瓦遍地，耕地亦为之粗粝。

济南商埠一开，隗家庄彰显出古城多彩的一面，一条条街巷，一片片建筑颇具格调。香料商行挤着爱美的大闺女；点心铺里走出挎篮提盒的老夫妻；小脚老太颤巍巍地拎着酱菜，眼睛眯成了一条缝，卖武的、算命的、捏面人的、要饭的，大街上七红八绿的行人各怀心事行走在阳光与阴影里，或华丽或卑微。

庄里的达官贵人、商贾士绅，要么亲自要么派人前来铺子购买扒鸡，而一些穿戴普通，甚至破衣烂衫的平头百姓只能远远瞧着。一只只散发着香味的扒鸡出炉，再流水般涌入显赫门庭。

扒鸡价格昂贵，百姓们自是不敢问津。

"俺的心愿就是把最好吃的扒鸡让天下人都能吃到。"

仁爷的宏愿，儿子深以为然。

隗寿山建议把一只鸡分成"左翅、右翅、左腿、右腿、龙头凤尾"来卖，这样可以满足一些小户人家为老人或病人买扒鸡吃的愿望。

仁爷高兴，说儿子长大了，能帮衬老子了。他又加工出鸡爪、鸡胗、鸡肝、鸡血，同样物美价廉，卖给那些不趁钱的百姓，一份才五角钱。

念中学的隗寿山酷爱读书，天资聪慧，一直盼着爹将这门扒鸡手艺传给他，却迟迟未见动静。待到毕业，爹为他请来了聚丰楼主厨虎泉生给他当师父，聚丰楼不得了，那是与仙得楼、九华楼、汇泉楼齐名的鲁菜大饭庄。虎泉生，精于炝、爆、酱、熘，擅长香料调味，有着"千味之王"的美誉。

隗寿山纳了闷，爹是咋想的？

"扒鸡铺掌柜就是无根的蓬草，再折腾也就混碗饭吃，大厨不一样，更何况是知名饭庄，发达了准能光宗耀祖。你虎叔可是个人物，他的本事够你学一辈子。"爹解释道。

儿子心里嘀咕："也罢，艺多不压身，铺子早晚是我的。"

可仁爷就没打算让儿子继承隗家扒鸡，闺女烛花早就被打发到文谦旗袍店当了一名裁缝。这葫芦里卖的什么药，儿子算是猜不出来了。

二十出头的隗寿山，一米八的个头，国字脸，颧骨突出，浓眉大眼，对襟白色小褂外面罩着蓝色长衫，收口黑色灯笼裤透着干练，眉间的一颗黑痣让人过目难忘，眼下正独自穿过隗家庄大街。

大街路北是美达香料商行、老王家酱菜铺、卢家熏鱼铺，路南为半菊堂中药店、茂祥点心铺、李家裁缝铺。隗寿山看着街道上熙熙攘攘的人群，眉头微蹙，略有所思，他不住地将目光停留在贩卖活鸡的摊位上，仔细打量着活蹦乱跳的禽物。

"啄它，啄死它。"

"杠赛来，你倒是别磨蹭啊，赶紧咬啊！"

"紫红阎王你别恣儿，有你好受的时候。"

"叨它，叨它！"

隗寿山随着人流，向着呐喊声靠近。但见围观者挨肩叠背，"扑棱棱"潮水般拥挤在斗场；叫嚣声此起彼伏，"轰隆隆"人声鼎沸炸开了锅；目及处鸡毛飞舞，扬尘一片，"刺啦啦"腾挪闪跃，斗鸡场成了生死场。

他举目望去，就在茂祥点心铺旁有一个用竹栅围成的直径五六米的斗场，中央一米多高的台子上，两只斗鸡正在搏杀。他眉头一展，紧走了几步，汇入这里三层外三层的人海中。

两只鸡互有伤势，血道子挡不住啄红的双眼，破口子遮不住坚硬的利爪。黑白魔头傲视着紫红阎王一动不动，突然昂首大啸,翅膀如排山倒海般拍打着。

"叨死它,叨死它!"隗寿山身旁的中年男人捋着髭髯,青筋暴露,两眼突起,齿如齐贝,大声咋呼着,恨不得替场上的黑白魔头咬上那紫红阎王几口。

紫红阎王瞅了个机会,猛然纵身,以迅雷不及掩耳之势强行啄向黑白魔头的脖颈,大有一剑封喉之势。

黑白魔头舞动身形,以退为进,两鸡出现了对峙,但见黑白魔头身上的羽毛已被啄得成片掉落,血红的肉色像渗血一般。时间不出十分之一秒,紫红阎王再次发动攻势,人们不禁为黑白魔头捏了把汗。

隗寿山看到群情激动,不觉已是血脉偾张,跟着鼓起掌来。

"今天这黑白魔头杠秋米来,倒是上去叨啊!"有人埋怨道。

"你懂个屁呀,这黑白魔头憋着劲儿来,那阎王恣儿不了一霎儿啦。"

紫红阎王的主人是来自梁山的驴三,他大喝一声让紫红阎王使出撒手锏,但见紫红阎王颈毛倒立,凶光乍现,纵身腾空而起,如苍鹰捕蛇般向黑白魔头扑去。此役,黑白魔头竟然被啄瞎了一只眼,虽然已身负重伤、血肉模糊,但它绝不后退,似乎等待着主人的最后号令。

终于,黑白魔头的主人茄二吹了一声响亮的呼哨。但见这茄二尖嘴猴腮,身形瘦小,藏青色的对襟马褂倒也显出几分大清遗少的风采。隗寿山认得,那是庄里有名的泼皮破落户。

黑白魔头瞬间领命，大有同归于尽般的豪情，厮杀空前惨烈，一时间扬尘和着羽毛的风阵刮得天昏地暗，不一刻，黑白魔头便占了上风。

隗寿山仔细盯着黑白魔头，这是一只汶上产的芦花鸡，黑白相间的羽毛，充满血色的鸡冠，长长尖利的嘴壳，粗壮结实的双腿。比那紫红阎王的中原斗鸡，从体格上略胜一筹，隗寿山暗自点了点头。

又一声呼哨响起，魔头毫无收兵之势，拼命追杀，此时阎王失去了斗志，毫无还手之力，任凭叨打，倒地不起。

围观人群兴奋到了顶点。

"黑白魔头赢喽！"

"尔利，太尔利啊！"

"走，喝两盅去。"

一时间，众人退潮般散去，只剩下隗寿山孤零零地站在原地，脑海里浮现的依然是鸡，羽毛、鸡冠、嘴壳、双腿，还有那紧绷强健的肉身。

隗寿山挪开步，向家的方向走去。

麟翔街，百余米长的小巷，流露着纯朴幽静的气息，盛产融入这座古城骨髓里的甜沫、油旋、长清大素包、扒鸡、烤地瓜等特色名吃，是一条地道美食街。

当晚，隗寿山来到爹的卧室。

仁爷正吧嗒吧嗒地抽着白银烟袋锅，刚想说话，女儿烛花走了进来。

烛花的出现着实让爷儿俩高兴。

原来，这段时日，烛花所在的文谦旗袍店接了一批大活儿。芙蓉街的这家店在济南赫赫有名，有道是"门前圣水芙蓉泉，旗袍世家数百年"。

老字号文谦制作的缂丝旗袍是绝活儿。眼下，宫里尚衣监专门派官人前来驻点，盯着完成这批二十件大红缂丝八团金龙单袍。为了及时交付，所有店员全都吃住在店里，裁缝出身的烛花刺得一手好绣。

"爹，我回来了。"低低的声音出口。烛花五官精致，眉清目秀，一张鹅蛋脸给人感觉十分舒适。

"这得快半个月没回家了，忙活完了？"

"忙完了，爹。"烛花眉目低垂，立在一边不再言语。

仁爷知道女儿的秉性，平日里不爱说话，没觉得啥，倒是隗寿山问了一句："姐，是不是身体有些不舒服，你的脸色不太好。"

"嗯，是有些。没事儿我去歇息了。"

"那个啥，赶紧去歇着吧。"

房间里剩下爷儿俩。

仁爷将白银烟袋放到桌上，倒背双手，踱起步来。

隗寿山取来茶壶，倒上两杯莲心茶坐下。

仁爷的卧室干净整洁，庞大的床榻几乎占据了一半空间，雅致的帐幔始终散发着一种女主人尚在的气息；火焰燃烧在烛台的上方，制造出闪烁不定的影子；滴漏与线香就陈设在床榻一旁的书桌上。

屋里悬挂着一幅《庖厨图》，是由济宁汉墓出土的画像石拓片装裱而成，画面展现的是繁忙的厨房光景。此刻，正是父子二人目及之处。

"爹，这几天我一直琢磨，咱隗家扒鸡到底输在了哪儿？按虎叔的说法，是原料与老汤。"

仁爷拿起白银烟袋吧嗒吧嗒猛吸了几口，皱眉说道："那个啥，你继续说。"

"今天看了场斗鸡比赛，发现这斗鸡善跑善斗，肉质几乎没有脂肪，一定比普通鸡肉更紧致更筋道。如果爹当时考虑用斗鸡做扒鸡原料，扒制后骨肉分离，熟烂中透着嚼劲儿，那口感一定别有滋味儿；即便老汤不占优，但在原料上咱能扳回一分。"

"要说老汤，地方铺子能做出这个味儿还真没见过，难道是宫里……不管怎样，你小子学会动脑子啦！"

"爹，这跟宫里有啥关系？"

"我也是瞎琢磨。"仁爷收住了话头。

"爹，你常说手艺人要有绝活儿，要为绝活儿努力到最后一刻，人无我有，人有我优，才能对得起赏这碗饭的祖师爷。"

"你说对了一半。"仁爷呷了一口莲心茶说道，"这幅图之所以挂在这里，是想着每次看到它都能提个醒：鲁菜文化源远流长，不能让这千年传承在咱手里断了档……"仁爷说着，微微叹了口气，似有难言之隐。

隗寿山给爹斟满莲心茶。

"这图可是宝贝，里面藏着扒鸡的秘密。"仁爷深吸了一口烟袋锅，两眼眯缝着。

隗寿山刚想接茬问为啥不让他接手隗家扒鸡，仁爷看穿了他的想法。"爹这手艺不是绝顶的，你也明白了。"仁爷双手一摊，无奈道。

隗寿山把话咽回了肚子，转口道："爹，不必在意。这事儿没那么简单。"

"煎饼再大，大不过鏊子；骡子再犟，犟不过套子。输了咱就认，可傲骨不能丢。"仁爷目光坚毅，话语脱口而出。

每逢大事，仁爷就对白银烟袋流露出深深的依赖，用手轻轻抚摸着细竹管的烟袋杆儿，烟袋锅泛着幽光，他似乎是借着光在说话。这烟袋之于仁爷仿佛就是精神层面的指引者，儿子早就看出了它的与众不同。

沉默中，烟雾缭绕，隗寿山感觉爹有心事。

次日清晨，他惦记着姐姐的身体，来到米记粥铺买早点。五香甜沫济南一绝，小米浆子和着粉条、花生、豇豆的香气，配上豆丁与菠菜，关键是那一把地道的胡椒姜粉，浓郁入喉，辣、鲜、爽，痛快淋漓。米记油旋光看制作就让人垂涎三尺：长条片剂子，花生油一涂，抹上猪油葱泥，巧手卷成螺旋状，先烙后烤，出售时摁一下油旋中间，压出个凹槽。隗寿山接过忍不住咬了一口，外皮酥脆，内瓤柔嫩，葱香透鼻。

"姐，这口儿可是你的最爱，多吃点儿。"

烛花溜着碗边儿吸溜着甜沫，既不抬头也不搭腔。隗寿山打小就很少见姐姐情绪高涨的时候，也不见怪，打了声招呼自顾离开。

烛花吃完早点，在闺房里精心捯饬了一番，今天是宫中尚衣监总管太监林志雄到店里验收旗袍的日子。一袭白洋纱旗袍，绲一道窄窄的粉红边，粉红与白，露出泉城美少女之韵。

她雇了一辆洋车，穿过紫檀巷、神堂里，来到芙蓉街。芙蓉街一向是文人墨客饮酒赋诗之地，书声琅琅，流水潺潺，垂柳依依。

文谦旗袍店的掌柜阚世季是仁爷的挚友，从小看着烛花长大。他在店内远远瞧见了烛花，眼中出现的既是"出水芙蓉"，也是"粉嫩百合"，又是"迎风蜡梅"，集百花傲蕊于一身，绝不流俗。

二十件宫廷旗袍验收十分顺利，面容姣好、身材凹凸有致的烛花末了还是被林总管瞄上了，点名要她陪着去九华楼吃夜宵。

九华楼是九转大肠的诞生地，在济南颇有名望，阚掌柜不敢怠慢，引着林总管来到县东巷北首一座大木门的宅院，推门而入。到得楼上，餐厅敞亮，铺排着九张桌子，全都坐满了客人，中年人居多，几对衣着时髦的年轻人增添了笑语。

走进包房，雅趣盎然，幽韵气派，引人注目的是墙上悬挂着的一幅用九种书法字体撰写的"九华楼"，笔酣墨饱，力透纸背。古城的夜色褪去白日的喧嚣，透出静谧之美，在烛光的映照下，烛花愈发显得娇柔沉静。

林志雄祖籍广州，四十来岁年纪，瘦削的脸庞，腰身有些弯曲，柳眉下的黑色眼眸透出几分阴柔。因祖上曾给康熙帝做过粤菜厨子，家道殷实，对粤菜自有讲究，官人们都称他"粤菜老饕"。

阚掌柜知道林志雄的名头，特意吩咐厨师将菜品做得更为精细。

烛花落座，一言不发，从旗袍斜襟处摘下黄色丝帕，拿在手中把玩。阚掌柜忙解释道："烛花姑娘是我们店的冷美人儿，不周之处，望大人海涵。"说完双手抱拳，躬身施礼。

林志雄微微一笑："阚掌柜误会了，别把咱家出来办事想成一路寻花问柳那么腌臜。听说烛花姑娘的令尊是当地扒鸡高手，这才有意约到这里切磋一番。"

烛花有些惊讶，抬头看了一眼这位"粤菜老饕"。

阚掌柜面带微笑，心想太监的心思非常人能懂，听着就是。

随着九转大肠的上桌，林志雄表现出专业："要说这道菜，咱家佩服至极，色泽鲜润，肠软而嫩，关键是酸甜苦辣咸五味俱全，没有哪道菜可以做到这一点，由此可见鲁菜的包容性。至于别的菜，咱家看不过如此。"

烛花一反常态，忽然眼睛亮了起来。

"好吃的鲁菜数不胜数，林总管眼界狭小了些。"烛花的声音如银铃般清脆。

阚掌柜见烛花主动搭腔，有些欣喜，站起身往二位的茶杯里续水，同时示意烛花给林总管满上酒。

"隗姑娘，咱家来过山东多次，在宫里对鲁菜也有了解。我觉得与粤菜比，鲁菜黑乎乎、黏糊糊、油乎乎，少了清中鲜、淡中美。"林志雄嘴角微微上翘，露出得意之色。

"黑乎乎是厨师倒酱油时手上失了准头儿，那应该叫红亮；黏糊糊是因为炖焖菜肴时，先挂浆炸，再下汤煮，处理不到位；真正的鲁菜又亮又香，是油，但不乎乎。您就看这眼前的九转大肠，盘内干干净净，不见半滴油。凡是您说的黑乎乎、黏糊糊、油乎乎的鲁菜，都是没有匠心之作。"

"好个伶牙俐齿，敬姑娘一杯。"

阚掌柜大喜，觉得烛花今天给他长了脸。

烛花大方一笑，直爽说道："我以茶代酒，先干为敬。"说罢，将莲心茶送入玉口。

"隗姑娘对厨艺的心得也是受教于令尊吧？"

烛花面色微沉："我是自学的。"

林志雄饮尽杯中酒，接着问："听说你们隗家扒鸡败给了临城郁香斋，最终落选宫中，可有此事？"

烛花稍加停顿，答道："这事儿蹊跷。"

"实不相瞒，御膳房康宝辉是咱家的老对头，几次在老佛爷面前告黑状置咱家于死地，用你们山东话说，他是一个当面拜、背后踹的主儿，贼心眼子一包。"

"难道贡品扒鸡与康总管有关？"

"他把太后哄得喜笑颜开，就是为了攒下座金山。"

烛花起身，给林志雄杯中续上茶。

"姑娘有所不知，这宫廷扒鸡的制作高手都云集在京城海淀，早时有四大名坊之说。自乾隆年间被召入京城，少说也有上百年历史，你父亲不是败给了临城郁香斋，而是败给了京城烛夜坊。"

烛花听得有些糊涂。

"这康宝辉知道太后爱吃扒鸡,为了哄太后开心,说只有山东当地产的味道才正宗,乐意下去跑一趟,寻找贡品扒鸡。其实这是一出戏,他暗地里与临城郁香斋的掌柜吴正定下攻守同盟,由烛夜坊提供制作好的扒鸡,再以郁香斋的名义卖给御膳房。你想想,太后平日里吃惯了翰音坊的扒鸡,乍一换招牌心里还真就觉得好吃,这才让他们钻了空子。要知道,按正理儿烛夜坊供应御膳房的扒鸡一只仅需一块龙洋,而打着临城郁香斋旗号的贡品扒鸡一只竟要五块龙洋。你想想这康总管从中谋利多少?"

烛花暗自心惊:"感谢林总管一番直言,让我们隗家知道了真相。"

"隗姑娘不必客气,咱家还真希望这事能捅到老佛爷那里,让康宝辉原形毕露。咱家手里就有证人,只需提供诉状,以咱家的判断,老佛爷定会安排令尊进京与烛夜坊当面比拼扒鸡技艺,即使输了也是一份荣光。"林志雄侃侃而谈,似乎早有准备。

"这事我可做不了主。"

阚掌柜赶忙起身添酒夹菜,唯恐招待不周。

仁爷得知贡品扒鸡的真相,气得把白银烟袋一甩。

"娘的,姓康的阉人一看就不是个好东西,这坏水得让他吐出来。烛花,把寿山叫来,歇着去吧。"

隗寿山见姐姐阴沉着脸就知道事情不妙。

"快去，爹在发脾气，小心说话，别呛着他。"

"知道。"

隗寿山来到卧室，见仁爷吧嗒吧嗒地抽着烟袋锅，一脸愠色。

"爹，是不是为那贡品扒鸡？咱还真不能急，宫里的事儿太复杂，不知道这林总管是否靠得住，要是给人家当枪使唤可就麻烦啦。依我看，宫里的太监都是一丘之貉。"

"你懂个啥。"

"爹，你就不能冷静一下？"隗寿山押量着说。

"明天上午去找一趟你高叔，把事儿说清楚，他有个叫小东子的远房侄子在御膳房，帮着打听打听。这事儿宁可信其有不可信其无，俺这就写状子，怎么着也得见识见识这烛夜坊。"

隗寿山只得点头，爹定下来的事八匹马也拉不回来。

三天后，宫里传来消息：林总管与康总管是死对头，康总管确为贪财之辈，但私下倒活儿没有真凭实据。总之，不便掺和。

仁爷拿着诉状不知如何是好。

"爹，既然林总管说手里有证人，你不妨先写封信探探他的反应。依儿之见，千万不能把状子盲目给他，御膳房与尚衣监哪个咱也得罪不起。"

仁爷没有更好的办法，只得应允。

隗寿山背着爹私下将书信藏匿起来。

仁爷左等右等迟迟未见答复，不承想儿子却生了一场大病。

隗寿山的身体没有任何迹象，忽然变得孱弱，烛花说他就像灵气一下子被吸光了一样，突然间成了"一只关在笼子里被吓坏了的鸡"，脸色惨白，无精打采，一天到晚只能躺在床上，日渐消瘦。

仁爷陪着儿子看遍了济南最好的医生。有一阵子还到一个叫保罗的美国医生那里住过院，保罗医生说起中国话舌头卷不起来，口齿不清，既蹩脚又滑稽。没有人说得清隗寿山到底哪里出了毛病。

极度虚弱的隗寿山不止一次隔着窗户看到五大三粗的一帮人三更半夜敲开院门，仁爷直接把他们带往自己的卧室，卧室中经常传出高低起伏的争吵声。次日一早甚至会发现仁爷半边脸红肿，眼角有瘀青。隗寿山奇怪得很，每每有气无力地问起此事，仁爷总是搪塞过去。

"我姐呢？"

"店里有活儿，忙着哩。"

仁爷将汤药喂进儿子口中。

隗寿山躺在床上胡思乱想、疲惫至极，感觉自己就像蒲松龄《促织》里成名的儿子，只不过幻化成的是一只斗鸡而不是一只蟋蟀，轻快而善于搏斗，打败了河南斗鸡、鲁西斗鸡、吐鲁番斗鸡……

直到有一天，姐姐告诉他，阚掌柜得到消息，尚衣监林总管因贪墨一万匹丝绸被属下告发，打入死牢；康总管则侍候太后格外有功，升任内务府总管大臣。隗寿山听罢，竟然从病榻上坐起身来，给姐姐要油旋吃，要甜沫喝。烛花傻了眼，赶紧去告诉爹，弟弟有救了。

隗寿山也说不清，这场病似乎是自己构建出来的，身体按照头脑的指示愈发虚弱，但头脑又受到一个更大的头脑影响，也许是被直觉控制了。

身体一天天好起来的隗寿山，时常想起三更半夜造访隗宅的那帮人，看着爹若无其事的样子，他开始怀疑事情的真实性。患病时的头脑是虚幻的，所以看到的东西是假的，等到用眼睛来看的时候，它才是真实的世界。

仁爷见儿子的病已无大碍，说是东北的朋友给他推荐了一个优良鸡种，叫什么大骨鸡，得到冰城走一趟。临行前，仁爷将扒鸡铺生意停了，并给两个工人放了长假。隗家扒鸡五冬六夏从未歇过业，隗寿山对此不明所以。

仁爷到达冰城，直奔康家屯的四元山。四元山有着灵性之美和空灵之感，冬雪宛若春花点缀森林，遍布山前山后各个角落，天地浑然一体，仁爷置身其间，眼前一片仙境。

临近中午，仙境露出一角，松柏成趣，淡雅清新。风铃声传来，清脆异常，回荡在仁爷耳边，妙香佛国的神韵禅意，不经意就钻入了心扉。他如释重负地走进了正活庵。

仁爷似乎非常熟悉这里的环境，一花一草一木，一柱一廊一殿，眼过处饱含深情，手抚处流露眷意。此刻的大雄宝殿内，佛台鲜花丛丛，清香扑鼻。

"阿弥陀佛，施主别来无恙。"

眼前这位年逾七旬的尼姑，慈眉凤目、恬淡清秀，着灰色海青；那镌刻于脸上的皱纹仿佛诉说着"晨钟暮鼓青灯相伴，山中日月长"。

"师姨一向安好，自仁这厢有礼。"说着话，仁爷一揖到底。

老尼静静望着仁爷，虽极力忍住情绪，还是红了眼圈。

"阿弥陀佛，施主别来无恙？"

"人活得就是一个问心无愧，自仁对得起师父了。"

"姐夫说过：在这个世界上，你我都是同一条船上的乘客，从一个未知的港口起航，驶向另一个同样是异乡的港口，大家应该以旅伴之谊来相待。"

"我念着师父对我的好，这才以德报德。"

"难为你了。"老尼说着，眼里生出一丝柔情。

仁爷有些哽咽，庞大的身躯微微颤抖，仿佛在寻求温暖的庇护。

老尼酸楚地说："事情都过去了，该过去的总是要过去的。"

"有些事是可以带到棺材里的。"

"刻骨铭心。"老尼眼中泪光闪现。

"师姨，你一个人……还好吧？"

"有些人把终生不能实现的生活，变成了伟大的梦，而有些人却完全不做梦，因为梦已断，心已寒。"

"这么多年苦了你哟。"

"唉，所有的伤心都是自找的。当年我还年轻，对你师父心生爱慕，我知道这对姐姐不公平，所以选择了青灯陪伴，烛下诵经。"

"师母走后，师父来庵里寻你多次，每次都失望而归。"

"阿弥陀佛，一个人的感情世界里，来是偶然的，走是必然的，所以你必须随缘不变，不变随缘。"

"师姨，你的身体还好吧？"

"还好，还好。每次看你，像极了姐夫，一言一行，连一个眼神都像；他没有看错你，在天之灵会欣慰的。"

"这次来，我带了你爱吃的石楠蜂蜜。"

老尼接过蜜罐，已是泪眼婆娑。

"难为你想着。说吧，要我做什么？"

仁爷把想法尽情宣露后，老尼道："我明白你的心意，放心吧。"

"师姨，我……我好久没吃这里的斋饭了。"仁爷低声说道，泪水没能止住。

"阿弥陀佛，随我来。"

两人来到斋堂，老尼的精心准备让仁爷倍感亲切。牛肝菌拌面、素烧鹅、素鸭、金草香芹、烤麸、罗汉烩，每样都少许，仁爷吃得干干净净。

仁爷吃着，老尼就在一旁看着。寂静无声，恍若时光交错，两人很是享受。

当仁爷告辞而去，老尼要把他送至庵门。

临近庵门时，两人驻下脚步。眼前是一片柏树林，柏树的枝杈有数百根红色丝带缠绕其上，每条丝带都拴有书写着地址与姓名的纸牌。

"师姨，这是何意？"

"不迷正路修行，直取菩提上果。"

"就请师姨代为祈愿吧。"

"阿弥陀佛，善哉善哉。"

"师姨，保重身体。"

老尼颔首微笑，指着一旁的凉亭。

仁爷顺着手指方向，定睛观瞧。

就在亭内，挂着一块木匾。上面书写着："寒山问拾得：世间有谤我、欺我、辱我、笑我、贱我、骗我，如何治乎？拾得曰：只要忍他、让他、避他、由他、耐他、敬他，不要理他，再过几年，你且看他。"

仁爷双手合十，高呼佛号"阿弥陀佛"，向老尼躬身施礼。

为了准备第二天的中秋团圆宴，对食材有着严苛要求的仁爷叫上儿子，爷儿俩迎着晨曦在人声嘈杂的隗家庄菜市场精挑细选着。隗寿山一边往手推车里拾着菜，一边听爹唠叨着该如何选材。

推车里已是满满的时蔬：茄子、黄瓜、辣椒、芸豆，还有金鳞赤尾的黄河鲤、柔润光泽的新鲜猪腰子、韧劲儿十足的猪大肠。

仁爷不失深情地望了一眼儿子，笑道："寿山哪，还记得小时候教你的歌谣吧？"

隗寿山停下脚步，往两只手心里吐了口唾沫，重新推起小车："那咋能忘得了，'推开大门向正东，一园子青菜成了精。拿枪的小葱挂元帅，使刀的韭菜当先锋。吓得茄子红了脸，吓得萝卜脸发青。大蒜本来胆子小，一头扎进滓泥坑'。"

仁爷笑得特别开心，竟笑出了泪花。

说来凑巧，"千味之王"虎泉生从江南进了两条银环蛇，晌午时分派小二送到仁爷家中。仁爷高兴，赏了小二一块龙洋，回了十斤高唐驴肉表示感谢。仁爷年少时曾跟随远在佛山的舅父生活，对烹蛇并不陌生，一直想用鲁菜的传统厨艺创新改进。在明天的晚宴上，他会把一道秘制的"红扒蛇段"分享给亲朋四邻。

申时刚过，爷儿仨就在厨房里忙活起来。烛花用手抓住黄河鲤鱼的头平放在砧板上，用刀背从鱼尾往上敲打鱼鳞，她低着头，默默地，悄无声息。

看着仁爷从竹笼中捉出一条银环蛇，用尽力气猛地将它摔在地上，隗寿山不禁"啊"了一声，他是怕蛇的。

仁爷立即找来绳子，系在已经被摔死的蛇的颈部，将其挂了起来。另一条如法炮制，也被挂了起来。

"寿山哪，你是白案出身，其实红案、水案更能锻炼人，经历水台、打荷、配菜、砧板不同阶段，炉头只是最后一道工序，前期准备更要用心。"

隗寿山知道爹除了制作扒鸡外，对厨艺也十分见长，眼下只有点头的份儿。

仁爷说着，用利刀沿着其中一条蛇的颈部环割蛇皮，用指甲沿环割处将蛇皮与蛇肉分开。

"你瞧着，另一条你来剥。"

隗寿山瞪大眼睛，生怕错过每个细节。他突然想起了师父虎泉生的话："细节决定成败，菜做得好吃只能叫厨师；每道菜都经过严格精准的工序，色香味做到极致，才能称得上厨匠。"

仁爷麻利地将蛇皮向蛇体后部方向翻剥。

"那个啥，烹饪好菜与制作扒鸡一样，还是那句话'活着干，死了算'，对自己没有要求的人宁可去死，一定得牢牢记住。"

仁爷剥好一圈，双手捏住剥好的蛇皮部分，依次向蛇体后部拽剥蛇皮，边剥边拽。

隗寿山取来汗巾。

"没啥，这就快了。"

眼看着整个蛇皮剥落下来，隗寿山松了口气。

仁爷接过汗巾擦拭着额头上的汗，说道："烛花，把我的烟袋锅拿来，喘口气儿。"

"好来，爹。"烛花放下手中的活儿，答应道。

仁爷想起了什么："寿山，一会儿剥完蛇皮想着剁头……"

晚上临睡前，隗寿山意外收到了礼物，那是一本由爹亲手整理的《鲁菜心得》。仁爷是抽着白银烟袋锅进屋的，他用复杂的眼神看着儿子接过书，随手塞在存放书籍的木箱里。烟雾升腾的那刻，忽然剧烈咳嗽起来，弯着腰，涨红了脸，竟像要把五脏六腑吐出方肯罢休。

"爹，没事吧？"隗寿山慌忙起身，攥拳捶打着仁爷的后背。

仁爷的右手让儿子的拳头停止了，随即他紧紧握住儿子的手，两人对视着。隗寿山从未见过爹如此失态，那五味杂陈的神色，让人不安。

"爹，到底怎么啦？"

"噢，没啥？"仁爷故作镇静，松开了右手。

他的手微微颤抖，不停地抚摸着白银烟袋杆。

"寿山哪，你要好好看爹的书。"

"放心吧，爹。我会的。"

"你跟你姐都好好的。"

烟雾缭绕，仁爷狠狠吸着。

"这贡品扒鸡……世事无常……多留条路……"

"爹，今天你累了，回去睡吧。"

仁爷的话，让隗寿山听得莫名其妙。

农历八月十六晚，隗家院子灯火通明，摆了大、小两桌酒席。隗家扒鸡铺与院子通着，是典型的前铺面后作坊格局。此刻，没了平日制作扒鸡的忙碌喧嚣，取而代之的是欢声笑语。

院子里青砖铺地，一棵古老的杨树，几棵石榴树，枝叶繁茂，树姿齐整，增添了勃勃生机。仁爷面色清秀，目若朗星，孔武有力的身材透出几分儒雅。他今晚穿着一件驼色长衫，捧着一根白银烟袋，脚蹬白底布鞋，在院子里招呼着客人。

小圆桌这边，泉城老饕高裕斗、聚丰楼虎泉生、文谦旗袍店阚世季等一众亲朋悉数到场。大圆桌那边，街坊四邻抱孩子的、搀老人的、小两口的携手落了座。因仁爷一脉单传，没有兄弟姐妹，早亡的妻子杜济梅也是独生，就格外珍惜这班亲朋四邻的情谊。

一时间，烛花、寿山分别把自己亲手剥的花生、核桃，双手捧了送到桌席上，再斟上香气宜人的莲心茶，更是温暖人心。

仁爷招呼着："那个啥，都先垫上点儿。"

众人拈了些吃着，有说有笑。

戌时已到，仁爷示意儿子起菜。姐弟俩开始忙忙叨叨，有邻居起身想帮忙，被仁爷拦住了。

见菜上齐，小圆桌众人起身，待要把酒定位，仁爷不许，拉了高裕斗坐在尊位。众人不好过于客气，这才按长幼次序重新落座。

仁爷起身端起酒杯，说道："各位老少爷们、兄弟姊妹，俗话说十五的月亮十六圆，今天咱就饮酒赏月，一起乐和乐和，俺先干为敬。"

众人应和着，将杯中这十年窖藏高粱烧一饮而尽。

一番酒菜下肚，高裕斗起身说道："仁爷是庄里的热心肠，这乡里乡亲哪家没个红白喜事婚丧嫁娶，他总是出钱出力。哪家又缺得了仁爷的扒鸡，一些买不起的街坊，仁爷每次都送鸡上门。来，大家敬仁爷一杯。"

"那个啥，高兄过奖，干了这杯，大家吃热乎的。"仁爷紧着说道。

"俺带了自家炒的菜，凑个数。"李大伯打开食盒，西红柿炒鸡蛋色泽诱人，喷香的老济南炸藕合让人看着眼馋。

"李老哥，咱们想到一块儿了，俺也带了你侄女的拿手菜，大家都尝尝。"刘大娘将熏鲅鱼从瓦罐中倒在盘里，而后指着另一食盒说道，"这里面是寿山打小就爱吃的芹菜叶咸食，俺这把老骨头也不知道还能给孩子做几顿喽。"

仁爷听着，露出伤感之色，双手抱拳道："谢谢老哥哥、老嫂子，俺隗自仁和这两个孩子承蒙各位的关照，给大家作揖了。"

人们拉着家长里短，忆着淳朴家风，聊着感人故事，叹着逝者如斯。席间，夸奖寿山一表人才的赞叹声不绝于耳，大家频频举杯，一时间杯光斛影、酒菜正酣。烛花在院子里略显单薄，默默置身于热闹的场景中，她有条不紊地上着菜，眼睛里却流露出一股不为人知的惆怅。

寿山跟在爹身边挨个客人敬酒，有儿子护着，酒量足够大的仁爷仅是微微沾唇。敬到大圆桌这边，隗寿山见席上都是熟客，唯有一个青年面生。

问过烛花才知道，此人是一直在追求她的文谦旗袍店账房先生柴珏，三十岁的年纪，一袭淡青色长衫，眼睛有神却略显阴鸷，光洁白皙的脸庞，透着棱角分明的俊秀。他看到隗寿山，瞬间堆起满脸的笑容，主动上前打起了招呼。隗寿山初次与柴珏见面，不知为何心中泛起一丝不安。

随着热气腾腾的扒鸡端上酒桌，晚宴迎来高潮。

高裕斗对大家说道："还有一道'红扒蛇段'马上登场，它可是费了仁爷不少心思。"话音未落，烛花端着热菜上了桌。

仁爷显然有些激动，不觉将杯中酒一干而尽。他环顾了四周，自己斟满第二杯，再次干了。就在此时，大圆桌上传来稚嫩的童声，那是薛老太六岁的孙子圆圆。他指着自己碗中的一根鸡腿，喊出："奶奶，这扒鸡不如郁香斋的好吃。"

仁爷听罢，大喝一声："真遗憾也！"竟昏死过去，倒在众目睽睽之下。众人大惊失色，立即将仁爷送往华美医院。仁爷在医院中抢救了大约半个时辰，不治身亡。

贰 活着干死了算

仁爷突然身亡让六岁的圆圆成为众矢之的，一句童言竟有如此威力，而官廷扒鸡的传闻把事情推向了风口浪尖，众位亲朋痛惜不已，纷纷前来安慰姐弟俩。

李大伯、刘大娘哭得跟个泪人似的；薛老太更是一边埋怨孙子一边抹泪儿。

朱大哥嘶哑着哭诉："寿山哪，你爹是个大善人哪，老天爷不睁眼哪。那年的冬天特别冷，俺还是个十四五岁的孩子，家里穷，跟着采药的贩子来到济南城，他把俺转手卖到了隗家庄棺材铺当长工。有一次俺不小心弄坏了一面桐木板，掌柜的照死里打，把俺赶出铺子。那年冷啊，雪下得紧，风呜呜地刮，俺身上就穿了一件破长褂，冻得俺想死的心都有，俺是晕倒在扒鸡铺门口啊！"

朱大哥呜咽着："是仁爷，仁爷救了俺啊！"朱大哥泪眼滂沱。

此刻，烛花、寿山的心碎了。

仁爷去世的原因，诊断书上写得明白——呼吸衰竭死亡。隗寿山执拗地问自己：身强力壮的爹咋就这样死了？其中必有原因。他找到检验吏要求做尸检，约好时间后告辞而去。

三天后，正值尸检时间，隗寿山却因聚丰楼有贵客招待无法抽身，只得让姐姐前往警署一探究竟，好在仁爷的尸身已从医院转至警署，无须再费周折。

当晚，烛花红肿着双眼告诉弟弟："检验吏的结论与当班医生一样，并无二致。"

隗寿山格外平静，劝姐姐不要悲伤，事已至此应尽快将爹下葬，入土为安。烛花点点头，浑身像是散了架，用一种阴郁的神情说道："往后的日子，靠你了。"

此时的隗寿山已对厨艺产生了兴趣，在虎泉生的安排下，从一名白案做起。学厨的道路绝非一帆风顺，悟性、心性、灵性缺一不可，眼看就要转向红案，学得虎叔的独门手艺，可爹的突然离世把隗寿山推向了人生抉择的境地——

留在聚丰楼也许将来能接替虎叔的位置，一马平川，光鲜亮丽；前往京城烛夜坊学习扒鸡技艺，前途未卜，吉凶未知。此时他想起虎叔醉酒后的一句话："即使你将来不做厨师，也要学会坚持自我，不忘本，不功利，创造独一无二的人生。"

隗寿山选择了进京，如果虎叔知道他把酒话用在了这儿，也许会对当初的直言后悔。

仁爷下葬后，隗寿山有种不祥的预感。

预感很快成为现实。

久道商行的老板陆介元派管家肖晟一班人来到隗宅催债，这陆老板是近几年在济南商埠崛起的商业大亨，产业涉及果蔬、榨油、面粉、木材等，颇有名头。仁爷白纸黑字的欠条写得明白，借了六十万龙洋，还不包括利息。面对来势汹汹的讨债人，烛花、寿山姐弟俩六神无主，只得向高裕斗求援。这万物萧条的冬日已经提前来临，仿若梦境里一种幻灭的预期，没有了希望，仁爷带走了两个孩子梦想的一切。

"你爹生前办理过一份德恒洋行代理的加拿大永明人寿公司意外险，我给做的担保。半月前他给到我，说由我保管心里踏实，当时我也没多问就糊里糊涂地收了起来。"

高裕斗从口袋里取出保险单，交到隗寿山手中。

"这事我想不明白，你爹生前没透露半字。明天去问问这个陆介元，你爹为啥跟他借钱？借这么多钱，肯定有事儿。"

"知道了，高叔。"隗寿山答应道。

"你俩记住：人这一世，可以屈服于快乐、痛苦、疾病与各种各样的经历，只有死亡才会危及命运，所以不要怕，不要悔。"

第二天，隗寿山从陆府没有得到仁爷借钱的任何原因，无奈作罢。仁爷的意外险却赔付得十分顺利，但距离还清巨额借款本息尚有不足。

"姐，你要是同意，咱就把宅院和铺子卖了吧。"隗寿山说道。

"眼下也只剩这一条路了。"烛花叹了口气。

"我一个大男人好说,可姐你……"

"我住店里就是,阚掌柜拿我当自家孩子,再说还有柴珏照顾不是?"

"姐,你最好提防着点儿柴珏,俗话说,脸上三分笑,心里一把刀。"

"别满眼净孬种,爹过世后你总是疑神疑鬼、神神道道的。"烛花剜了一眼弟弟。

隗寿山不再吱声,沉默了一会儿。

"你咋办?"烛花问。

"去京城烛夜坊,瞧瞧这扒鸡到底是怎么出炉的。"

"爹不是让你在聚丰楼跟着虎叔干吗?"

"不想当厨师。"

"你小子有个老主意。"

"龙是龙,鳖是鳖;喇叭是铜,锅是铁。"

"那你是龙,爹是鳖喽。"

隗寿山涨红了脸:"没那个意思,就是不想再做棋子,走着别人画的印儿,我要活成我自己。"

"爹是别人?"烛花嘴上不饶。

"哎呀姐,还就给你说不明白了,将来我要在咱隗家庄开一家扒鸡铺,制作出天下最好吃的扒鸡,让百姓都能吃得起。"

烛花愣住了,她上前摸了摸隗寿山的额头:"没事儿吧?姐这就给你下面去,准是饿糊涂了。"

隗寿山去往京城的前一天，姐弟俩请高裕斗、虎泉生、阚世季在隗家庄最豪华的鸿昇酒楼吃了顿饭。开席前，隗寿山给高叔磕了三个响头，说大恩大德今后涌泉相报；又把还清仁爷欠款剩余的钱，留下盘缠后全给了阚叔，拜托他照顾姐姐烛花。

　　虎泉生看着自己的爱徒，伤感道："在外面要注意自己的身体，有合适的女娃娃留着心点儿，你小子和我二十啷当岁的时候一样，有股子不服输的劲儿。"

　　阚世季接口道："莫欺少年穷，没准将来和泉生兄一样，又是一个传奇人物。"高裕斗接过话，说小东子不久前升了职，原因是顶替了去世的老品膳太监骆爷的位置。隗寿山此行可通过小东子代为引荐。高裕斗当即修书一封，隗寿山一揖到底。

　　整桌席下来，烛花始终情绪不高，眉头紧蹙，不曾言语。
　　次日一早，隗寿山辞别姐姐踏上了进京之路。
　　随身的皮箱里装着换洗的衣物，一本《鲁菜心得》和几本《五虎将》相关的图书、一幅《庖厨图》、一杆白银烟袋，还捎带上爹生前经常唠叨的话——"活着干，死了算"。

　　此刻，隗寿山沉浸在京城独特的景致之中：密集且风格迥异的古城建筑——钟楼、教堂、庙宇、宝塔、衙门、贡院令他大开眼界；吱吱扭扭的手推车经过挤满人群的城门口，威严厚重的内城与散乱纷杂的外城对比鲜明；刚刚经历了一场伸手不见五指的沙尘暴,给隗寿山燃起的希望染上了一丝阴霾。

占地九千亩,有九座城门的皇宫,著名的景点是高约三百尺、巨大的金字塔形景山。就在景山北侧,白塔寺一带,有许多房子,宫中的太监大部分居住于此。

隗寿山见到小东子时,酉时已过,橘红色的晚霞染红了半边天空,不远处的景山与落日合为一体。

小东子身材瘦小,面目清秀,眉眼带笑。隗寿山说明来意,将高裕斗的书信递上。他没有丝毫怠慢,看完皱眉道:"这事儿我能帮忙,不过……"

"不过什么?我可是身无分文了。"隗寿山苦笑着说。

"想多了兄弟,我是说这烛夜坊的严掌柜脾气坏得很,你要想留下,估计得扒几层皮。"

"我虽本事不大,却有几把子力气,吃点儿苦没啥。"

"你可想好喽,到时候扛不住可别怪我。"

"放心吧,东子哥,感谢还来不及呢。"

"行。那你吃了没?"

"还没。"

"咱去吃炸酱面。"

小东子住所旁有一个京记面馆,两人落座,边吃边聊。

老北京炸酱面酱香浓郁、咸甜适口,隗寿山吃得狼吞虎咽,看着眼前豆芽、芹菜、青豆儿、黄瓜丝等八大样配料,那叫一个讲究。他不觉想起隗家庄李家裁缝铺小豆子做的打卤面。能变幻出数种味道的打卤面与仅一种味道的炸酱面,若在唇齿间打擂,两种面不知孰优孰劣。

"知道这面为啥好吃?"

隗寿山摇摇头。

"六必居的黄酱才出地道味儿。"

"这酱就是吧?"

"不是,咱家吃得出来,不过,也说得过去。"

"东子哥,你在御膳房干了几年了?老佛爷吃炸酱面不?"

"四年,咱家只伺候光绪爷。"

"给我说说光绪爷的御膳呗。"隗寿山央求道。

小东子清了清嗓子,压低了声音说:"光绪爷的御膳排场很大,味道却很一般。"

隗寿山听罢来了兴致,问道:"不会吧?"

小东子接着说:"关键是厨子的烹调技术太守旧,一直没有变化。"

隗寿山听得很认真:"东子哥,你仔细说说呗。"

"这菜啊都是由外厨房做好,然后用挑盒送到内膳房,内膳房里有提前准备好的炭箱,上面坐着铁板。"小东子瞥了一眼隗寿山,神气起来。他一边说,一边用手比画着:"所有的菜都用粗瓷碗盛好,放在铁板上加温备用。点心饭有蒸锅,粥有粥罐,都是银的,也燸在炭箱上。你想,那菜的滋味儿又不是新鲜出锅的,而且烘烤太久,能好吃嘛!"

隗寿山这才明白过来。

"光绪爷的膳食有四十八品,味道不咸不淡,没啥滋味儿,令人生腻,总是说不好吃,可没人敢改。"小东子将左手食指竖在嘴唇上,看了看左右:"你自己知道就行哩,今天咱家说多了。"

"谢了东子哥,这顿饭我请啦。"

隗寿山用剩余不多的银钱付了饭费,两人商定明天一早同往烛夜坊;小东子又帮衬着在白塔寺找了旅店,到得京城第一宿,隗寿山难以入睡,有些头绪要好好理理。

京城烛夜坊离原先的贡院和养鸡场很近。这些养鸡场都是规模较大的作坊,它们分布在外城人迹稀少的区域,被称作海淀宫廷扒鸡制作营。除了烛夜坊,还有翰音坊、司晨坊。

此刻,小东子与隗寿山出现在烛夜坊。

这是一座典型的坐北朝南的院落,内部布局为三合院混合楼房,平房多是制作扒鸡的作坊。繁盛时,拥有管事、副管事、禽宰工、配料工、炸制工、煮制工等各类雇工近三十人,所出品的烛夜坊扒鸡均供应官中,并不外销。

烛夜坊有棵百年紫藤爬满了院墙,假山中间立着一棵古老的杨树。隗寿山见状,不禁想起自己的家,时过境迁,睹物思乡,心里泛起一阵酸楚。

"隗寿山,快来见过严爷。"小东子见掌柜严怀德手持一把紫砂手壶从聚贤堂走出,分明是刚刚开完会,几个管事不离左右。

小东子躬身施礼,脸上带着一贯的笑容:"严爷吉祥。"

"哪阵风把你小子从光绪爷那里吹来了?这是谁啊?"

"小人隗寿山，来自山东济南，给严爷请安。"

严怀德一袭驼色大袖对襟马褂，剑眉浓黑，鼻若悬胆，满脸虬髯，沉稳中透着几分英气，干练中藏着几分儒雅，不怒自威。

"找严某有事？"严怀德转向小东子。

"严爷，这是奴才的一个远房亲戚，在老家学了些厨艺，想到京城闯一闯，您老人家若不嫌弃，能否看在奴才面儿上收留一下，奴才感激不尽。"小东子再次施礼。

"这几天忙得很，没工夫考虑，先让他喂两天马，回头再说。"严怀德瞥了一眼隗寿山。

"奴才谢过严爷！愣着干什么，还不快磕头。"小东子给隗寿山使了个眼色。

"等等，我可没说留下，先喂两天马。小刘，安排着。"说着大步向院门外走去。

刚想磕头的隗寿山此时尴尬地站着，许是这段日子打破了过往的生活规律，他明显消瘦了。护院小刘走了过来，冲小东子打了声招呼，小东子点头哈腰，嘴上说着好话，隗寿山木讷地跟着他们向马棚走去。

夜深了，隗寿山一人睡在马棚旁边的茅草屋。木制的柱子，竹制的墙，寒风从墙缝中吹进来，凉意袭上心头，简陋而狭窄的房屋在他看来却孕育着希望。他从随身的皮箱中取出《隋唐演义》，借着昏暗的煤油灯光用心阅读，想忘却周遭环境，自内心唤起曾经的斗志。

喂了十天马，吃了十天窝头、咸菜加稀粥，依然没见着严怀德的人影，隗寿山心里着急，可脸上丝毫不见愁容。他把爹打小教他的歌谣在心底一首首反复吟唱，率真的语言、随性的韵律、赞颂真善美的温暖，真就能抵挡严寒、抵御饥饿、排解苦闷。

又过了十天，严怀德露了面。

"想留下？"

隗寿山双手抱拳："您就是让我把马一直喂下去，我也留下。"

严怀德点点头，将紫砂手壶嘴对嘴地抿了一口。

"留下可以，但要宰杀完一千只鸡后才算工钱。"

"恳请今天就上工。"

"好，找胡管事领一身干活的工装，今天就成全你。"

隗寿山再次施礼，看着眼前的新掌柜，彻底松了口气。

殊不知，严怀德在内心也看了他一眼。

平生第一次喂过了马，接下来就要第一次杀鸡。

虽说隗寿山从小拔过鸡毛、打过鸡蛋、开过鸡胗、去过鸡杂，可从来没杀过鸡，而且还要杀满一千只，真是造化弄人。

隗寿山咬咬牙，想干事儿就得跟自己死磕，他想起爹的话：活着干，死了算！

禽宰房就在聚贤堂往北约三百米，离烹制扒鸡的作坊不远，由一个叫谷子立的洛阳人负责。谷子立五十多岁的年纪，和蔼可亲，他听说隗寿山是一个肚子里有墨水的人后，对他青眼有加。

此刻的谷子立先拿着杀鸡刀给隗寿山示范了一遍，经过割喉、放血、拔毛，一只雄赳赳、气昂昂的大公鸡转瞬就成了扒鸡原料。谷子立把杀鸡刀往隗寿山手里一塞："别急，大姑娘上轿头一回，都一个样。我在门口抽烟等着你。"说完，关门出去。

隗寿山拿着杀鸡刀，面对趾高气扬的公鸡，手有些微微颤抖，他告诫自己，万事开头难，今天这鸡是非杀不可。

公鸡扑棱了一下翅膀，挺起胸膛，瞪着眼睛，始终保持着站姿。隗寿山抓了几次，均未得手，他看出了雄鸡的愤怒。

隗寿山眼前浮现出斗鸡比赛，干脆就向笑到最后的"黑白魔头"学习，执着勇猛，不畏艰险。他屏住呼吸向公鸡走去，真就一把抓住。他拧住鸡脖子，一刀抹去，攥住脚倒提起鸡身，鲜血滴入备好的盆中。没承想鸡脖子并未割透，隗寿山也未觉察，把鸡头扭进两翅中丢入桶内。开水倒入，公鸡立马飞出，吓得隗寿山一把抓住，往桶里扔去，忙把开水继续倒入，孰料公鸡再次惊飞，落于池台。

隗寿山抓到公鸡，在脖颈处狠狠补了一刀，开始放血。奄奄一息的公鸡回到桶内，整只被烫两分钟后，被隗寿山捞出，拔干净了鸡毛。

忙活完，隗寿山已是汗透衣衫。

谷子立进得屋来，将手中的旱烟袋在鞋底上磕了磕，说道："行哩，往后就这样干。一千只鸡哩，不光要练稳、准、狠，还要练快。"

这天晚上，隗寿山被安排在二楼的工人寝所，不管怎样，毕竟成了烛夜坊的一员。

接下来的七天，隗寿山面临着出生以来最大的挑战，北风呼呼地刮着，禽宰房透风撒气如同冰窖一般。成堆的鸡毛秽气熏天，凝固的鸡血令人恶心；拔毛的热水，冰冷的室温，冷热交替中两手很快出现了冻疮；他执着地宰杀着鸡，割喉刀一次比一次出手快，一次比一次狠，一次比一次准。他心中暗想：或许轻快的手法既能减轻自己内心的痛楚，也能减轻鸡死亡的痛苦。想到此，他更为精进也更为用心。

一千只鸡的宰杀，隗寿山经受住了考验。

谷子立在严怀德面前夸奖："这年轻人能吃苦，还勤快。"

严爷听罢，露出一副不屑的模样。他用紫砂手壶呷了口茶，没好气地说："一个进得我烛夜坊的新人，如果连这点儿活儿都干不好，还能干个啥？隗寿山，你明天就去跟刘火头打下手，他进货那块缺人手。"

隗寿山双手抱拳表示遵从，谷子立却皱起了眉头。

来到进货栈，隗寿山见到了冷冰冰的刘火头与千余只公鸡。

刘火头六十多岁，干瘦干瘦，额上有一道明显的疤痕，整天默不作声，没有人知道他在想什么。与这种人接触还是第一次，隗寿山想以其人之道还治其人之身，从此沉默寡言，只顾埋头干活，不理他事。

进鸡、盘点鸡、归拢鸡、分发鸡，这是隗寿山的日常工作，说来单调，但须认真仔细。

一月下来，毫无工作经验的隗寿山竟然无一纰漏，刘火头对眼前的后生刮目相看。

隗寿山领到首次薪水,实心实意请刘火头吃了顿饭。

这个在烛夜坊干了近四十年的老人打开了话匣子。

"听说你念过中学?"

"是啊,刘师傅。"

隗寿山斟上酒。

"知道烛夜坊名字的由来吗?"

隗寿山看到了不一样的刘火头,他忽然懂得了沉默是金的道理,也许刘火头的定力就源于他的沉默。

"刘师傅,干了这杯。"

炒三香菜、干烧冬笋、京酱肉丝、抓炒鱼片,望着诚意满满的菜品,刘火头将杯中酒喝干。

"这鸡啊,在咱华夏有数千年历史,'烛夜、翰音、司晨、德禽'是鸡在古时的别称,这京城四大坊的名字都是乾隆爷起的。"

隗寿山凝神倾听。

"人活着,就要干一行爱一行专一行,严爷几次想把我调出进货栈,我却在这里熬了快四十年,因为我喜欢与这些活物为伴。"

隗寿山叹道:"晚生佩服。"

"喜欢鸡有好多原因。鸡能准时报晓,好斗好玩,吃得少还能自己找食吃,这样养起来不费劲,能下蛋也能当肉吃,关键是与它们待的时间长了就有了感情。"

两人对饮了一杯,刘火头夹了一块冬笋放到嘴里嚼着。

"您对鸡真有研究。"

"研究说不上,知道点儿。我来考考你,唐诗里写鸡的诗句能背两句吗?"

"孟浩然的'古人具鸡黍,邀我至田家',李白的'白酒新熟山中归,黄鸡啄黍秋正肥。呼童烹鸡酌白酒,儿童嬉笑牵人衣'。"

刘火头露出了难得一见的笑容:"'莫笑农家腊酒浑,丰年留客足鸡豚'是谁写的?"

隗寿山摇摇头。

"宋朝陆游。"

刘火头卖关子:"知道啥样的鸡肉才好吃?"

"晚辈洗耳恭听。"

"饲养时间一百一十天左右,鸡肉才有味儿;放养的山鸡活动多、肉质好,也有鸡味儿;专吃新鲜虫子和新鲜谷物的鸡,风味自然没的说。中医认为,原鸡除去内脏和羽毛,取肉鲜用,有补肾、益气血、清虚热的作用。"

"咱烛夜坊进的是啥鸡种?"

"优质鸡种很多,像新疆天山雪鸡、广西岑溪三黄鸡、广东清远麻鸡,不过适合做扒鸡的并不多,你们山东独占三元:芦花鸡、鲁蒙笨鸡、黑凤乌鸡,其中芦花鸡具有药膳作用,被称为柴鸡之王。咱烛夜坊主要收购的是本地的京城油鸡,又叫中华宫廷黄鸡。据说乾隆爷当年经过洼里小清河,见到此鸡,称赞道'洼子稻禾香,天下第一鸡'。"

"今天长见识了。刘师傅,那这扒鸡原料的选择该注意些啥？"

"公鸡鸡肉发达，脂肪少，当年的雏鸡口感最好；母鸡脂肪多，肉质香，老母鸡肉质最差，出品率也低。鸡的体重不超过三斤最好。"

隗寿山在心里记录着。

刘火头问道："听谷子立说，你父亲是个开扒鸡铺的？"

"嗯嗯，手艺人。"隗寿山含混地说。

刘火头点点头："山东的扒鸡别具匠心。"

"可惜去世了。"隗寿山表情凝重起来。

"噢，看我说多了。来，喝酒喝酒。"

这晚，隗寿山睡了一个香甜的安稳觉。

睡前他翻看着《水浒传》，把自己想象成豹子头林冲：忍无可忍展身手棒打洪教头，生无可恋真英雄风雪山神庙……

时光如梭，转眼半年过去了。

隗寿山依旧在烛夜坊日日重复着进鸡、盘点鸡、归拢鸡、分发鸡的劳作。手里的《鲁菜心得》已翻看三遍，其中的烹调要诀已烂熟于心。仁爷留下的白银烟袋一直是隗寿山的心爱之物，睡前时时拿出来把玩。一天晚上，他发现在烟袋锅的内壁上雕刻有小小的四字"心生欢喜"，顿时来了精神，仔细揣摩着其中的含义，或许这是开启白银烟袋来历之谜的关键……

就在"北京—巴黎汽车拉力赛"举办后不久，隗寿山被通知调离进货栈，去往制作作坊。他既高兴又纳闷，不知老天爷怎么就开了眼，离目标又近了一步；又听说严爷要请吃饭，更是丈二和尚摸不着头。难道应了爹的那句话"凡事不必担心结果，因为因果必报"？

这里是烛夜坊最气派的独门小院，鹅卵石地面，青石砖墙，古朴幽静的庭院里，争奇斗艳的花草错落有致，有道是满园夏色惹人醉。

隗寿山进得庭院，见严爷正与一人谈笑风生。

"有日子没去琉璃厂了，前会子听说有铺子出了一幅唐寅的《春山伴侣图》，那可是好东西。大哥要是碰见，估计早已收入囊中。"

严怀德看着对方，朗声说道："别取笑哥哥了，眼下的生意一天比一天难做，今年销往官中的扒鸡快减半喽！"

"看，我们的英雄来了。"

隗寿山紧着上前，抱拳施礼："给掌柜的请安。"

"寿山哪，这是你出手相救的德茂商行汪掌柜，也是我最好的兄弟，今天特意让我请你吃饭。"历来对下人板着面孔的严爷一脸笑意。

隗寿山这才想起，一个月前在进鸡途中，遇到一个腹部受伤的中年男人向他求救。当时此人紧紧握着木制短刀柄，汩汩鲜血顺着指缝流出，他赶忙将伤者送到了附近的医院。

"见过汪掌柜。"隗寿山看着已经完全康复的中年男人，高高的颧骨，双眼炯炯有神，挺拔的腰身颇有风度。

"小兄弟免礼。大哥啊，寿山兄弟就有劳你尽心照顾。"

"你们差着辈儿哪。"

"不碍事，忘年交。我还有事，改日再叙。"说完，汪掌柜冲严爷一拱手，拍了拍隗寿山的肩膀，大步流星向院外走去。

"这汪子华老是这股子风风火火的劲儿。走，随我吃饭去。"严怀德呷了一口紫砂手壶里的庐山云雾，将隗寿山引进了饭厅。

严怀德早年丧妻，膝下无子，平日由一车夫、一厨师、一奴婢照料起居。进得饭厅，奴婢立刻端来馥郁清香的茗茶和几碟茶食，阳光从窗格子照射进来，古朴的桌椅、名家的古画透出悠悠雅韵。

顷刻间，上了一桌典型的官家菜：宫保鸡丁、宋嫂鱼羹、东坡肉、孔府一品锅，还有一只烛夜坊扒鸡。有道是"文化携珍馐传承，饕餮为美馔酬酢"，此时的隗寿山想起了泉城老饕高裕斗。若高叔在，相信能与严爷就眼前的美食探究一番，此时只恨学识甚少。

"我与汪子华是八拜之交，屋里就你我二人，不必客气，这杯酒我代他敬你，感谢救命之恩。"

隗寿山大大方方把杯中酒饮尽。

"吃菜。"严怀德招呼道，"听说你父亲是山东的扒鸡高手？"

隗寿山犹豫起来，不知该不该兜底。

"一个大男人啥话不好讲。"严怀德面色一沉，接着说道，"你是隗自仁的儿子。"

"掌柜的知道我爹？"隗寿山一脸惊讶。

"我还知道你喝过墨水又有厨艺，到我烛夜坊来打工肯定有事儿。能顶得住我'三板斧'的凤毛麟角，是有备而来吧？"

隗寿山起身，给严爷满上酒，恭恭敬敬地说："掌柜的恕我直言，不久前家父的离奇去世与烛夜坊有关。"

"荒唐，说说怎么回事儿！"严怀德面露不快之色。

"敬掌柜的一杯。"隗寿山先干为敬，就把贡品扒鸡的事情说了个清清楚楚，严怀德听了个明明白白。

"家父对贡品扒鸡之事耿耿于怀，死不瞑目，我下决心在咱这儿好好深造，以对得起他在天之灵。"

"寿山哪，御膳房征集贡品扒鸡我一无所知。咱们烛夜坊除了给景运门外的'外御膳房'，养心殿一侧的'内御膳房'供应扒鸡外，还给紫禁城内大大小小宫院里的内膳房供应，咱只管供货，其他事从不操心。小东子是内御膳房的品膳太监，他是伺候光绪爷的，伺候太后的康总管现在已是内务府总管大臣，没想到这里面竟然有猫腻。"严怀德皱了皱眉，呷了口茶继续说道，"说实话，自打小东子告诉我你父亲是隗自仁，我就开始关注你了。你父亲从来就没提过他这扒鸡手艺的来历？"

隗寿山摇摇头："爹就没想让我继承他的手艺。"

"奇怪。"严怀德嘟囔了一声，接茬道，"难道你不晓得你父亲的师父是四大名坊德禽坊的掌柜颜伟？"

"颜伟是谁？从没听爹提起过。"

"德禽坊早已不在，你爹是唯一传人。"

"掌柜的，你咋知道？"

"颜伟大师与我师父庄辉大师是同门师兄弟，我虽未与你父亲谋过面，但从庄师口中早已相识。"

此刻，隗寿山心中的谜团正慢慢解开。

"当年，你父亲在山东巡抚文彬手下当差，因聪慧机灵，吃苦耐劳，颇受赏识，被选为贴身侍卫。随文彬来京后，有缘结识了颜伟大师，大师是济南历城人，与你父亲一见如故。你父亲早就有心改行从商，于是便乘机拜颜伟大师为师，讨教了制作工艺和传世秘方，回济南老家开了扒鸡铺。"

"想不到我们家的扒鸡竟然传自宫廷，要说同为宫廷扒鸡，这口感不该败给烛夜坊啊？对了，记得虎泉生师父说过，原料与老汤是关键。"

"老汤？"严怀德琢磨着。

"掌柜的，那颜、庄两位大师的师父想必是世外高人吧？"

"师祖复姓东里，单名一个昀字，是京城五大神秘巨匠之一，冰城人。为人极其低调，晚年隐居在偏僻乡野之中，擅扒鸡，喜读书。他有两个女儿，姐姐东里闻莺、妹妹东里甜真，当年同门师兄弟都爱上了姐姐闻莺，而且拼命去追。"

"谁成功了？"

"颜伟大师。"

"为啥？"

"因为东里闻莺的外曾祖父是王小渔。"

"王小渔是谁？"

"乾隆年间名满天下、身怀绝技的厨师，他烧的菜肴香味能够散发到十步之外，闻到的人无不咋舌想吃。美食典籍《梅园食单》中对其厨艺赞赏有加。"

"这事跟王小渔有啥关系？"隗寿山越听越糊涂。

"正因为祖上有这样一位赫赫有名的厨师，东里闻莺的择偶条件是丈夫婚后不能再染指扒鸡行业。"

"那又为何？"

"因为王小渔有偏见，认为扒鸡仅是地方小吃而已，登不了大雅之堂，唯有技艺精湛的知名大厨才能独树一帜，赢得万古芳名。"

"掌柜的如何理解？"

"我认为小吃是以粮食及部分果蔬为主，经煎、炸、烤等方法烹制而成，是用在正餐外的食物。扒鸡既是大菜也是传统风味特色名吃。"

"东里闻莺是有意振兴外曾祖父的厨艺，想光耀门庭。"

"没错，她是一个十分固执的女子，为此颜伟大师放弃了德禽坊的事业，在京城经营了一家酒楼。当时，颜师与庄师皆为制作扒鸡的高手，因对'扒'的技艺各有所长且风格迥异，对外都宣称是扒鸡技艺的魁首，其实真正原因是为了所爱之人才分道扬镳。"

"那谁的技艺更为精湛？"

"庄师的'红扒'对火候把握到位，讲究文武有序，即'大火煮，小火焖'；颜师的'蜜扒'对蜂蜜涂料上色的'沁蜜'环节有着绝对自信，堪称比例精准。其实两位大师的技艺不分伯仲。"

隗寿山仔细倾听着，频频点头。

"那我爹又如何继承了颜师的衣钵呢？"

"你爹救过东里闻莺的命。"

"救命？"隗寿山瞪大了眼睛。

"颜师夫妇婚后不久曾经陪同山东巡抚文彬出游过一次昆明湖，你爹作为贴身侍卫同行。途中东里闻莺意外失足落水，你爹跳进湖中把她搭救上岸。"

"后来呢？"

"东里闻莺死于难产，没多久，颜师离世。"

严怀德望着隗寿山探究的目光，摇头说道："我只知道这些。噢，对了……"

"掌柜的想起了啥？"

"老汤，对，是老汤。庄师说有一次颜师两口子吵架吵得特别凶，好像是颜师想恢复经营德禽坊，被新婚妻子找人悉数砸坏了盛满老汤的大缸，颜师当场痛哭流涕。"

"有没有可能颜师把德禽坊制作扒鸡的技艺和配方都传给了我爹，唯独这老汤被毁未能传承？"

"事实如此。不说了，来，尝尝这扒鸡。"

隗寿山缓过神儿来，首次在原产地品尝，别有一番滋味。扒鸡味道果然醇厚入骨，鲜而不腻，鸡肉的咸香和着鸡皮的爽滑，不一般的紧致，不一般的蜜意，有种吃得过瘾的快感，回想着美味，加持着味蕾，意犹未尽。本该是隗家扒鸡传人的隗寿山沉浸在美食的享受中。

严爷见罢，乘兴而谈："'扒'是鲁菜烹调技术之一，就是炖烂、煨烂的意思。扒鸡据史料记载，起源于山东禹城，是四大菜系之首'鲁菜'的代表，老少皆宜，有着'形、色、味、烂'四绝之美誉。乾隆皇帝最好这口儿，就是由他将散落民间的优秀扒鸡艺人召入宫中，在这海淀创立了扒鸡制作营，才有了早时的四大名坊之说。"

隗寿山问道："这么说，四大名坊的老汤少说也有上百年历史？"

"那是，百年老汤需要经年往复的循环提炼才能留下药材精华，鸡好吃全凭一锅汤。"

隗寿山若有所思："掌柜的，那这扒鸡配料？"

"扒鸡的主料、辅料、调料、分量、火候、时间差之毫厘，便可异之千里，味道的统一全凭十八味香料，这配方与老汤一样都是宫廷扒鸡的身家性命。除此之外，我知无不言、言无不尽。"严怀德捋了捋虬髯，有些兴奋，感觉手里缺了什么。

机灵的隗寿山赶忙往紫砂手壶里续上水，递到严爷手中，趁机说道："掌柜的，我受聚丰楼虎泉生师父的点拨，学了些厨艺，但自从来到烛夜坊，就立志以制作扒鸡为平生的手艺。掌柜的，能否成全我，让我做您的徒弟？"

说话间，隗寿山给严爷满上酒，恭恭敬敬地双手捧起。

没想到严爷爽快地接过酒杯，一饮而尽："现在我就认了你。"

隗寿山喜出望外，忙跪倒磕头："师父在上，受徒弟一拜。"

"寿山啊，师父也是济南人哪，我九岁死了爹娘，只身闯荡京城,这要说起遭的罪恐怕三天三夜也说不完哪。"祖籍长清,现在孑然一身的严怀德发自内心地高兴。临近知天命的年纪,一直在寻找烛夜坊的传承人,早年也相中几个后生,刻意栽培,可要么有厨德没厨艺,要么有厨艺没厨德,终究入不了法眼。

经过暗中观察,他发现隗寿山是个好苗子,加之搭救汪子华尽显人品,所有顾虑均已打消,此番收徒水到渠成。

"寿山哪,为师送你一句话,好好咂摸:世人都说烛夜坊扒鸡味道鲜美,其实这都是用潜心、静心、恒心打磨出来的。"

"谢师父教诲。"

严怀德抿了一小口紫砂手壶中的庐山云雾,脸上露出笑容:"生活上有啥困难跟我说。"

"都挺好。"

"明天陪我下作坊。"

"好嘞,师父。"

"别光喝酒,多吃菜。"说着,严爷夹起一块东坡肉放到隗寿山碗里。

这顿饭,隗寿山吃得浑身通泰,没想到自家的扒鸡竟然传承于宫廷,怪不得当时爹分析贡品扒鸡时提到了宫里。回到住所,翻看《三国演义》,感觉良好的迹象预示着时来运转,但爹的死一直都是压在他心头的大石,如鲠在喉,百思不得其解。

叁 收获的不只是金银

次日一早,隗寿山随严爷来到制作扒鸡的作坊。

京城的初秋,阳光耀眼,但不温不火、不骄不躁,它送走了夏日酷暑,迎来秋日平和。在秋天的阳光里,有着充实与满足。

眼前是几处互连互通的平房,干净整洁、井井有条。制作作坊拥有配料、造型、糖色、炸制、煮制、控捞、养汤、包装、运送等九大工坊。

此刻,造型工坊中,工人们繁而不乱,有序细致地忙碌着。

隗寿山看到从禽宰房运来的净鸡,清除内脏后,工人们将洗净的鸡腹部朝上放于案板上,将鸡的两腿交叉盘入膛内,翅膀从宰杀刀口插入,再从嘴中伸出别向两侧,形成卧体、口衔羽翎之态,犹如鸭浮水面之势。

"咱这扒鸡造型犹如浮鸭,有前程远大、富贵吉祥的寓意。"严怀德对一旁的隗寿山说。

隗寿山点头称是，对工人们娴熟的技艺叹为观止。

师徒二人边走边聊，在炸制工坊，严怀德讲到了烛夜坊扒制"三绝"。

"这一绝是油炸均匀，即素油油炸，蜜水上色；二绝是文武有序，即大火煮、小火焖；三绝是起锅完整，即造型完整，肉脱骨而不散。"

"师父，这蜜水上色用的是蜂蜜水吗？"

"是的，上色就是保证扒鸡的色泽，水与蜂蜜的比例最难掌握，全凭工人的手感，没个三年扎实磨炼难堪大任。将蜜水均匀涂抹在鸡身上，而后炸制成柿黄色，用铁叉迅速捞出。这蜂蜜可有学问，因为蜂蜜的蜜种有很多，做扒鸡只能用一种，眼下我用的是枇杷蜜，但总觉得有更合适的。我听说有个奥地利洋人，叫什么赫鲁什卡，发明了新式养蜂技术，比咱沿用了几千年的蜂巢熬制法提取的蜂蜜要纯得多，不知啥时才能传入中国，扒鸡沁蜜环节最不容忽视，好蜜不光能提味，还能使色泽愈发鲜亮。"

不觉间，两人来到煮制工坊，看着热气腾腾的煮锅，浓郁的香气萦绕其间，令人陡生饥饿之感。

严怀德说道："扒鸡行当有个说法叫'宁要一锅汤，不要三间房'，这循环老汤是确保扒鸡原汁原味的关键。"

"师父，咱烛夜坊有祖训吗？"

"毫毫克克的配料一厘不少，分分秒秒的焖煮一分不差。除了三绝，我还总结出了八扒工艺。"

"哪八扒？"

"别、抹、炸、熬、煮、煨、焖、控，往后，我会安排你到控捞工坊上工。走，咱们去看看。"

隗寿山原本以为在煮锅里捞个鸡能有啥技术含量，可上起手来才知道这得需要多大的功力。他一连试了三次，一只整鸡都没从锅里捞起来，脸上有些挂不住。

严怀德笑了，紫砂手壶嘴对嘴饮了一口道："怎么样，没有金刚钻别揽瓷器活。刘师傅，给隗寿山示范一个。"

刘师傅笑着接过隗寿山手中的油勺与铁叉，熟练地撇去表面浮油，然后聚精会神，心手一处，上插脖，下托撑，把一只整鸡捞了出来。这烛夜坊扒鸡熟烂异常，最终将鸡完整捞出，呈现浮鸭造型，没有一颗匠心是万万做不到的。

最后一站，师徒二人来到了养汤工坊，这里是专门养护百年老汤的工坊，一般人是进不来的。

"咱烛夜坊只有五年以上的工人才能干这老汤养护工作。"严怀德对隗寿山说。

"师父，这里的重点在哪里？"

"你来看。"严爷指着正在养护的工人说道，"每天把老汤上面一层的浮油全都撇干净，似开非开的情况下，慢慢地把飘上来的脏东西，还有浮在上面的脏东西全都清理出来。咱烛夜坊对百年老汤的养护要求十分严格，每天都注入新的汤，反复熬制。随着汤逐渐减少，再把煮新鸡的汤补进去，循环用，真正的扒鸡大师看颜色就知道老汤的好坏。养护工人需要确保这深褐色的汤汁，醇厚的香味亘古不变，一脉相传。"

隗寿山看着眼前工人们的劳作,心生敬意,他想起了师父的话:烛夜坊扒鸡是用潜心、静心、恒心打磨出来的。

"师父,还去配料工坊吗?"

"那是绝密之地,待你消化完扒鸡的制作工序,自然会带你去。"

"懂了,师父。那这……"隗寿山欲言又止。

严怀德微微一笑:"想问十八味配料?"

隗寿山脸色一红。

"配方除了在我的脑子里,再就是藏在一张图中。"

制作作坊的所见所闻让隗寿山震惊,百年老汤、神秘配料、三绝八扒,还有沁蜜及祖训;从工艺到文化的演变,历经光阴,终成宫廷扒鸡之美,并得到了几代人的认可。想要在美味上超越,压力着实不小。

"配方藏在一张图中。"隗寿山近日总在琢磨师父这句话,有意无意与手上的《庖厨图》做起关联。

如果真有配方,会藏在哪儿?

此刻隗寿山展开挂轴,认真端详起这幅汉代《庖厨图》来:

图最上方的厨架上挂着乌龟、鱼、猪头及大块的肉,其高度足以躲开厨房里转来转去的几条狗。往下,切鱼的、做面食的、割肉的、宰羊的、汲水的、脱毛的、杀牛的、劏猪的、烧灶的、劈柴的、淘洗的、屠狗的,人们忙得不亦乐乎。画面底部是几个大罐子,其中四个装的是发酵酒,另外几个则装着米酒或水。这么多的酒和肉显示厨房正在准备盛大的宴席。

隗寿山仔细搜寻着图中的每一寸地方，试图发现什么？哪怕是细小的文字、细微的符号、奇怪的图案，但他最终失望了。

隗寿山离开隗家庄一年多的时间，四季如常流转，而烛花的人生却发生了重大变故。弟弟前往京城后，烛花与柴珏往来亲密，虽有阚掌柜悉心照顾，可毕竟是老板，有些事情不便开口；再加上烛花没有朋友，独来独往，我行我素，身边有可意的人追求，自然倾心相交。

单说这一天，整日以斗鸡为生的泼皮破落户茄二吃饱了喝足了，想去庄里的铭泉混堂泡澡。

铭泉混堂是一个拉呱的好地方，仿若另一种清茶馆，只是泡在水里的不仅有茶，还有人。在这里，无论穿绫罗绸缎或者破衣烂衫，脱掉了大家赤裸相见，看不出个高低贵贱；歇脚，喝茶，崩没根儿，没有了光鲜与虚伪，人也就更加放松安逸。

　　这新娘，真俊巴，
　　红线绳子辫根扎，
　　梳的白油松枝花。
　　大红袄，石榴花，
　　围裙绣着玉兰花，
　　飘带绣着紫金花，

鞋面绣着莲蓬花，
红洋缎子绣球花。
新娘面盘赛桃花，
胸前别着灯草花。

茄二一边唱着谣，一边大摇大摆地在街面上甩手走着。可巧儿，迎面碰上了街坊龙五。

"你小子想娘们儿啦，在这里撅蹬嘛？"

"别……别在这里……这里穷腔，俺去泡澡儿去。"

"唉，上次你就说请俺来。"

"谁说的！"茄二把眼一瞪。

"别赖皮，想耍半青小心挨揍。"龙五攥起了拳头，故意拉开架势。

"走……走，我请客，咱……咱这就一块儿去。"看着比自己高出一头的龙五，茄二赶忙换了副嘴脸，上前挽住龙五的胳膊……

"两位爷，官座还是客座。"堂倌把热毛巾递给茄二与龙五，热情问道，"单洗浴还是外加掏耳、扦脚、捶背、刮痧？"

茄二瞥了一眼堂倌："平……平座。"

"二位爷洗澡、吃茶，这边走着。"

堂倌在前面引路，两人来到平座混堂，脱了衣衫后，放到靠墙长柜里，入得澡池中。

"真恣啊。"龙五舒服地喘着气。

茄二阴着个脸，仿佛掉了五块银角。

"我说,你还不找个妮儿啊?"龙五一边搓着身子,一边说。

"咱庄里……哪有……哪有俊巴的,俊巴的……都嫁俩。"

"还真有个现成的。"

"嗯?谁?"茄二马上来了精神,支棱起耳朵听着。

"文谦旗袍店的隗烛花。"

"你是说仁爷……仁爷的闺女?"

"可不,这小妮子俊巴,她爹一没,弟弟又不在身边,多好的机会啊。"

"都说她爹……死得……死得蹊跷,说是让……让贡品扒鸡给闹的,有的还……还传是官里……派人给弄死的。"

"没腔眼子的事儿你也信。"龙五白了茄二一眼。

虽然龙五顺口一说,但烛花那五官精致、灿若桃花的鹅蛋脸顷刻浮现在茄二眼前。茄二冲了冲身子,咽了口唾沫,脸上露出淫邪的笑容,贼心眼子就动了起来。

茄二与龙五泡澡后没几天,挑了一个月黑风高的日子,悄悄地摸到烛花在文谦旗袍店的住处。他见四周静悄悄的,一片漆黑,略施小计撬开屋门,扑到烛花床上,猛地抱住了她。烛花受到惊吓大声呼救。茄二被这黑暗之中的呼喊给刺激着了,粗暴地将手伸向烛花高耸的双乳。

没料到,柴珏出现把茄二揍了个半死。原来,柴珏就住在烛花的隔壁,两人卿卿我我聊到半夜,刚分手就被这贼茄二摸进屋来。茄二被闻声赶来的柴珏揍得鼻青脸肿,满地找牙,落荒而逃。

烛花趁势扑到柴珏怀中声泪俱下，可怜这孤身女子，身边没有亲人，遇此情形一颗心也就归属了柴珏。柴珏趁势将烛花的内衣剥落，开始亲吻她的身体，自上而下，缓缓地富有节奏感地随着凹凸有致的曲线，无限向下延伸，柴珏疯狂的举动使烛花领略到前所未有的愉悦，她体会到了飞翔的快乐……

同一天深夜，远在京城的隗寿山意外发现了《庖厨图》的秘密。当时他正在饮茶，不觉嗓子一痒轻咳了几下，茶杯略一摇晃，一滴茶滴于正在观瞻的《庖厨图》上。图的右侧有一小块面积被浸湿，绫锦与宣纸粘黏处浮开了一个小口，宣纸的背面有隐隐字迹。

有道是"踏破铁鞋无觅处，得来全不费工夫"，经隗寿山仔细辨认，分别是"密壹贰、密贰贰、密贰伍、密叁叁"等十六组编码及两组类似于立体飘带式的奇异图案。

当隗寿山接到姐姐的信，连夜赶回济南时，还是晚了一步，烛花已失踪一周。烛花是边痛哭边后悔边给弟弟写的这封信，写完已是泪透纸背。信中讲得明白：

阚掌柜因肝癌去世，临终前将店面托付给了柴珏，没想到狼子野心的柴珏将阚夫人及其幼子赶回了云南老家，仅留给母子俩路上用的盘缠，他霸占了文谦旗袍店。与此同时，烛花怀上了柴珏的孩子，当他告知柴珏，负心郎才说了实话，原来他在泰安老家有妻子。烛花五雷轰顶，这才知道受了骗，后悔没听弟弟的话，柴珏果真是一个伪君子。没过几天，他把老家的妻子接到店里，烛花彻底崩溃，她打掉孩子，每天以泪洗面。就在不经意间，柴珏故意让烛花染上了鸦片，由于花销巨大，难以为继，百般无奈之下被柴珏卖进了妓院。

赶到翠华楼，得知姐姐失踪，隗寿山心急如焚。他跑到文谦旗袍店找柴珏算账，但已人去楼空，据邻居说柴珏两口子三天前变卖了房产，去干别的营生了，具体去了哪儿无从知晓。

隗寿山一无所获，没有丝毫线索，只得作罢。

返京前，隗寿山特意去百花洲拜访了一趟泉城老饕高裕斗。

百花洲清泉流淌、曲水流觞、湖光倒影、柳荫成趣。高裕斗的家就在曲水亭街的一户独门小院里。隗寿山见到高叔，一颗心算是有了归宿，高裕斗更是喜不自胜，连忙让老婆魏翠花上街打酒。

"大侄子快坐，婶子这就赶集买菜，今天咱吃猪肉白菜粉条的大包子。"说着，抹着泪儿走出了院门。

隗寿山给高叔讲述了此次返济寻找姐姐烛花的经过以及在京城打拼的经历，还提出尽快学成归来开一家扒鸡铺的想法。

高裕斗听罢，推了推架在鼻梁上的眼镜，缓缓说道："烛花的事也怪我，以为平日里有阚掌柜照顾不会有错，所以过问不多。上次见烛花，是与柴珏在一起，有说有笑的，没承想竟是一条中山狼，这下毁了姑娘。烛花比你心思重，有心里话也不跟旁人说。总之，如果上上心，孩子不至于这样，不至于啊！"高裕斗长吁短叹地自责着。

66

"高叔,别难过了,一个人的性格决定一个人的命运,自己的命只有自己掌握,目前还没到山穷水尽那一步,我一定会找到姐的。"

"寿山哪,你的性子跟你爹一样,慈心仁厚,是头犟驴,认准了的事儿一条道走到黑。但真要想成为扒鸡高手,就凭你刚刚蹚上路略懂了些皮毛还早着哩,没有定力可不行。"高裕斗语重心长地说。

隗寿山接过高叔手中的茶壶,把莲心茶斟上。

"你以为手艺人就那么好当?古时候打造一个金丝楠木柜子,不是一个人用一生能做完的。往往是爷爷做出粗坯,父亲做完粗工,孙子再精雕细琢,穷尽三代才打造出一件技艺精湛的木柜。在他们看来,要干就要对得起自己的良心。知道吗,真正的扒鸡高手收鸡不用秤,手可以掂出鸡的分量,三把可褪一只鸡;给鸡放血十拿十稳,如果放血不尽,鸡身就发黑,从而影响到造型色泽;不管锅里有多少只鸡,每次下锅的药料都是手抓,下多少料合适全凭感觉,这技术就得有个三年的磨炼。"

隗寿山此刻只有听着的份儿。

"记住,欲速则不达。"

隗寿山双手抱拳:"谢高叔指点。"

"另外,中国有句老话'工欲善其事,必先利其器',这制作扒鸡的种种铁器,小到杀鸡刀,大到煮鸡锅,都需要打造顶级工具,制天有为、顺天无为、物以致心,想开铺子你要考虑得细之又细,要给自己制定目标,攒下足够的本钱方可回来。总之，沉下心来，戒骄戒躁。"

隗寿山明白，压在身上的不仅仅是实现心中理想，更多是如何加以学习和深造，把扒鸡绝活儿学到手并发扬光大，使自己的存在有真正意义。

"高叔，还有一事相求。"说着把从《庖厨图》背面誊绘下来的十六组编码以及两组类似于立体飘带式的奇异图案双手捧给了高裕斗。

"这里面藏着烛夜坊扒鸡的配方，一直琢磨不透，还请高叔不吝赐教。"

"哪儿来的？"

"挂在爹卧室里的《庖厨图》。"

"仁爷必有深意。"

隗寿山便把爹与颜伟大师的渊源以及对编码图案的发现娓娓道来，高裕斗也是头回听说，惊诧不已。

他仔细瞧过，摇了摇头，不解其意。

"不着急回京城的话，去找趟你虎叔，他是行家。"

"来济南时严怀德师父犯了胃脘痛，有些不放心，想尽早回去。"

"好吧，回头我去找他。"

隗寿山返回烛夜坊后开始扑下身子在控捞工坊忙碌起来，熟练控捞技艺的同时，有意识地带着脑子、揣着心思去各大工坊实习。这一举动是经过严爷同意的，他想让隗寿山尽快融会贯通，全面掌握宫廷扒鸡传统技艺。

严怀德在徒弟身上倾注了大量心血，手把手传教，悉心指导，还在生活上给予了无微不至的照料。隗寿山深感庆幸，恍惚间从严爷身上看到了爹的身影。九大工坊几乎所有流程均已掌握，唯有配料工坊从未进去，这里成了最具神秘之地。

隗寿山平日里对自己要求甚高，在努力磨炼技艺的同时，把所学所做的一切看成是有灵气的生命体，极为虔诚，一个优秀的扒鸡匠呼之欲出。

然而就在宣统帝溥仪登基后的第三年，烛夜坊出品的宫廷扒鸡毫无征兆地毒死了军机章京霍武，此时正值清廷责任内阁成立后，军机处面临撤销的微妙时期，说是政治势力作祟也不为过。严怀德自然成了案件最大的嫌疑人，更可怕的是给霍府送鸡的太监一口咬定扒鸡是从严怀德手中接过，同行的霍武发妻申红梅可以作证。

严爷意识到有人栽赃，马上差遣隗寿山去找小东子帮忙打听。消息很快传来，他有可能被判极刑。

此刻，严爷坐在自家客厅里愁眉不展。

隗寿山起身往紫砂手壶里续上水，小心问道："师父，想想这段时间有没有得罪什么人。"

"我一向谨慎从事，与官中打交道更是'小心驶得万年船'，从不参与派系争斗，也从不散布过激言论，不可能得罪人。"

"会是谁栽赃呢？"

"只有一个人。"严爷呷了一口紫砂手壶里的碧螺春，"吴正。"

"临城郁香斋扒鸡铺的大掌柜？"

严爷点点头。

隗寿山听罢，显然有些吃惊。

"你想哪，寿山。虽然我装作被蒙在鼓里，咱烛夜坊却一直在给郁香斋供货，而后又转手卖给官中御膳房，这条线上最大的获利者是康总管，吴正却想谋求更大的利益。他三番五次暗地里找我，想重金购买官廷扒鸡的老汤和配方，被我拒绝了。"

"吴正心生怨恨，这才暗下毒手？"

严爷点点头："他心里清楚，真要在市场上竖起郁香斋这块招牌，咱烛夜坊才是最大的对手。"

隗寿山倒吸了一口凉气："如果把您置于死地，再做通康总管的工作，联手霸占烛夜坊，更换招牌，那可是灭顶之灾。"

看着隗寿山脸上的恐惧之色，严爷缓缓道："我严怀德一生光明磊落，最恨的就是背后使绊儿的无耻小人。"

隗寿山起身向严爷拱了拱手："师父您善人自有神助，不会出事的。"

"甭劝我，官里的事情我比你清楚。好在烛夜坊后继有人，你已经继承了我的衣钵，为师了无牵挂，死也瞑目了。"

"师父，快别这么说。"隗寿山鼻子一酸，险些落泪，"还记得那天霍府来买扒鸡的太监长啥样吗？"

"二十上下年纪，脸上有一块明显的青胎记，是一个跛子。"

隗寿山在脑海里画着像。

"徒儿啊，还有一事。你搭救过的汪掌柜真实身份是天地会万胜堂管堂，背地里颇有江湖声望，如果我出事，可到醉仙会馆找他。"

"我说汪大哥不像个买卖人。"隗寿山嘟囔道。

"那日他被天地会的叛徒追杀，险些丧命，幸亏你出手相救。"

"帮人就是帮己。"

严爷拍了拍隗寿山的肩膀笑道："好徒儿，我严怀德没看错你，进得醉仙会馆要用接头暗号，我来教你。"

只见严爷拇指直伸，食指弯曲，其余三指也直伸，并以直伸"三指尖"向上，附贴胸前，行鞠躬礼。

"跟着我做一遍，千万不能出错。"

隗寿山连忙起身，跟着动作连做三遍，默记于心。

此时严爷从怀中取出一个檀木方盒，递给徒弟说道："寿山哪，这是顺治皇帝御用的碧玉刻诗扳指，是我严家的传家宝，带在身上以备不时之需。烛夜坊今夜就解散，以免牵连无辜。我这家财分一半给工人，另一半连同扒鸡老汤、传统配方通通留给你。回家吧，去开个扒鸡铺，让这手艺代代相传。"此时严爷的眼睛已被泪水遮掩。

"师父，那这十八味配料？"

可怜这官廷扒鸡第四代技艺传承人严怀德未曾答话，来势汹汹的官兵就破门而入，把他强行带走。

"花椒、八角、肉桂、桂皮、丁香、小茴香、白豆蔻……"

严爷被五花大绑推出门外，嘴里大声叫喊着，官兵用破布堵住了他的嘴，隗寿山只听得其中七味。

这天京城的天气诡怪异常，昨天还阳光晴好，今天却漫天大雪，覆盖天地。刺骨的寒风将严爷送往宫中的死牢，路过之处，野草随即冻结，形成了满地冰草的奇绝景观。

当晚，五十三岁的严怀德蒙冤辞世。隗寿山前往牢中为师父收尸，他将师父的遗骸埋在了海淀乱葬岗。次日一早，尚未从悲痛中缓过来的隗寿山便匆匆赶往醉仙会馆。

会馆坐落在金台夕照，屋面为绿色琉璃瓦，屋顶为景德镇陶瓷脊饰，塑有各类人物、龙凤、鳌鱼等，轻巧秀丽，这里实为京城天地会的万胜堂所在地。

当隗寿山敲开会馆的大门，向前来迎接他的小老幺发出接头暗号，对方连忙还礼，问道："这位弟兄，你找谁？"

"管堂大哥汪子华。"

"随我来。"

这是一间暗室。室中供"五祖"牌位，祀关帝像，悬挂有"忠义堂"匾额；正中的桌案上，设有一木斗，上插五色旗、宫伞、七星刀及洪棍。

随着小老幺躬身退出，暗室内伸手不见五指。

"嚓"的一声，烛光燃起，隗寿山面前站着的人颧骨高高，双目炯炯，腰身挺拔，不是汪子华还能是谁？

"汪大哥。"隗寿山双膝跪地泣不成声。

"这是怎么了？快起来说话。"汪子华面露惊慌，将隗寿山搀起。

此时，隗寿山泪如泉涌，将师父遭人陷害、蒙冤辞世的事情直言相告。

汪子华听罢，如五雷轰顶。

"为什么现在才来找我？"汪子华怒道。

"师父被抓前一刻，才告诉我你的身份。"

"唉，这是不想连累我啊。"

"汪大哥，我要给师父报仇。"隗寿山咬牙说道。

"抓紧回济南，恐怕吴正正在赶来的路上，宫中的情势瞬息万变，无法左右。"

"正好将他碎尸万段。"

"陷害大哥的太监可曾找到？"

"早已不知去向。"隗寿山遗憾说道。

"吴正的陷害都是大哥的推测，没有真凭实据不可能洗冤，留得青山在，不怕没柴烧！快走吧，兄弟！"

"我要报仇。"

"君子报仇十年不晚。"汪子华劝道。

隗寿山稍加平复，缓缓点头。

"回乡后有什么打算？"

"制作出'华夏第一鸡'，告慰九泉下的爹，更要对得起师父的栽培。"

"兄弟，这绝非易事。眼下宫廷扒鸡技艺日臻成熟，要知道够格给御膳房供应扒鸡的还有司晨坊、翰音坊，如果郁香斋找到其中任何一家合作，你想制作出'华夏第一鸡'难上加难。"

"我心意已决。"

"将来无论遇到啥事，用得着哥哥的地方尽管言语。烛夜坊的后事，可曾料理完毕？"

"都已安排停当，放心吧，大哥。就此别过。"

"兄弟保重。"

次日一早，隗寿山收拾好行囊，环顾偌大个烛夜坊，此刻已是空空荡荡，人迹全无。他特意让谷子立与刘火头留下，帮着运送满满一大缸百年老汤。

"二位师傅，可曾知道配料工坊的百里先生去了哪里？"

"严爷辞世后，他就匆匆回了长沙老家。"刘火头答道。

"唉，看来这扒鸡配料我是无缘知晓全了。"

"寿山哪，百里先生虽说掌管配料工坊，可并不知道确切配方，每次配料都是严爷亲临工坊面授机宜，而且仅让他配齐其中九味，种类各不相同，完整的配方只有严爷知道。这是近三年来的配料记录，都在这儿。"

隗寿山仔细查看着记录，沉默不语。

就在三人即将踏上去济南的路途时，隗寿山想起了小东子，在返乡的最后一刻来到官中，好不容易在内膳房找到了他。因宣统帝溥仪着急用膳，小东子忙得不可开交，两人匆匆话别。

正当隗寿山离开内膳房，经过外厨房的时候，忽然发现了新大陆。那是一排排锁扣密封设计，全木质封盖的抽屉，有厨师正从中取出一捧八角，这竟是存放香料的橱柜。关键是每个抽屉上都标有一组数字编码，编码的内容以"密"字开头，显然正是通过这组编码来注明内在的香料名称。这样既可以方便厨师配料，又只有官中的厨师才能明白，彰显了皇家膳食配料的规范与条理。

他看着这一组组数字，顿开茅塞，立马找来小东子帮着协调了一个在忙的配料厨师，从内衣口袋中取出早已誊写、日日研究的"密壹贰、密贰贰、密贰伍、密叁叁"等十六组数字编码，一一对照着找出抽屉里的香料。很快，十六味配料浮出水面。

隗寿山欣喜若狂，只差两味香料，烛夜坊的传世配方就能展露真容。

肆 独眼匠人

隗寿山与护送百年老汤的谷子立、刘火头回到隗家庄。在九华楼摆了一桌酒席,邀请高叔、虎叔来为两位亦师亦友的烛夜坊前辈送行。席间,又给了两人一大笔钱,足够一辈子开销。

隗寿山此时雄心勃勃,构建着缜密的计划。他低调地在共康里买了一间瓦房与一间厨房,有了落脚点,平时深居简出,从不与人来往。他开始总结五年间在京城烛夜坊学到的实操知识,梳理着严爷匠心制作扒鸡的点点滴滴,没有着急张罗扒鸡铺,时刻提醒自己欲速则不达。

每当夜深人静,隗寿山会思念起爹、娘还有姐姐烛花。历经丧父失姐之痛,又增添了严师含冤辞世的仇恨,隗寿山心力交瘁,他想尽快调整状态。记得爹曾说过:"浮躁是人生的大忌，爹娘造就了千差万别的性格，每一种不好的性格都可以改造，真挚的朋友就是一面镜子。"

眼下，隗寿山的事业可凭一己之力随时搭建舞台，但他追求的不是一蹴而就的辉煌而是持续发展的目标。严爷说过：日本有金刚组、池坊华、通园茶屋、须藤本家等七家千年企业，它们除了拥有通透的经营理念外，还有指导招牌发展的思想，这种思想可视作企业的灵魂。目前还要给自己的扒鸡招牌起个响亮的名字，事业就像人，没根不行，没魂不行，没名也不行，根是技术，魂是精神，名是门面，一定要先找到这三把"钥匙"。

隗寿山从小到大，看了太多的中华传统文化典籍，《三国》《水浒》《隋唐》等英雄传奇小说更是手不释卷，从中汲取更多的是一股力量，但有人却总结出了一种智慧，此人就是五年前与隗寿山偶然相识，而后落户在隗家庄的皮影匠孙志彬，这种智慧随着两人深入交往，更是体现出难能可贵。

人潮涌动的隗家庄大街一隅，斗大的"孙家皮影"杏黄大旗迎风招展。这面旗帜历经风雨已然褪色，且不乏细小的破洞，但在皮影匠孙志彬眼中它是崭新的，那是坚守的意志在提醒他：要把最优秀的表演奉献给百姓，每一次出场都是第一次，也是最后一次。

  三国五虎响彻了天，
  各位客官听我言。
  关羽温酒斩华雄，

千里单骑念皇兄;
翼德当阳桥上吼,
喝退曹营百万兵;
子龙威震长坂坡,
七进七出保太平;
马超渭水扎大营,
阿瞒割须逃性命;
黄忠定军斩夏侯,
勇冠三军留将名。

  激扬的唱词直灌隗寿山的耳畔,地道的山东梆子腔勾起了无限遐想——将军、士兵、阵仗,风烟滚滚群雄逐鹿;山谷、狭关、旌旗,风雷激荡四海翻腾。孙志彬的妻子贾凤倩在一旁配合着丈夫,时而敲锣鼓,时而拉板胡,时而吹唢呐。

  锣鼓点儿愈发铿锵,周围的欢叫声此起彼伏,再看孙志彬,跟着五虎英雄的出生入死,悲愤、长啸、开怀、惆怅。他笑中带泪,引领着观众驶入内心的星辰大海;他唱中带嚎,像倾诉着自己的人生,高低起伏,抑扬顿挫。孙志彬唱到最后,大吼一声,单目圆睁,气贯长虹,围观的百姓跟着相和,激昂雄壮,叫好声不断。

  彬彬有礼的孙志彬,瞎了一只眼的脸上始终挂着微笑,那种微笑绝不是装出来的,而是经历了世事的磨砺从容自现。他脱下已经湿透的紫色长衫,露出黄色对襟绸褂,向观众深深鞠躬;而后端起简陋影台上的铜盘,在周遭这么一转,噼里啪啦的零星铜圆砸落盘中。

孙志彬向观众不停作揖致谢，而汗透衣襟的贾凤倩却默不作声。有道是："敬人者，人恒敬之；爱人者，人恒爱之。"可偏偏就有不知趣儿的。

"你这唱的……啥……啥……玩意儿，要多难听……就有……就有……就有多难听，卷起你这……这……这……臭布快给我滚……滚，把钱……钱……给老子留下。"泼皮破落户茄二摇头晃膀地冲孙志彬嚷嚷道。

隗寿山见状，迎了上去。

"茄二，孙先生又没招惹你，耍的啥横？"

"隗寿山，你……不是在京城吗？"

望着眼前的仁爷之子，茄二大惊失色，歪着膀子大声嚷嚷："爷们儿我……倒霉，又他娘的赌……赌输啊，来要点……本钱，你少管……闲事儿。"

孙志彬感激地看了一眼隗寿山，觉得似曾相识，一时却又想不起来。他强压怒火，上前躬身施礼："手艺人混口饭吃，可比不上茄二爷斗鸡发财，我这小本营生，您高抬贵手。"

"隗家庄……就你……他娘的……不识时务，还不……还不给茄爷拿钱。"

茄二薅住了孙志彬的衣领，正待使劲儿，脚下却突然失去了平衡，整个人四仰八叉摔落在地。隗寿山出其不意的扫堂腿可不轻快，把茄二摔得龇牙咧嘴，苦不堪言。

茄二抹了一把嘴角，悻悻地爬起身："你……你……你他娘……多管闲事，走……走着瞧。"随着话音儿逃得无影无踪。

"你是仁爷的儿子。"此时孙志彬用手拍着脑门,恍然大悟道。

"孙先生,俺们爷儿俩请你吃过扒鸡哩。"隗寿山笑道。

"想起来了,别先生先生的,叫老哥哥。"

就在这会儿,孙志彬身后默不作声的贾凤倩开了口:"你自己把东西收拾回去,俺回娘家了,跟你那俩亲闺女过去吧。"

"凤倩,你这说的啥话,快跟俺回去,让外人笑话。"说着,孙志彬来捉妻子的手,贾凤倩把胳膊一甩,气呼呼头也不回地朝人群外走去。

"凤倩,凤倩……"

任凭呼喊,人已走远。

孙志彬无奈地摇摇头,朝隗寿山拱手道:"让老弟看笑话了,到寒舍喝杯茶吧。"

隗寿山转身冲围观的百姓喊道:"散了,散了,都散了吧!"

"老哥哥,我来帮你收拾东西。"

俗话说大隐隐于市,树德里孙志彬的家真叫一个寒酸。床、桌椅、饭橱,几件零星的家具显得空空荡荡,破旧的墙壁早已残败不堪,灯油即将燃尽,光影飘忽不定。隗寿山站在屋里,周遭的一切仿佛暗淡下来,时间在内心滴答滴答作响,孙志彬的穷困潦倒让他心痛。

"没想到你们的日子这么苦。"

"还好。"孙志彬答道。

"嫂子咋回事？"隗寿山问道。

"回商河娘家，都嚷嚷好几天了，跟我怄气哪。"孙志彬一脸苦涩。

"为啥？"

"不怕兄弟笑话，结婚这么多年也没怀上孩子。这不，眼下收养了两个孤儿，姐妹俩差点被卖到翠华楼，被我拦下了。"孙志彬给隗寿山沏上茶，恭恭敬敬地双手奉上，"媳妇埋怨我没跟她商量，其实我知道她心里并不反对，只是演皮影戏这东一处西一处的，还得时时提防着官府抓玄灯匪，钱难挣啊！"

隗寿山接过杯子，顺着孙志彬手指的方向，发现在床的一边搭有一个地铺，两个十来岁面黄肌瘦的姑娘正在熟睡，破旧的被褥散发出一股霉味儿。

"双胞胎，一个叫孙灵，一个叫孙秀，我给起的名儿。老弟，别站着，坐下说话。"

也许只有在表演皮影戏时孙志彬才能肆意宣泄，如若平常，很难把他同舞台上的豪迈联系起来。

"老哥哥，你们平时都吃些啥？"隗寿山将眼光转向了饭桌。

"棒子面窝头、大葱、萝卜、咸菜。"

隗寿山望着眼前这张充满笑意的脸庞，陡生敬意。

失明的眼睛，瘦弱的身躯，爬满皱纹的脸庞，似乎在诉说：卑微的手艺人都在贫苦而认真地活着。

"每个手艺人都会遇到困难，都用自己的方式抗争着，绝不妥协。我的愿望很朴实，就是把皮影戏演好，把日子过好，靠精湛的技艺与过硬的表演赢得尊重，对身外之名，别人的赞誉还是毁谤从不当回事，自己无愧于心就行。"

"对了，正想问你，五年前你为啥说五虎将是英雄也是匠人呢？"

"如果把关羽的忠诚用在匠人身上，意味着要诚实面对自己，匠人投入感情的东西是任何金钱与权力买不到的；张飞的执拗，可以理解为对手艺精进的执着，功夫没有绝招，一个招式练一万遍就是绝招；赵云的虚怀若谷难能可贵，一个匠人若没有胸襟，不会登峰造极；马超的刚猛，更值得匠人学习，日子越是活得消沉，就越应该满怀一腔热血跟生活过招；黄忠的勇烈，用在匠人身上就是一条道走到黑，既然干上了，就是一辈子的事儿。"

孙志彬说这番话的时候没有一丝激动，依然从容平淡，但隗寿山却感受到了一股精神的力量，这力量不容他小觑。

"老哥哥，这是我的一点心意。"隗寿山将二百龙洋塞进孙志彬手中。

"这钱俺可不能要，心意领了。"

俗话说夫妻没有隔夜仇。

孙志彬的妻子贾凤倩在老家待了没几天，就惦念起丈夫与两个孩子，当她大包袱小提溜地回到隗家庄时，乐坏了孩子们，看着好吃的菜窝窝、豆面煎饼，还有新赶制的粗布衣裳，兴奋地直喊"娘"。

临近清明的一天，夫妻俩回孙志彬的老家平阴玫瑰镇，给顾希思老人做寿演出皮影戏。顾家是镇上首屈一指的大户人家,祖上曾官拜正三品王府长史,顾老太爷独爱皮影戏,用他的话说就是"唱念做打一人牵,生旦净丑惹人醉"。

孙志彬与往常一样,挂牛拉起大车,车上载着全部道具行头,与妻子上了路。路上只要有条件,两人就唱上一出,同时也掐算着行程,怕给顾家误了事。

有道是清明前后刮鬼风,没承想就在路上,鬼风呜呜地转着圈跟着人走,一时间夹杂着泥沙尘土旋转上升。两人瞬间被鬼风裹挟其中,睁不开眼睛。

"彬子,咋回事?"

"怕啥,有我哩。"

此刻的孙志彬发觉气氛怪异,遥望前方看不到一缕炊烟,听不到一声鸡啼狗吠。贾凤倩揉揉两汪清水似的凤眼,捋了捋额前的刘海儿,添了补丁的粗布衣衫也没能遮挡住美貌。

"最近俺总是心慌,咱白天赶路晚上唱戏,没准早被官府盯上了,这玄灯匪的罪名可是要杀头的。"

"凤倩,你说这人世间最怕的是啥?"

"叫俺说是穷。一年到头,起早贪黑,东窜西窜,还得躲着官兵,才能挣几个钱儿。"

"叫我说是没手艺。人活一张脸,树活一张皮,身上没有过硬的本事,这老脸往哪儿放。"

"叫俺说是鬼。人死了,就变成鬼。净出来吓人。"

孙志彬笑了:"合着这人最怕的就是没手艺的穷鬼。"

贾凤倩接口道:"这两年,要不是俺给你敲锣鼓、拉板胡、吹唢呐，你的戏活儿到不了这步。"

孙志彬接过妻子递来的水壶，咕嘟咕嘟喝了一气儿："这手艺在俺心里就跟文化人敬惜字纸一样，要虔诚、要传承，更要超越前人，一辈子连一件事都干不好，还能干啥。"

孙志彬又叹了口气："话说回来，当年要不是我把你从梆子剧团娶到手，还不定你受哪些人的欺负呢。"

"俺喜欢的就是你这股傻劲儿。"贾凤倩低声说道。

此时，太阳像个火球，天上的云竟被太阳染红了，那刺眼的红光照在夫妻俩身上，孙志彬浑身不舒服起来，接连吞咽了几口水，用手在嘴角一抹："娘的，该来的还是来了。"贾凤倩旋即从牛车上拽下一大块粗布，两人在地头坐下来。孙志彬也不吭声，接过粗布，展开，双臂撑起，遮住了骄阳。

他的一只眼在流泪，是多年的毛病。

贾凤倩紧紧依偎在丈夫怀里，用手绢轻轻擦拭着滑落的泪水："你的泪也该还完了。"

孙志彬的娘是甘肃兰州人，把他生在了驼背上。

他是从驼背上长大的，爹娘都是骆驼商队的成员，专跑京城到新疆这条线，打小记忆里就是刺眼的阳光，如同现在的情形一样。

"沙漠里的风景美得很哩。"

"知道你难受，少说两句吧。"贾凤倩心疼地说。

"那阳光下，石墙像野猪，石柱像狼牙棒，有的还像大白菜；风大得很，砂石吹在脸上生疼，感觉就像从火焰山走过；那时候如果没有驼铃声，俺是睡不着觉的。"

"瞎了就瞎了，俺又不嫌弃你。"

泪水止不住地流，孙志彬用粗布蒙住了头，陷入痛苦的回忆。他想起十四岁时跟着爹娘回到平阴老家，不久爹就去世了，娘是哭瞎了两只眼才走的。

"老一辈的人没有吃不了的苦。"

"这苦也跟了你半辈子。"

"有你不觉得苦。"

"可惜俺没给你怀上个孩子。"贾凤倩愧疚地说。

"说啥哩，是我配不上你。"

"得亏你遇上了鹿清江师父。"

"他教的第一出戏就是《三国五虎》。"

"怪不得你这么迷五虎将。"

"这出戏我要唱一辈子，要把它唱好唱精，还要传下去。"

"就是领养也该养个男孩儿不是？"贾凤倩嘟囔道。

"谁说女子不如男，不能把话说得太早。"

孙志彬搂住妻子的腰身，转口说道："最近看了一本《晋灾泪尽图》，那才怕人。"

"知道你识俩字儿，净瞎拽。"

"书里说，有一位南方来的旅客，路过山西时正好赶上丁戊奇荒。他的老婆被活活饿死，正当他在院子里号啕大哭时，有人赶紧给他关上了院门。因为只要有人哭，就知道这院里死了人，疯狂的灾民便会饥不择食来抢尸体吃……书里写的全都是人吃人的故事。"

贾凤倩竟怕得颤抖起来:"就不能说点儿好事儿。"

孙志彬笑了:"饿不?"他从怀里掏出个窝头递给妻子:"先垫垫,你的胃病刚好些,再咋的也得注意,等晚上演出完了,吃顿好的大歇歇。"

"没啥,就是挂念着两个孩子。"

"都这么大了,没事儿。我倒担心你,真要忙起来,犯了胃病……"

"想啥来,俺没事儿,你也别盼着有事儿。"贾凤倩瞥了丈夫一眼。

待阳光不那么刺眼,夫妻俩站起身,重新上了路。

就在这人烟稀少的官道上,五双眼睛正在暗中盯着他们……

当晚,经过鱼油打磨,变得挺括透亮的白色纱布屏幕被侧挂在大车上,大约有五尺见方,后面用布帐将整个大车围起来做成后台。

大戏即将开演,贾凤倩做着最后的准备。她把青瓷碗制成的皮影灯用细绳高高挂起,燃着由七八根灯捻组成的灯芯,灯亮了。

此刻,孙志彬端坐在白色幕布后,凝心聚神表演着《瓦岗五虎》,唱、念、说、做潇洒到位。一旁的贾凤倩也将乐器演奏得严丝合缝,铿锵作响。

瓦岗五虎扳倒了天,
各位客官听我言。

智勇双全秦叔宝，
忠孝诚信人人赞，
赢得三军尽开颜；
出身草莽单雄信，
爱憎分明薄云天，
江湖都称孟尝君；
文韬武略王伯当，
赤胆忠心勇三郎，
黄斑马上耍花枪；
忠厚质朴程咬金，
善耍板斧爱百姓，
混世魔王皇帝命；
王侯出身俏罗成，
武科状元破隋兵，
常胜将军百战平。

　　但见孙志彬演绎的五虎将一会儿双锏对打，一会儿跃马驰骋，一会儿传令三军，文武场面配合紧凑，唱腔圆润字字动听，整台戏被他耍闹得异常红火，观众们看得如痴如醉。老寿星看得更是真切，随着戏中人物命运的跌宕起伏，悲喜交加。就在此时，孙志彬大喊一声："添油啦！"

　　顾老太爷立马派人前来添油。那桐油，耗费得很，一晚上的戏，起码得添个三五次。再看孙志彬，丝毫没受添油的干扰，他沉浸在主人公的乱世江湖中，不能自拔……

突然，黑暗中一支飞镖直指孙志彬。

孙志彬身形晃动正做着《瓦岗五虎》的收尾动作，飞镖擦肩而过，险些刺中。

五个官兵风驰电掣杀到牛车跟前，想一举擒获夫妻俩。一时间，看戏的观众彻底乱了套，哭爹的、喊娘的、叫怨的此起彼伏，幸而有顾家家丁与官兵展开混战，才保全了孙志彬和贾凤倩。

孙志彬混战中受了重伤，在顾家昏昏沉沉睡了一个星期才醒过来。醒来后发现，自己失去了左手的中指。这意味着，将暂别热爱的、赖以生存的皮影表演。此时守在身边的贾凤倩哭得死去活来，丢了一根手指像是丢了命。孙志彬知道，妻子哭的不是自己，而是这日渐成熟的演出技艺。

回家路上，孙志彬静静躺在牛车上，听着吱扭吱扭的行进声，望着妻子消瘦的背影，泪眼模糊。他做起了梦，梦到当初跟师父学艺时，整整三个月除了练掰杆，别的什么都没做，手练肿了，和杆接触的地方皮也磨破了，流了很多血，血一直流，流向舞台，流向观众……

他惊醒了，汗水浸透衣衫。一个皮影戏的把式除了演戏谋生，还能做什么？要知道，皮影表演，人物的喜怒哀乐、坐立行走、洗脸梳头、端茶倒水、舞刀弄枪这些动作和心理变化，都仰仗演员操控手中的几根皮影杆来完成。

"打起精神，别哭丧着脸，不还有我嘛。"贾凤倩宽慰道。

"文戏三根杆，武戏四到八根杆，有时要到十八根杆，我咋弄，你让我咋弄！"孙志彬吼了起来。

"咱就演些简单的,总得糊口啊。"

"演不了五虎将,还算个啥。不能糊弄自己个儿,更不能糊弄观众。"

"那你教俺呗,好人还叫尿憋死啊。"

"你要有这个能耐,早就教你了。"孙志彬苦笑道。

"顾老太爷不是给咱出主意了吗?"

"你是说制作皮影人?"

"演皮影戏与制作皮影人都是皮影行,有啥不好?"

孙志彬听罢,暗暗宽慰自己:面对突如其来的不幸最重要的是心态,要做生活的强者,苦难就像一道判决——不是赴死,而是重生。夫妻二人商量着就从平阴孙志彬堂哥的家中暂住下来。贾凤倩惦记着隗家庄的姐妹俩,住了不到两天便独自回去了。

孙志彬开始有意识地和周边戏班子里那些会修复皮影人的工匠套近乎,偷学他们的修补技术,不但把原先手中那几张残破皮影人修复好了,还为几个戏班子义务修复皮影。他给人们的感觉是谦和文弱、彬彬有礼,方圆百里很快就传出他的名号,大家都称他"修补孙"。随着残破的皮影越修越多,他慢慢掌握了皮影人的构造,也开始摸索啥样的皮料更适合表演,啥样的颜料可以更加绚丽。随着修补皮影人的手艺渐入佳境,孙志彬的心态也慢慢恢复,他终于又开了嗓,日日练唱功,内心永远涌动着一股重返戏台的激情。

春日的一天,临近傍晚,孙志彬从堂哥家里出来,前往拱极门内的文庙戏班去送修补好的皮影人。此刻手中的皮影沉甸甸的，要知道文庙戏班在百姓中有着"绘声绘影新特奇、形神兼备誉齐鲁"的极佳口碑。

文庙戏班驻扎在平阴文庙中轴线自南向北的明伦堂一带，其班主大有来头，是制作皮影的顶尖高手叶子坛，他的现场演绎更是一绝。来到文庙，孙志彬调整心绪，深吸了一口气，虽说天色将晚，但这唐风宋韵的温婉缱绻，让他的心底瞬间沉静，濯洗得一尘不染。事不凑巧，杂役说戏班子刚走，叶班主带着三位徒弟悉数前往崇化楼饭馆，有大戏上演，孙志彬得知后决定前往崇化楼。

平阴，乃玫瑰之城。自明代开始，平阴人已将玫瑰花用于酿制玫瑰酒、搓制玫瑰酱和制作玫瑰糕点。位于会仙门西首的崇化楼饭馆有一道绝世名菜，唤作"玫瑰梨丸子"。这道菜，源于乾隆年间，由原籍平阴的兵部侍郎孙光祀研制，成为当地酒宴必点名馔。

当天晚宴前来赏光的都是大人物，由山东巡抚孙贵琦、济南知府刘甲善陪同着威海卫行政长官英国人洛宁特与德军军官巴泽尔一行，他们自老城游览了趵突泉、千佛山等名胜后，来到平阴品尝当地美食。

出身显贵、心思缜密的孙贵琦，此时一身官服坐在太师椅上悠闲地喝着莲心茶。他的父亲曾是光绪皇帝的老师，官至内阁学士、户部侍郎，其岳父曾任山东巡抚。刘甲善则是一个左右逢源、八面玲珑之人，脸上始终挂着微笑。洛宁特鹰鼻高挺，目光炯炯，是个典型的中国通，此番来济，主要是陪伴巴泽尔散心。整个途中，巴泽尔有任何问题总是用英文请教洛宁特。殊不知，这位战功赫赫的将军也有私心，他看上了洛宁特的妹妹艾琳娜。

眼看快到吃饭的点儿，属下来报："酒宴备好，就等巡抚一声令下。"刘甲善向孙贵琦请命，恰在此时，巴泽尔开了腔。

他用蹩脚的中国话对洛宁特说："亲爱的洛，据我所知，一百多年前，著名诗人森德在他三十二岁生日宴上看到过一场别开生面的戏剧，叫作皮影戏。不知这里有没有？"

洛宁特两手一摊，摇了摇头："这得问巡抚阁下。"

孙贵琦示意刘甲善给两位洋大人续茶，眼睛眯成了一条缝，欠身笑道："我还知道，当时包括森德在内的所有来宾，都钦佩这戏剧的魅力，看过后久久不能平静。那是为啥？因为有趣、开眼、赏心悦目。两位贵客真有眼福，文庙戏班是咱齐鲁皮影戏的魁首，就在此地。来人哪，速将叶班主请来，给尊贵的客人演出。"

刘甲善抱拳称是，躬身退出大堂，前去安排。

巴泽尔兴致高涨："好，咱们等着。玫瑰梨丸子可以不吃，但这皮影戏一定要看。"

洛宁特压低声音在孙贵琦的耳边说道："孙阁下，巴泽尔将军很可能会在明年赴任德国驻济南领事馆领事，这次的游历必将留给他深刻的印象。知道阁下正在给袁世凯大总统申请北京政府外交总长一职，这两国浇灌友谊之花的机会可不多。"

孙贵琦点点头，吩咐道："来人哪，把前院的场子收拾好喽,人一到,立马开演。"

洛宁特呷了一口莲心茶,感觉十分受用,转身问道:"将军可知当时森德看的哪一出?"

巴泽尔说道:"《三国五虎》。"

"将军确定?"

巴泽尔笑了:"我是森德诗歌的忠实读者,他的奇闻轶事都装在我的脑子里。"

当刘甲善、叶子坛一前一后进得崇化楼大堂时,明眼人都瞧得出来,两位蔫儿了,耷拉着脑袋,满头是汗。刘甲善回话,人是到了,可戏演不了。原来今天叶班主正赶上抱恙,声音嘶哑,咳喘得厉害,关键是《三国五虎》只有他自己会唱。

巴泽尔的脸阴沉下来。

孙贵琦暗中安排把酒菜上齐:圣井酱牛肉、东阿蒸鱼肚、一品玫瑰肉、珍菌驴肉,还有就是绝世名馔玫瑰梨丸子。

嗅觉像是一种奇怪的打开方式,能让大脑下意识地激发出对美食无限的品尝欲望。巴泽尔感受到了,在座的各位也都感受到了。

刘甲善清了清嗓子,说道:"两位大人,咱换出戏咋样?"

巴泽尔心有不甘:"今天就听《三国五虎》。"

一张白布搭建的舞台后,灯光点缀,锣鼓敲响,光影之间,叶子坛酝酿着开口。但见他双手舞动皮影,用情地用双脚跺地打着节拍,一声吼唱"关羽温酒斩华雄……"后,嘶哑的嗓音戛然而止,接下来就是拼命的咳嗽声。

就在这当口,有一人闯进院子。

"谁让你进来的?"看门的侍卫喘着粗气,怒视着不速之客。

"文庙班来演戏的。"孙志彬的贸然出现,引得众人一片哗然。

原来,孙志彬赶到崇化楼门口时,碰巧听到刘甲善与叶子坛的对话,知道这出戏要砸锅。

眼前站着的人,一袭藏青色便褂,右眼失明,但左眼目光泰然,双手抱拳施礼,颇有几分大将风度。

"这不是'修补孙'吗?你来做什么?"叶子坛擦擦额头上的汗,疑惑地问,心里面嘀咕:这不是添乱嘛!

"我来唱《三国五虎》。"

"你?"叶子坛哭笑不得。

"怎么,班主信不过我?"

此时,刘甲善觍着笑脸大声张罗道:"洛长官、巴将军,你们看,这玫瑰梨丸子都凉了,凉了可就不好吃了,趁热趁热。"

"还不快给贵客介绍介绍。"孙贵琦接过话头。

"这可是齐鲁名吃。炒好的芝麻、核桃仁、青红丝,还有玫瑰花与面粉猪油团成馅料,再拿大青梨去皮切丝儿,和馅料团成团,外面蘸上地瓜粉,下锅炸成金黄色。尝尝就知道多么香了。"

洛宁特夹起一颗玫瑰梨丸子,酥脆外皮飘出的热气里氤氲着各种原料的香甜,尤以玫瑰香最为诱人。"嗯,香,好吃。"没待众人反应,他大声说道,"这位独眼先生来都来了,就唱上一出。"

"就看看这位先生的表演。"巴泽尔发了话。

屋内顿时鸦雀无声。

叶子坛起手示意,光源遮尽,独留一盏,白幕拉起,锣鼓喧闹,一时又恢复到《三国五虎》的开场。

孙志彬那婉转悠扬的地道唱腔一出口,便惊煞旁人,流畅不失华丽,雄劲略带余韵。叶子坛吃了一惊,把心咽到肚子里,使出了浑身绝活儿。要知道武打动作是皮影戏中难度最大的,他现在只需手里操纵皮影杆和踩踏台板,而对话唱词都由孙志彬来完成。有道是,"一口道尽千古事,双手挥舞百万兵。"

两人配合得天衣无缝,这都是多年的舞台经验积累所致。再看洛宁特与巴泽尔,傻了!

巴泽尔开场前往嘴里塞了一颗玫瑰梨丸子,这戏至少演了三分钟,愣是没嚼一下。为啥?看呆了!不敢分神,两只眼睛不敢耽误一秒钟。

孙志彬这一亮嗓,脑海里满是鹿清江第一次手把手教他唱《三国五虎》的情形,那真是啸气冲天、虎虎生威。

孙贵琦终于舒了口气,对这位救场英雄暗自竖起大拇指,人不可貌相,海水不可斗量。彬彬有礼的孙志彬一张口就技惊四座。

这正是——

> 玫瑰之乡迎异客,

千年皮影念森德；
无人应和五虎将，
独眼匠人逞英豪。

伍　用心不用手

近日来，隗寿山开始着手设计制作扒鸡铁器的图纸，这是打造"华夏第一鸡"的首要任务。在京城烛夜坊时，他将杀鸡刀、铁锅、油勺、铁叉、锅鼎等主要器具的测量数据了然于胸，其器型特点业已揣摩上千遍，现在要加进自己的想法，使铁器更好地为精制扒鸡服务。

一天中，常常卯时开始工作，第一个时辰就只用来勾勒草图，手边的参考铁器堆满了房屋。他用极简的线条不厌其烦地描绘出极具灵性的构图。有时，为了设计一个符合用力习惯的手柄就要花费大量的时间。隗寿山把源于生活的艺术之感、思想之境，全部注入绘制的图纸中。

大明湖历来是文人墨客聚集地，南方的城中湖过于狭长致清秀有余，北方的城中湖略显粗犷却粗中有细，大明湖既有北方的格局又有南方的秀气，正如齐鲁美女才是真正的"淡妆浓抹总相宜"。

隗寿山受泉城老饕高裕斗之邀，今日来此放松心情。但见历下亭、铁公祠、北极庙，古意盎然如梦如幻；那蓝色的湖光洁净如花，那绿色的树丛氤氲迷人，那红色的木柱巧夺天工，那灰色的古顶清韵幽幽。

藕香榭一隅，高裕斗姗姗来迟，隗寿山疾步向前躬身施礼。

"寿山哪，快来见过芝香姑娘。"

隗寿山愣住了。

高裕斗身后，现出一位姑娘，二十三四岁年纪，身着银红小裌，外罩一件宝蓝缎心，额前垂着两股流苏，如同一泓清泉般的眼睛，天生就会说话。

"这位是青岛德润斋烤肠店掌柜段芝香。"高裕斗笑眯眯地介绍。

"这就是隗寿山，你们慢慢聊。"

见高裕斗转身想走，隗寿山忙问道："高叔，那奇特图案可曾破解？"

高裕斗埋怨："连你虎叔都破不了，别老寻思你那扒鸡了。"

望着高裕斗的背影，段芝香咯咯笑了。

"段掌柜见笑了。"

"高叔真有意思，把你夸上了天，说你才高八斗学富五车，认定的事儿一条道走到黑,关键还有大把银子。"

隗寿山脸色一红:"还说了啥?"

"说我们俩有共同语言。"

隗寿山望了一眼姑娘,她的穿戴与性格大相径庭,这打扮像个官家小姐,可言语却像个江湖女侠。

"咱们走走。"段芝香大方说道。

两人向湖畔苑走去。

"高叔刚才说你是德润斋掌柜?"

"青岛烤肠吃过没?"

"没。"

"下次捎给你尝尝。"

"你和我高叔……"

"高叔与我爸是老相识,当年德润斋开业,他是股东之一。"

"难怪。"

"难怪什么?难怪高叔把我介绍给你?"

"噢,不,不。"

"吞吞吐吐的,不像个学富五车的,倒像个蒙昧无知的。"即墨女子段芝香笑道。

"那你就说说这烤肠呗,我洗耳恭听。"

"与德国人有关,他们在青岛产的啤酒喝过吗?"

"喝过,好喝。"隗寿山来了兴致。

"啤酒卖开来,德式烤肠就走进了生活,德润斋是第一个吃螃蟹的。"姑娘眼睛一亮,歪头俏皮地看着有些拘谨的隗寿山。

"我最喜欢啤酒的泡沫,芬芳令人愉悦。"

"你这人文绉绉的,说话像个书呆子。"

"书呆子就爱刨根问底,你这烤肠都有啥特色?"

"传统香肠吃过吧?"

"莱芜香肠最好吃,味道醇香,肉质紧实,爹在世时最爱吃。"

"你是说仁爷?"

"你咋知道?"

"高叔说的呗,说他是隗家庄的大善人。"

"那你接着说。"隗寿山闻到了一股醉人的少女体香,清新、淡雅。

"把传统风干肠和德国肉肠的工艺结合,将猪肉切块,添加淀粉,搅拌均匀后灌入肠衣,微微晾晒,再蒸熟,然后放在炉灶上边烤边熏。"

"听着倒不麻烦。"

"这你就不懂喽,我爸说,德润斋做的是'天下独一味'。"

"独一味?"

"猪肉要选莱芜黑猪;腌制的食盐来自盐都自贡;天然猪肠衣;熏烤的果木用的是烟台苹果树;二十多种天然香料都采购自福建泉州。"

隗寿山突然发问:"香料在哪里采购的?"

"泉州啊,那里有全国最大的香料交易市场。"

"叫啥名?"

"刺桐香料市场。"

隗寿山看着眼前的俊俏姑娘，感到生活似乎像一支永远不曾完结的曲目，不停寻找着动情的景致，短暂的交流便找到了想要的东西。生活是伟大的导师，吸引着拥有共同追求的人。

"你爸是个有匠心的人。"隗寿山认真说道。

"听高叔说你想扒制出'华夏第一鸡'？"段芝香抬起头，表情生动迷人。

"德润斋不是要做'天下独一味'吗？咱们干的是同一件事儿。"

段芝香听罢，觉得眼前有些学究气的青年浑身散发着向上的魅力，她对隗寿山有了好感，脸色微红。

"一个年轻漂亮的姑娘竟是大掌柜，佩服佩服。"

段芝香红润的脸庞露出一丝苍白："我爸刚去世。"

"对不起，对不起，给您赔个不是。"隗寿山作揖道。

"那你请我吃饭吧。"

"想去哪儿？"

"鹊华居。"

二十六岁的隗寿山在春日的夜晚百无聊赖。他在读书，一目十行。多年的阅读经验告诉他，"去其糟粕，取其精华"才是读书之道，知识若不能学以致用，书就是一堆废纸。他左手捧着《大明英烈传》，想象着常遇春以五路军设下埋伏，大破陈友谅军，收复太平的场景，内心赞道：真乃虎将也。右手则习惯性地摩挲着爹留下的白银烟袋，他的目光移至烟袋锅的内壁,细小如麻的"心生欢喜"四字使他陷入沉思。

他突然打了个冷战,此刻的内心是一首不可思议的古曲,不知由哪些乐器组成,但分明听到了爹的铿锵、娘的温婉、姐的抱怨,那高亢的音律如丝竹般迸发,鼓乐喧天。他沉浸在曲目中,畏缩于舞台一角,不敢上前……

此刻内心重复着一句话:我只能依靠我自己。

孙志彬的崇化楼救场让皮影泰斗叶子坛看到了济南皮影的希望,这天恰逢平阴文庙祈福典礼,孙志彬出现在明伦堂。一袭亮白色绸褂、扎口黑色灯笼裤,银发披肩,仙风道骨的叶子坛远远瞧见了他。

"志彬哪,有空到戏班子坐坐吗?"

"叶班主,真是有缘,正想去看望你老人家。"

"好啊好啊,我也有话问你。"

祈福典礼结束后,孙志彬跟随叶子坛来到文庙戏班,戏班子在一处院落里,它是由平阴大盐商邓子龙资助的,其母是叶班主的戏迷。院落大门朝东而开,由大石条砌成的拱圈门洞颇为壮观。

"杨文广将台观,见众将列两边,凤翅盔头上安,连环甲九股穿,护心镜似银盘。"走进院门,叶子坛的一位徒弟正在吊嗓练唱腔;杂役正用心收拾着皮影道具箱;不知哪里来的几个顽童追逐嬉闹着。

叶子坛引着隗寿山径直走到居住的东屋,将其让进屋内。

"志彬哪,快坐,我这就去泡莲心茶。"

"叶班主，千万别客气。"

"崇化楼的演出得亏你出手相助，否则我文庙戏班就颜面扫地喽。"

"救场如救火，不能让洋人看笑话。"

"你的皮影戏是跟谁学的？"

孙志彬起身接过叶子坛手中的茶壶，一边斟茶一边说道："我师父是河南艺人鹿清江，他教我的第一出戏就是《三国五虎》。"

"你唱的可是山东梆子腔。"

"最初是自己摸索的，不瞒叶班主，你的唱腔我在家中已经模仿了上千遍。"

"你唱得好，按说这操杆的技艺也差不了，为啥做修补匠呢？"

孙志彬呷了口茶，把无法表演皮影戏的前因后果讲给叶子坛。

叶子坛听罢，看了看孙志彬失明的眼睛，又瞧了瞧残缺的中指，半响没言语。

孙志彬显得有些尴尬。

"皮影没有表情，全凭咱十根手指演活，你觉得自己废了？"

"是啊，咱们用手传递的是它的生命。皮影是没有生命的，咱给了它第二条命，赋予它情感，赋予它精神，可我没有能力再次让五虎将活起来了。"孙志彬沮丧地说。

"没错，你通过操纵皮影人传递给它生命，实际上它活的不是它自己，它活的是你，是你在另外一个立体方面的形象，另外一种表现。实际上它就是你，你就是它。"

"班主的意思？"

"你还没死，它就应该活着。"

"那我这手？"

"用心不用手。"

"班主，我不懂。咱这手杆的拿法各有不同，跑、跳、走、接、拿东西，然后你的视线怎么走，你的呼吸感、视线感，这都是最基本的要求，不是只拿两三根杆在那里动动就可以的。我现在……我现在只能操纵文杆，武杆咋着也不行，更甭提演《三国五虎》了。"

"想解决问题你就要把心静下来，真正提高内心的修养，人不死，心不死，你就能重返巅峰。"

"叶班主，话既然说到这份儿上，也就不藏着掖着了，我想拜你为师，只有你能拯救我。"

"那我来考考你，只要都答对，我就收了你。"

"好，我尽力。"

叶子坛捋了捋银发，端起茶杯，吹了吹漂浮的茶末，小啜一口道："先说说这皮影戏的由来。"

"与汉武帝思念李夫人有关。当年李夫人去世后，武帝神情恍惚，不理朝政。大臣李少翁路上碰见一小孩儿手拿布娃娃玩耍，影子倒映在地上，栩栩如生。他用棉帛裁成李夫人的影像，涂上色彩，并在手脚处装上木杆，到了晚上围起方形帷幕，点燃了灯烛，让武帝端坐在帐子里观看。这就是史上第一出皮影戏。"

"皮影戏的传统唱法都有哪些？"

"七字句、五字赋、十字赋、三赶七、大悲调。"

"背一背皮影操杆的口诀吧。"

> 武旦走路风摆柳，
> 花旦掐腰身乱扭；
> 毛净上场先翻身，
> 文生举止要斯文；
> 老人躬身且驼背，
> 恶人挺胸又凸肚；
> 妇女欢乐袖掩口，
> 悲哀时候掩面哭；
> 男子欢乐拍手跃，
> 愤怒时候要拂袖。

叶子坛微露笑意，点头道："我再来问你，一般的影人需要十一个部件，孙悟空、林黛玉、唐伯虎、武松，这里面哪一个需要十二个？"

"是武松，碰巧上周刚做过。"

"明代之后，皮影造型的三大流派是哪三个？"

"北方皮影注重写意性，小生与小旦的通天鼻造型最具代表；西部皮影，刻工精细，高额头是它们的特征；中南部皮影，多近于写实。"

"没想到你在制作皮影方面下功夫也不少。"

"叶班主，那我就拜你为师了。"孙志彬按捺不住兴奋道。

"解铃还须系铃地儿，明天午时崇化楼摆一桌，这拜师酒得好好喝喝，让你的三位师兄也沾沾喜气。"

"好来，师父。弟子给您磕头了。"

孙志彬双手奉上莲心茶，恭恭敬敬地给师父磕了三个响头。

"师父，这'用心不用手'从哪里开始？"

"制作皮影人。"

在叶子坛的倾心传授下，孙志彬很快成了一流的皮影制作艺人，其镂刻技术日臻佳境。他总结出六岁左右明如镜的北山驴皮是最适合制作皮影的用料，研究出用紫铜、银朱、普兰、荔子等炮制出大红、大绿、杏黄等颜色，再用这三原色配制出各种所需的颜色来着色，使色彩效果异常绚丽。

他将薄而透亮的成品皮子用于皮影的头部、胸部、腹部这些重要部位，较厚而色暗的皮子用于腿部和一般道具上，这样既节省了原料，又提高了皮影的质量，关键能让皮影人上轻下重，便于把式操作。这一系列的突破让叶子坛刮目相看，打心眼儿里喜欢这个肯钻研、识礼数、有想法的徒弟。

孙志彬干活儿时常常思考"用心不用手"这句话，渐渐意识到兴趣是最好的老师，热爱是最大的动力。如果把兴趣和热爱用心灌注到操纵皮影杆上，也许会出现九指扮十指的奇迹。他开始尝试重新操杆，因久未摸杆生疏了太多，愁眉不展时，叶子坛给他讲了一个故事：

"从前有一位长者的儿子,到大海里去采集沉于水下的香木,经过了好几年,才收集到一车。拉回家后,送到集市上去卖,因为价钱太贵,始终没有人过问。经过好多天,这车香木还没卖掉,他十分烦恼,心里很郁闷。他看到那些卖炭的,很快就卖掉了,心里就想:'不如我把这沉香木烧成木炭,必定会很快卖掉!'于是他把这沉香木一起烧成木炭,送到集市上去卖,结果得到的钱还抵不上半车木炭的价钱。"

"师父,我还不至于如此愚蠢。"孙志彬苦笑道。

"真正的皮影匠是制作皮影与表演皮影于一身的,你本来是个全才,现在却被困难吓倒了,想退而求其次,那你的结果可想而知。"

"师父,我已经尽力了,可是……"

"可是什么?你孙志彬就是要把日复一日的事做到极致,心无旁骛才能成功,一次不行就两次,两百次不行就两千次,两千次不行就两万次。你敢说尽力了?亏你说得出口!"

"师父,你听我说……"

"两个月后,我要让你在崇化楼独自表演《三国五虎》,做不到,就不要来见我。"

就在当晚,平日淡定从容的孙志彬一反常态,没命地跑到乡野间,躺在草丛里,他看到一只萤火虫忽明忽暗,犹如此刻的心境。一片漆黑之中,四周被绝望的情绪笼罩,散发出烧荒的气味。这种空寂刺伤了他,沉沉地压迫着他,一种无形的停滞使他窒息。

孙志彬的脑海里浮现出曾经驾驭过的角色:关羽、林冲、秦琼、徐达、狄青……失去的东西一定要拿回来。

孙志彬再次拿起了坚硬的皮影杆,练,就从掰杆练起。九根手指舞动十八根杆,断指的部位被硌得生疼,一天练习七个时辰。寂寞的时光里,他静心明志,挑战自我;广度提不上,就在速度上下功夫,半月有余,断指处硬是磨出了一层茧。绵绵用力,久久为功,独眼残指的孙志彬找回了自我。继而,他在崇化楼表演的《三国五虎》获得空前成功,可没过多久,隗家庄却传来了不幸的消息。

贾凤倩是死在丈夫怀里的。

孙志彬赶回隗家庄的家,妻子已是奄奄一息,已经接连吐血三天,就是巴望着见上丈夫最后一面。

"这是咋的了?"

"累了,想睡了。"

"你还得给俺敲锣鼓、拉板胡、吹唢呐哩。"

"彬子,今后你要……演……独角戏了。"

"没你俺演不了。"

"没能给你生个孩子。"

"俺只要你就好。"

"这两个孩子乖得很,有和你相依为命的人,俺死也瞑目了。"

"凤倩,别说傻话。"

"和你过了这八年,俺不后悔,下辈子再做夫妻。"贾凤倩深情地望着丈夫,拭去他眼角的泪水。

"没能照顾好你,跟着俺受苦了。"

"苦些没啥,俺就担心你再也没法演五虎将了,它可是你的命啊!"

"凤倩,俺现在能演了,俺这就演给你看,你等着。"

孙志彬发疯似的找着箱子里的皮影人,当他取出"关二爷",用手熟练地操纵起皮影杆时,贾凤倩永远闭上了双眼。

孙志彬大声唱着,唱着唱着号啕大哭:"关羽温酒斩华雄,千里单骑念皇兄;翼德当阳桥上吼,喝退曹营百万兵……凤倩,凤倩哪,你醒醒啊,醒醒啊……"

两个孩子跟着痛哭起来。

孙志彬彻底崩溃,下葬妻子后,拖着死灰般疲惫的肉身,从人生的舞台中央陷落、下坠,找不到拯救自己的出路。过度的伤感、整日的无眠,一月后突然导致失声,皮影戏演不了,钱就挣不到,两个孩子就没饭吃。

这天晌午,孙志彬看着饿得饥肠辘辘的孩子,那焦黄的小脸儿使他心如刀绞。他穿上长衫,掸了掸灰尘,冲孙灵、孙秀打了声招呼,转身出了屋门。

此刻,泼皮破落户茄二坐在老赵家米饭铺。这是个不大的窝棚,三四张柴桌,十几条柴凳,隗家庄百姓笃信美味隐于市。把子肉是济南传统名吃,五花猪肉一斤切八块,蒲草捆好,放入坛中,专靠酱油调味儿;出锅的肉肥而不腻,瘦而不柴;掉在地上,即能摔碎,吃在口中,咸香醇厚。

茄二一连要了三块,酱香的汤汁浇在米饭里,和着软糯、入口即化的咸香猪肉,馋虫拱动,不一会儿两碗米饭下肚。茄二又要了一碗,正大口大口地喝着粘粥。

孙志彬近前，躬身施礼，指指这碗新添的米饭，双手合十，发出"呜呜"的声音，连连作揖。

"边……边……边玩去儿，就知道……你……你是个叫花子的命。臭戏子……拔腚。"

孙志彬挺起腰身，整了整衣襟，转身迈步离去。

"臭戏子，看你……看你再……怎么拽！"

济南城乍暖还寒，隗家庄炊烟袅袅，一缕缕青烟直线似的升上天空，虽不见一丝风，却挡不住饭菜的香味儿。隗家庄大街两旁的商铺，家家户户要么在做饭，要么在吃饭。

老王家酱菜铺的王胖子此刻正嚼着煎饼卷大葱，喷香的玉米面煎饼配上地道的山东大豆酱，撒上葱花，见他甩开腮帮子，额上的青筋随着咀嚼律动着，汗津津的，这口感筋道、鲜香开胃的快感让他获得了极大满足。他一边吃一边招呼着两个五岁的儿子："小刚、小童，一人快卷一个趁热吃！"

门口，出现了孙志彬的身影。

"孙先生，有日子没见你演出了，有事儿啊？"王胖子说道。

孙志彬抱拳拱手，指了指桌上的煎饼，两手抬起拢到嘴边，做着吃饼的动作，发出"呜呜"的声音。

"这是咋着了？嗓子怎么啦？"王胖子看出个大概，出得屋门将手里攥着的煎饼递到孙志彬手中。

孙志彬连连鞠躬。

"孙先生，这是干啥，街里街坊的谁还没个坎儿。等着，家里还有，捎回些给你那俩妮儿吃。"

与此同时,美达香料商行张掌柜喝着用黑虎泉水冲泡的莲心茶,别提那个滋润了,正等着老婆子上菜。用泉水泡茶是隗家庄人亘古不变的习惯,这莲心茶清爽甘洌、排忧去燥,一天不喝就空落落的。张掌柜想着从脚底的石板缝里咕嘟咕嘟往外冒的泉水,再瞅着杯中醇香的莲心,那叫一个自在。

"我说老婆子,泉水豆腐做得咋样嗬?"

当看到孙志彬手里拿着煎饼站在柜台前频频作揖时,张掌柜似乎明白了什么,他喊道:"老婆子,把家里刚买的那袋小米给俺拿来。"

孙志彬双手接过小米,不禁浑身颤抖起来,他有些抑制不住自己的情绪,眼泪从独眼中滴落。

"老哥啊,你可是演五虎将的,不能认怂。"

……

卢家熏鱼铺的卢大娘把刚出锅的酥锅端上方桌,卢大娘的酥锅手艺是一绝:那白菜、豆腐、莲藕,还有提前泡好的海带,整齐码进锅中,连同葱、姜以及调味料铺排到锅里,大火煮,小火焖,冒出来的气都是酸甜的。她觉得做酥锅就是一个"熬"字,用心把日子慢慢熬下去,熬到肉化了,菜软了,吃一口,有肉的香,有菜的爽,肉入口不腻,菜里透着肉香,生活就熬出了醇美的滋味。

"我说老头子,酥锅有点儿咸啊。"

"忘了多放点儿大白菜了。"

"这杠子头有嚼劲儿,一早从集上买的。"

卢大爷接过卢大娘递来的杠子头,说:"还是有点儿暄乎,再硬点儿才好呢。这杠子头跟人一样,就得有股子嚼劲儿,什么时候嚼不动咧,这人就完咧。"

"孙先生,你咋来咧?"卢大爷看着门口背着布袋,手里攥着煎饼的孙志彬,一脸惊讶。

当孙志彬离开熏鱼铺时,手里又多了一兜杠子头。

孙志彬回到家中,孙灵、孙秀迎了上来。不一刻工夫,两个杠子头被孩子狼餐虎噬。孙志彬默默坐在一旁,内心似被什么撞击着,为了孩子,要尽快走出阴霾。

两个月后,孙家皮影在隗家庄大街开锣。

  水浒五虎震翻了天,
  各位客官听我言。
  美髯长襟面重枣,
  一心报国浑身胆,
  大刀关胜非等闲;
  梨花铁枪冷月钩,
  隐忍蒙冤睹忧愁,
  豹子头林冲义千秋;
  狼牙弦月翻江倒,
  侠肝锐胆武艺高,
  霹雳火秦明逞英豪;
  金鞭开国题虎眼,
  雄心报国三军健,
  双鞭呼延灼威名传;

双龙戏水闹花枪，

独松关下忠魂长，

双枪将董平杀敌狂。

  他左脚踩鼓，右脚敲锣，口中演唱，双手指挥皮影，上演的竟然是一出独角戏。孙志彬竟然练就了绝活儿，此刻的他脑里想着词儿、嘴里唱着曲儿、手里舞着人儿、脚下踩着锤儿，五官、四肢、头脑一刻都不停歇。彬彬有礼的孙志彬回来了，他的表演在隗家庄百姓期盼中再次赢得掌声。

  这段时日，隗寿山沉浸在对爱情的憧憬中，与即墨姑娘段芝香又见了几次面，渐渐生出了感觉。近日，他总在琢磨扒鸡招牌的名字，忽然想起了有日子没见的孙志彬。

  这一天，隗寿山见时间已近中午，便在集上买了三笼长清大素包，前往孙志彬家中探望。提起这长清大素包，那是他儿时最爱吃的，以油炸卤豆腐、粉条、菠菜、胡椒面、香油等拌馅，皮薄馅足，香辣味醇。

  进得门来，只见那些散落在书桌上被打磨成半透明皮革的兽皮件件精致，皮影人的设计画稿张张生动，不同型号的刻刀可以游刃有余，刮兽皮的锼子更是引人注目。此刻，孙志彬正在制作皮影人，由于精力集中，竟未察觉有人进来。他手里的刻刀仿佛开了眼，精准毫不费力地一笔一画表演着。隗寿山目及之处，脑海里想象着该有的轮廓，可瞬间走了眼；就在这兽皮上那么轻巧地游走，仿如云雾中自开明月，又如霞光中灿若夏花；这刀中分明有魂，勾住世间意趣，这刀中分明有魄，刻出理想之境。人形刻完后，孙志彬开始着色，色彩晕染得深厚沉著、丽而不艳。顷刻间，手中的兽皮成为艺术品。

"寿山来了。"孙志彬将画笔往桌上一摆，兴奋地站起身，"啥时候来的？我去给你倒水。"

"早来了，老哥哥，这皮影人还没完工吧？"

"叫你猜对了，还要在火炕上烘干脱水，使颜色沉入驴皮，才算完工。"

"兄弟佩服，这简直就是工艺品。老哥哥最近可好？"

"还好，还好。孙灵、孙秀，快喊寿山叔。"

"寿山叔。"两个孩子怯生生地放下手中的玉米面窝窝，冲隗寿山喊道。

"孩子们，吃包子，快，趁热。"隗寿山打开笼布，将热气腾腾的包子塞到孩子手中。看着她们风卷残云的吃相，自心底泛起酸楚，"不急，吃完还有。"

孙志彬拿来杯子，将开水倒满。

"嫂子走后，你瘦了不少。"

"嗐，都挺过来了。"

"真想不到你能一个人演出，这份执着不是一般人能扛的。"

"英雄也是匠人，既然是唱五虎将的就更得有五虎之风。"

"老哥哥，前阵子你失声咋不找我？嫂子过世给钱你也不收，还把我当兄弟不？"

"谢谢兄弟，可我有我的原则，不想麻烦亲近的人。"

"你呀，死要面子活受罪，以后有难处就直说，别藏着掖着。老哥哥，知道吗？你崇化楼救场的事儿都传遍咱隗家庄了，了不起啊！"

"了不起的是叶子坛师父。"孙志彬打开话匣子，娓娓道来。

隗寿山听得入了迷。

结束回忆，孙志彬说道："放心吧兄弟，有绝活儿的人活得最有劲。你姐的事我听说了，一直没有消息吗？"隗寿山就把寻找姐姐的经历讲述了一番，孙志彬唏嘘不已，连声感叹烛花的悲苦命运，隗寿山也为没有照顾好姐姐深感愧疚。

"既然如此，我劝老弟从长计议。"

"兄弟明白。"

"翠华楼是个藏污纳垢、鱼龙混杂的地儿，我一个老乡常去那里拉车，回头帮你打听着。"

"谢谢老哥哥。"

孙志彬指着桌上的皮影人道："你来看。"

"舞大刀的关胜，耍花枪的林冲，使狼牙棒的秦明，双鞭呼延灼，这是双枪将董平。"隗寿山眼前的水浒五虎将熠熠生辉。

"他们是梁山的北斗，浑身散发着英雄气。"孙志彬道。

隗寿山点点头，抿了一口滚烫的开水。

"这种向上的风骨如果运用到咱手艺人身上，就是一股专注、专业、专一的匠心之气。不过，可惜了。"

"可惜啥？"

"就像烛花看柴珏走了眼,水浒英雄也全部葬送在宋江之手。"

"你是说在浔阳楼题反诗,披头散发倒在屎尿中装疯卖傻的宋江?"

孙志彬点点头。

隗寿山道:"宋江能受胯下之辱,也算大丈夫能屈能伸。"

"在我看来,他有着文人的虚伪、江湖的仗义、仕途的奴隶、江山的败类四大特点。"

"老哥哥说来听听。"

"如果宋江从政,没准是个有文采的宰相,率领百余个兄弟,必有他的过人之处。宋江最大的特点就是文人的虚伪:小肚鸡肠,怒杀阎婆惜;欲盖弥彰,阻止林冲报仇;迂腐透顶,毒死黑旋风。关键时刻常以泪沾襟,用鳄鱼的眼泪换取弟兄们的信任,抛头颅洒热血、肝胆相照的真英雄可不是他的对手。"

隗寿山给孙志彬的杯中添满水。

"江湖,有人就有江湖,有江湖就有纷争,有纷争就有你死我活。宋江若没点儿行侠仗义的英雄气不会扬名立万。《水浒》中每一位义士结识宋江,表现最多的就是纳头便拜,口喊大哥,他的表现也决不会令人失望,大把的银子从袖口而出。"

"你说这宋江咋就有这么多花不完的钱呢?说起来,他就是一个小吏。"

"他应当感谢腐败的朝廷。小吏出身,不想往上爬是不可能的,就是有此心在才凉了众兄弟的心。'兄弟是筹码'用在他身上是再合适不过了,他无非就是想封官晋爵,光耀门庭。"孙志彬说道。

"可惜他的梦想破灭了。"

"出卖兄弟的同时也出卖了自己。"

"宋江即便在朝廷做到宰相,就能青史留名吗?"隗寿山问道。

"我看未必,出卖兄弟的人保不准会出卖皇帝。一个虚伪文人,经过草莽洗礼定会在朝中不适,如果引得臣子不满,极有可能会成为江山的败类。"

"可见施耐庵将屎尿用在宋江身上是对的,他想告诉人们,宋江是一个不受欢迎的人,散发着一股臭不可闻的味儿。"隗寿山说道。

"扯远了,兄弟。先坐着,等我去沽一坛酒,咱哥儿俩好好喝喝,这五虎将饿了也得吃饭不是?"

隗寿山突然激动起来:"扒鸡招牌有了,就叫五虎将。"

告别孙志彬,隗寿山直奔高裕斗家,他把自己的想法尽情宣露,"五虎将"的理念让泉城老饕格外惊喜。他赞同地点点头:"这个孙志彬不简单啊!"

"高叔,岂止不简单,还是个传奇人物哩……"

孙灵与孙秀从小粗茶淡饭、饱经风霜,格外看重爹这皮影戏的手艺。两个孩子早就被孙志彬悄悄带入皮影戏基本功的训练中。

孙志彬要求姐妹俩三天画一幅人物画、剪一幅剪纸，虽是破败的草纸，但孩子们极其认真。他要求人物画与剪纸是不能重复的，要将画的内容，刻的想法都要讲个明明白白。他把五虎将的故事讲得绘声绘色，还让孩子们模仿人物表演。

眼看中秋将至，孙志彬提前几天就开始忙活，想让孩子们吃上一顿好吃的，他用攒了许久的龙洋换回了大白菜、土豆、萝卜和白面馒头。

"有肉吃啦！"当孙灵孙秀看到爹手里拎着猪肉时，不敢相信自己的眼睛。这些平时想都不敢想的食物，在她们眼中散发着诱人的光辉，生活的一丝暖意都足以让这个贫寒的三口之家顷刻温馨。

中秋夜，喜悦的日子有些沉闷。

孙志彬看着孩子，心中隐隐作痛，为自己给姐妹俩带来的困苦生活感到惭愧。

"爹，咋还不吃？"咽着唾沫的姐妹俩等着孙志彬动筷子。

"爹今天送给你们一人一个礼物。"说着，从老木箱里取出皮影人递给孩子们。

"呀，真好看。"

姐妹俩开心地笑了。平日里，爹是不允许她们动皮影人的。

孙灵接过白娘子皮影人，使了个"大把攥"，摇动手杆和脖杆，人物竟然"活"了起来。孙秀则用"夹线"操纵青蛇皮影人，也是活灵活现。

孙志彬惊讶地看着孩子们："这是谁教给你们的？"

"爹不就是这样摆弄的吗？"孙灵天真地说。

他看着姐妹俩爱不释手地舞动着皮影人，认真说道："真想演皮影戏？"

"想，做梦都想。爹，我们想帮你多挣钱。"

孙志彬噙着泪水："孩子，这活儿可苦哇。"

"不怕，我们都是五虎将。"孙秀把腰杆一挺，摆出一副关公耍大刀的架势。

孙志彬乐了，用手抹了一把眼角："啄木鸟天生爱啄木，向日葵永远向着太阳，我这俩闺女今后就跟着我演皮影戏啦。你们可别后悔，更不许哭鼻子。来，吃饭。"

"爹，为啥五虎将里没有女人呢？"

"花木兰、樊梨花、穆桂英、梁红玉，都称得上五虎将，将来你们接了班，就能演喽。"

此刻，隗寿山的中秋夜过得踏实痛快，虽说孤身一人面对萧然四壁，独自饮酒吃菜，但令人欣慰的是他找到了事业的根、事业的魂。五虎将扒鸡，就是将"忠、义、勇、慧、毅"的精神力量运用在独具匠心的制作中。一个人的心中先有信仰，才能知道自己的方向与力量源泉，相信五虎将扒鸡与自古以来的五虎将文化一样，会成为中华传统文化的明珠，熠熠生辉。隗寿山想到这里，竟连饮三杯，愈发兴奋。冥冥之中，他想起了高叔的话"工欲善其事，必先利其器"，是时候找一个能工巧匠打造制作扒鸡的顶级铁器了。

不觉间，端着空杯的手微微一抖，眼前情景浮现：

五年前的隗家庄大集，一个美貌姑娘正被几个醉酒流氓欺侮，他们嘴里说着不干不净的话，将脏手摸向姑娘高耸的胸部。姑娘花容失色，连声呼救。隗寿山正待向前，一个豹头环眼、相貌堂堂的彪形大汉叉着腰气宇轩昂地出现了，没费吹灰之力就把几个流氓打得跪地求饶。

"再这么干，老子见一次就揍你们一次，还不快滚！"

声如洪钟，字字有力，吓得流氓抱头鼠窜。

"多谢大哥相救，敢问英雄尊姓大名？"美貌姑娘作揖道。

"章丘铁匠胡四海。"

陆 传说中的疯子

话说长白山脉的阁老镇是章丘铁匠兴盛之地,素有铁匠重镇的美誉。当地铁匠分为坐炉与行炉,由于行炉铁匠游走四方的劳作,往往染上浓重的江湖气,他们"性命交兄弟,情义大过天",对江湖道义十分看重。

隗寿山为了寻找打造扒鸡铁器的一流铁匠,就在阁老镇惠记客栈租了一间房住了下来,打算白日寻访,夜间盘算。

一天,他来到阁老镇玉溪桥南侧的铁匠街,街上有卖酒的、卖菜的、卖肉的各种商铺,七八十家铁匠铺一字排开,蔚为壮观。

"叮叮当当,铿铿锵锵。"那是铁匠街亘古不变的声响。

隗寿山进得一间铺子,瞬间被袭来的热气笼罩,面部不适的同时,强忍着呛鼻的气味看着眼前的情形。

烧红的生铁，厚重的铁砧；抡起的大锤，紧握的铁钳。那炉中生生不息的火苗，夹杂着风箱呼呼劲吹的罡风；疾风暴雨的鼓点交响，挥汗如雨的人生刚强，赋予了铁器灵魂的淬火工艺，令人心潮澎湃。

"这位客爷，铺子里不是你待的地儿，快闪闪吧。"

"师傅，我找一个人。"隗寿山双手抱拳道。

"俺们除了这条街上的铁匠，其他人不认得。"

隗寿山仔细看了看铺里的一老一少，确信没有要找的人。

"打扰了，我找胡四海。"

"胡四海？"老铁匠听罢，脸色大变。他停下手中的活儿，将大锤立在一旁。

"你找胡四海做什么？"年轻铁匠阴沉着脸问。

"五年前曾经见过他。"

"快走吧，铁匠街没这个人。"

"老人家，这里不是镇上铁匠铺最集中的地方吗？"

两个铁匠对视了一下，似有难言之隐。

"如果这里找不到，还有别的地方可以找吗？"

两人沉默不语。

"我就找他帮个小忙。"

"胡四海一年前死了。"年轻铁匠没忍住，开了口。

"怎么死的？"

"自焚，没人愿意提起他。"老铁匠一脸恐怖。

"走吧，客爷。"年轻铁匠涨红了脸。

隗寿山擦了擦额上的汗，心有不甘地离开了。

回到惠记客栈，隗寿山有些疲惫，他打听到附近有一家吉第酒馆颇有人气，随即前往。要了一斤酱牛肉、一碟花生米、半斤高粱烧，此刻脑海里出现了曾经教训过流氓的彪形大汉；两位上了年纪的客人打断了他的回忆，他们在争论着。

"老哥，俗话说'人生有三苦，打铁、撑船、磨豆腐'，我不同意你把大侄子送到这里学打铁。"

"打铁有啥不好，干农活咋少得了工具，经常用着用着就钝了，还不是得请铁匠重新打磨？收入高还失不了业。"

"从上火到打铁，没黑没白又脏又累，五冬六夏都要围在火炉边上干活儿，被火星溅到烫伤的多了去了。你就不心疼？"

"那你说啥手艺不苦？咱庄户人就图个踏实，学门手艺干一辈子，你就甭劝了。"

"那可得给大侄子找个好师父。"

"废话，哥哥早就打听好了。"

"谁啊？"

"阁老镇第一铁匠李义烽。"

"都说那是个疯子，不收徒。"

"我可是带足了钱喽。"

……

这是隗寿山第一次听到李义烽的名字。

隗寿山回到客栈，向店里的小二打听这个李义烽到底是个什么角色。

"想拜李疯子为师，没门儿。"

"为啥？"

小二一脸憨笑，用食指和拇指比画了比画。

隗寿山掏出一块龙洋塞进小二手里："卖什么关子，快说。"

"谢谢客爷。李义烽是本地人，外号李疯子，传说他祖上是杜伏威将军的副将，在军中督造兵器，很有儒将之风，后来家世没落，从他爷爷那辈儿就干上了铁匠的行当。李疯子打起铁来不要命，锻造的铁锅'二十四道工序，三十六遍火候，一千度高温，数万次锻打，锅如明镜'。他对自己的手艺苛刻至极，若是打造不出满意的锅来，能把自己的嘴巴抽得流出血来，照他的话说，就是给自己长点儿记性。"

"竟有这样的铁匠？"隗寿山一脸骇然。

"他可是章丘铁匠中水平最高的，对了，此人还喜好读书。"

"他咋不收徒？给的钱多还不成？"

"就是搬座金山来，也白搭。"

"为啥？"

"说来话长，四年前自山西朔州学艺归来，李疯子就做了一个行炉铁匠，游走到郑州时结识了唯一的徒弟，后来两人义结金兰，徒弟成了义弟，并齐心在铁匠街创办了李记铁匠铺。一年前，他的义弟离奇死亡，妻子边氏改嫁给了他，从此宣称再不收徒。"

隗寿山道："他现在还在铁匠街吗？"

"搬走喽，搬到哪儿我不清楚。听说……"

"听说啥？哎呀，真啰唆。"隗寿山又掏出一块龙洋。

"我也是听别人传的。说婚后不久，他把妻子送到了京城亲戚家，半年前回到阁老镇，像变了一个人，整天把自己关在屋里，谁也不知道他在忙活什么，神秘得很。"

"传这事的人一定知道他在哪儿。"

"当时问过，说也是从外面听来的。客爷实在想打听，就去春柳书寓，喝一壶花酒便知。"

"好，谢谢了。"

"我还听说，李疯子回到阁老镇，再也没接锻造铁锅的活儿，但之前他一直靠这门手艺吃饭。"

"他的义弟叫什么？"

"胡四海。"

"不是死了吗？"

"客爷认识？"

隗寿山没接话。

"人死得惨啊，提起来头皮发麻。不说了，不说了。"小二转身忙活别的去了。

章丘阁老镇的元絮河宛如一条玉带，镶嵌在水与天的画卷中。就在玉溪河北侧有一条花生巷，巷子里矗立着一座欢娱之所，由南北两座楼阁藏凤阁、绣春阁组成，名为"春柳书寓"，同时也是镇上的制高点。

此刻，隗寿山抬眼望去，只见青砖黛瓦，雕花窗棂，纱幔垂曳，琴声悠扬，书寓大门旁的一副楹联更是引起了他的兴趣。

上联是"风月常新时复登楼聊纵目",下联是"烟花无际须知有岸可回头"。

"阿弥陀佛,施主不是本地人吧?"

隗寿山眼前站着一位僧人,着黄色僧衣,身形魁梧,慈眉善目,正满脸堆笑地望着他。

"这位法师,晚生隗寿山自隗家庄来,到阁老镇寻人。"

"施主对这楹联有何见解?"

"不敢当。既说书生喜欢风花雪月之女子,又说希望这些女子回头是岸,这不是自相矛盾吗?"隗寿山施礼说道。

"阿弥陀佛,恰恰用心时,恰恰无心用;无心恰恰用,常用恰恰无。"

隗寿山思索了一下,说道:"法师是说凡事不必过于纠结?"

"人随心走,心大了,任何事情都是小事。"

"这辈子能做好一件事就是成功。"

"阿弥陀佛,善哉善哉,难得施主只有一颗心。"

"唯愿法师助我达成心愿。"隗寿山双手合十。

"戒定真香,世间最殊胜。"

"多谢法师指点。"

"阿弥陀佛,有缘戒香寺见。"说罢,黄衣僧大步向前走去。

隗寿山忙问:"请问法师如何称呼?"

"法号铁树。"

隗寿山愣在原地,楼阁上的丝竹之音忽然中断,一时静得出奇。他似乎听到内心"叮叮当当"打铁的敲击之声愈发响亮，仿若牵着魂魄走进了书寓大门。

费了好些龙洋，隗寿山才打听到李义烽的住址。说来也巧，魏东村是镇上唯一一个没有铁匠的村落，戒香寺就在这个村里。李义烽就住在距离戒香寺五百米远的卧龙街。

隗寿山出得温柔乡，长长舒了口气，心里自然踏实了许多。他站在绣春阁挑台上，俯瞰灯火阑珊的阁老镇，夜沉了下来。阁内琴声再度响起，那娇柔的莺声燕语伴着狂浪的猜拳行令之声传入耳畔。隗寿山皱了皱眉，整了整衣衫，在挑着灯笼的小厮引领下，下得楼台，走出书寓大门。

当行至玉溪桥时，哀婉的歌声从河船上传来，极其细微，但听得真切。

"不是爱风尘，似被前缘误。花落花开自有时，总赖东君主。去也终须去，住也如何住。若得山花插满头，莫问奴归处。"那声音悠扬婉转，清脆凄美。

五年了，他终于听到姐姐烛花的声音，内心悸动着，一口气跑上玉溪桥，望着远处的河船大声呼喊着："姐姐，姐姐，隗烛花，隗烛花……"他终于看清，那是一条官家画舫，业已随着河水碧波荡漾远去。他仍然竭尽全力地呼喊着，直到筋疲力尽，瘫坐在桥上，这是五年来隗寿山离姐姐最近的时刻。

此时，那只张灯结彩，漆着黄漆，船柱上雕龙画凤的官家画舫内，满厅垂下串串紫水晶珠帘，熏香缭绕，灯烛辉煌，犹如白昼。厅侧的隔间藏着京城十七乐坊的艺人，暗暗奏着靡靡之乐，使人有一种欲睡非睡，陡生暧昧情愫之感。

厅内设有一桌酒席，脚下铺着醒目的如意云团花纹裁绒地毯，春意盎然、酒暖人心，但见一老一少陪同一位翩翩公子正在逗趣闲聊。那老爷六十岁上下，白胖白胖，大耳垂肩；少爷年近三十，圆脸小眼，满面笑容。三名条子光着脚，站在他们身后，忙不迭地送上温情几许。

老爷身后的条子一头漆黑的长发，穿着奶白色上衣，罩着蟠桃领的宝蓝坎肩，黑色发髻之下，奢华衣服之上，露出一截白皙粉嫩的脖子，那雪白的胳膊就在老爷眼前晃来晃去地斟酒，让人忍不住想啜上一口。

"我说宝慧啊，你们秀坤楼的姑娘还真不赖，不枉我煞费苦心从京城把你们一路带来，机会可留给你们了，就看怎么伺候好香爵爷喽。"

未等宝慧开口，站在翩翩公子身后的碧云抢先开了腔："那还错得了，今晚爵爷就交给奴家了。"

香爵爷扭头观瞧，碧云脸上露出红晕，假装出一副羞涩扭捏的神态，在爵爷眼里这半推半就的处女情结竟油然而生，甚是喜欢。见她穿着黄色薄纱衣裙，双峰凸出，胳膊嫩白，整个两肋露在外面。鸳鸯戏水的团扇在她手中一扇，樱桃小口一遮，一种独有的魅惑扑面而来，这香风吹得爵爷心猿意马，意乱情迷。

宝慧瞪了碧云一眼，刚想开口，老爷使了个眼色，她只得闭口倒酒。

"这次出海，定要玩个痛快，咱这富祥当铺才开了四年，就在高青、淄川、长山设了分号，将来的目标是要在山东一百零八县，县县设富祥。"

"龚少爷不愧是经商的一把好手，听说在章丘你把山西帮的正立、谦裕和永吉都踩在了脚下，真是年少有为。来，我敬你一杯。"这位翩翩公子气定神闲、谈吐不俗，一看便知是皇室子弟。

"爵爷过奖，还不都是仰仗您？"龚斌一饮而尽。

"哪里哪里，关键是你有个二品大员的爹。"

"爵爷取笑了，说起来，得亏我这小子脑袋瓜灵活，现在的富祥有着家具、戏具、衣物、首饰、玉器、字画、古董等十大库房。啥事都得图个精细，得有自己的想法不是？"

"龚大人说得好，据我所知眼下这济南城首富是久道商行的陆介元，单说他旗下的当铺，每年从齐河就有五辆马车往回运银两，那可是大发横财啊！"

龚大骏白胖的圆脸上露出笑意："不瞒爵爷，我们爷儿俩早就搭上了久道这艘大船，下一步打算做章丘大葱的生意。"

"章丘大葱可是好东西，乃葱中珍品，甜辣够味，脆嫩可口。"

"爵爷不妨也投一笔试试，销往京城稳赚不赔。"

"好，咱就和陆介元联手干一票。干！"

"干！"爷儿俩饮尽杯中酒。龚斌说道："菊仙，还不倒酒！"

龚斌身后闪出菊仙，只见她穿着一件豆绿色亮纱旗袍，映着里面吊带的半截式白坎肩,那两根吊带为粉红色,隐约显现,煞有风姿,尤为可人。

"三位爷,你们吃饱喝好这大晚上才能生龙活虎不是?来,菊仙敬你们。"说完先干为敬。

菊仙依次给龚大骏、香爵爷、龚斌满上酒,故意将纤纤玉手透过亮纱伸到吊带处,整了整稍稍起皱的胸衣,那鼓鼓囊囊的胸脯愈发坚挺。龚斌紧着捉住了菊仙的玉手吻了一下,露出一脸淫笑。

他忽然想起了什么:"欸,我说烛花,咋没动静了?爵爷可就等着你继续唱曲儿哪。"

刚刚唱罢一曲《卜算子·不是爱风尘》的隗烛花正在补妆。她从身上掏出小粉镜匣子,轻轻打开,支起镶嵌着金银丝的镜子,拿出粉扑照着镜子一点点地、缓慢地往脸上扑着粉。

烛花端坐在厅侧与隔间的门廊上,落寞孤艳,脸庞明显消瘦,眉头紧蹙,情绪甚为低落。她穿了一件杏黄色的夹衫,外面罩着色彩艳丽的紫藤花长坎肩,那拖到脚底的衣裙藏不住别致的身材,散发出秀美的风韵。左耳根插着的一朵绢制牡丹花,衬托着烛花有些苍白的面容,不见了往昔的傲人之色。

龚斌连喊了三遍,烛花才有了反应。

最近她的大脑好像生锈的机器一样不听使唤,心事重重。

"不瞒爵爷,烛花可是世间尤物,自把她从翠华楼带到章丘老家,感觉这事业又上了一层楼,唱曲儿、吟诗、烹饪,尤其是陪酒,她可是一把好手。都传史上有柳如是、苏小小、李师师、陈圆圆四大名妓，依我看烛花比她们都强。爵爷要是不信，今晚好生尝试一番。"

一时间，宝慧、碧云、菊仙纷纷撅起了嘴。

"你这小子净瞎咧咧，当初你说没有家眷，人家烛花才肯跟你私奔的，说起来应该给人家个名分。"龚大骏说着瞅了烛花一眼。

烛花双目低垂，眼皮懒得抬起，毫无声息地轻启玉口啜了一下杯中茶。龚大骏竟然起身走到近前，从烛花手中接过茶杯，柔声说道："哎呀，这一天没怎么吃饭，空腹喝茶可不好。"

烛花抬头剜了龚大骏一眼。

龚斌脸色渐阴，默不作声。

香爵爷在一旁看出端倪，不觉仔细打量起烛花来：真的是两弯蹙烟眉，一双含情目，眼珠在深黑的睫毛里一转，别有媚态。

"销魂。当此际，香囊暗解，罗带轻分。谩赢得、青楼薄幸名存。此去何时见也，襟袖上、空惹啼痕。伤情处，高城望断，灯火已黄昏。"随着婉转的音律徐徐唱出，烛花回忆着往日的男女情事，此时均已化作缕缕烟云散尽。伴着这烟云，她的抑郁之心渐次破碎，疼痛无尽般袭来，泪水也就噙在眼中。

落座后的龚大骏手里把玩着自烛花手中接过的茶杯，轻嗅茶香，一脸满足。龚斌心里清楚，他爹正品味着烛花在茶杯上留下的口脂香，这个变态老色鬼。

今夜，香爵爷最终选择烛花与他同寝。

此刻的烛花对三双恶毒的眼睛投来的嫉妒眼神选择视而不见，起身打开舫帘出得厅外。她静静站在船头，任凭阵阵水声湮没内心绝望的唱腔，阵阵风声压低内心无助的呐喊。

是悔，是恨，还是自暴自弃？

就在这河流上慨叹命运的不公，那永无止境的苦难何时到头？最痛苦的感受，最刺心的情绪，也是最为苦恼的。父女、夫妻、姐弟，纵然拥有百般美好的情感，为什么不能照亮自己生命中的一片荒原，让幽暗的人生停止混沌与杂乱。

肉身，心灵与世界，皆为虚无；

降生，死亡及轮回，皆是因果。

看着枕边沉沉睡去的香爵爷，肉体的麻木唤不起烛花对生活的半点向往，就这样浑浑噩噩地沉入梦境。在梦里她见到了柴珏，那阴险的目光令她不寒而栗；她见到了龚氏父子，那淫邪的神情令她恶心至极；那手中沉甸甸的龙洋是嫖客们心满意足后的赏赐。一张熟悉的脸庞恰在此时浮现，颧骨突出，浓眉大眼，眉间的一颗黑痣分外清晰……

烛花被噩梦惊醒，坐起身，大口喘着粗气。

魏东村是个古村落，魏氏祠堂、三合楼、成片的明清建筑，巍峨精致。李义烽就住在村里的卧龙街，传说杜伏威将军曾带兵经过这里。隗寿山在街上找了一家旅店住了下来。

接连一个星期，李家大门紧闭，未见有人出入。

隗寿山极有耐心地等待着，每日必到李家对过的卧龙茶肆泡上一天，但他没闲着，悄悄打听李疯子的往事。从一个名不见经传的行炉铁匠，到拥有自己的铁匠铺，再成为阁老镇众铁匠魁首，这故事本身就对隗寿山有着巨大吸引力。

他的脑海中幻想过无数次李疯子的长相，但真正见面时，却大相径庭。那是一个黑脸膛，络腮胡，卧蚕眉，精悍结实的中年汉子。

"敢问这里可是李义烽的家？"隗寿山上前施礼。

"找他有事？"

"我与他的义弟胡四海相识。"隗寿山试探着说。

"已经死了。"李义烽的脸上平静如水，不见一丝波澜。

"能否进屋说话？"

"抱歉。"

隗寿山刚想开口，李义烽却不给他机会，闪身进得屋中将门反锁。隗寿山分明听见"喵呜"的一声猫叫，叫声怪异、孤冷。

往后的日子，隗寿山总是想办法接近李义烽，慢慢摸清了他的生活规律：他常常孤身一人踏着晨雾到街西头的馄饨店叫上一碗鸡丝馄饨，吃饱后前往戒香寺诵经礼佛，午时在寺内吃得斋饭，申时回到家中闭门不出。李义烽就像一只作息极有规律的猫，悄无声响，小心谨慎。

一次次吃闭门羹，隗寿山不再急于求成，他趁机四处打探姐姐的下落。阁老镇的元絮河每年只有数艘官家画舫出现，那不仅是有钱人的享乐地，更是地方高官的买醉坊。

元絮河流经高青、博兴、寿光，最远可达渤海的莱州湾。

据当地渔民讲，只要官家画舫出现，一定是从莱州湾出海，去往东瀛。其艳事，令人浮想联翩……

这一天，隗寿山无意中看见李义烽在街东头的斗酒坊独自饮酒，遂计上心头，到旅店取出早已备好的景阳冈酒，前来搭讪。

"又是你，对洒家安的什么心？"李义烽把眼一瞪。

"义烽兄一人喝多没意思，我这里有好酒，咱哥儿俩不醉不归。"

李义烽瞥了一眼隗寿山手里的酒，看到封签上的"三碗不过冈"，笑着问道："难道是打虎英雄武松喝过的酒？"

"这可是我珍藏多年的好酒。"

"好，今天就给武二爷个面子，坐下喝。"

"小二，添一碟花生米，炒盘木须肉。"

"说吧，找我啥事儿？"

"今天只喝酒。"隗寿山满上酒。

"有点意思，来，喝。"李义烽一饮而尽，"嗯，好酒，痛快。"

"知道这酒为啥好喝？"

"为啥？"

"这碗里盛的不光是醇厚绵柔的酒液，更是豪情冲天的英雄气。"

"遗憾喽。"李义烽叹息一声，独自斟满酒。

"遗憾什么？"

"当年与我大谈水浒英雄的兄弟已经不在了。"李义烽眼中的光彩黯淡下来。

隗寿山说道:"生死有命,富贵在天,义烽兄不必难过。"

"你懂什么!"李义烽有些愤懑。

"我给老兄讲个故事吧。"隗寿山淡然一笑,将杯中酒喝干。

"说有一个河南郑州的老铁匠,他锻打的铁锅不粘锅还省油,深受当地百姓的喜爱。"

李义烽开始沉默。

"老铁匠打铁之余就好喝两口高粱烧,这高粱烧酒晶莹醇厚,香气悠久,够劲儿够味儿。他就认一个地方,德化街蔡记酒馆。"

李义烽闷头喝酒。

"蔡记酒馆的掌柜蔡强是酿造高粱烧的好把式,街面上流传着'西边儿的瓦工、东边儿的织娘、北边儿的铁匠、南边儿的酒馆'的说法,可见蔡记酒馆多么深入人心。蔡强与老铁匠脾气相投,只要有新出的好酒,总是让老铁匠率先品尝,这一来二去,酒馆高参的角色非老铁匠莫属。"

李义烽抬起头来,端详起眼前的青年人。

"有一天,老铁匠来到酒馆,想给同是铁匠的儿子订下合卺酒,蔡强给他说过两天有种用'神曲'酿造的好酒上市,届时可做婚宴用酒。老铁匠甚是开心,回家盼着佳期临近。"

"酒自然是好东西。"李义烽双眼迷离,颇有感触地说。

"可有人称它为魔浆,酒逢知己少不了,自我解忧少不了,掏肝掏肺少不了,大喜的日子更是少不了。老铁匠的儿子结婚当天,众多亲朋前来捧场,可没承想……"

"咋啦?"李义烽低声问道,一仰脖将杯中酒饮尽。

"酒过半酣,有人捂着肚子直喊疼,紧接着口吐白沫仰躺在地,瞬间栽倒了十几人,老铁匠当场气绝。因一对新人饮的不是'神曲'酿的高粱烧,逃过一劫。经仵作勘验十几具尸身,确认是中毒而死。原来这'神曲'里使用了一种有毒草药,气味香辣,可以用少许粮米便能酿出味道辛辣的酒。蔡强万万没想到这种用'神曲'酿的酒对人体有害,致死了无辜百姓,最可怜的还是这老铁匠。"

"江湖传闻有啥可信。"李义烽轻描淡写地说。

"可后来,无良酒商花巨资买通了当地知府,只获得流刑之罪;但他并没有逃脱上天的惩罚,被席间的一位章丘铁匠暗中除掉,这位铁匠当时因为身体抱恙滴酒未沾。"

李义烽淡然一笑:"看来你打听到不少事儿。"

"为民除害的就是你李疯子,新郎官便是胡四海。当年老铁匠就是被你的打铁技艺折服,才让儿子拜你为师,你们师徒都崇尚仗义风骨,胡四海的义气我是见过的。"

"报上名来,敬你一杯。"

"隗寿山。"

"这捕风捉影的事儿你也信。"

"江湖传闻即便有假,若经上千人传颂,也都成了真的。干!"

两人干掉杯中酒。

"好久没这么痛快了,说吧,找我啥事儿?"

隗寿山夹了一块酱牛肉放到嘴里,没有答话。

"让我接铁匠活儿?"

隗寿山点点头。

"不接。"

"为啥?"隗寿山不解地问。

"改日再叙。"李义烽双手抱拳,竟离席而去。

"等等,你可欠我顿饭钱。"

"求人哪能不花钱!"

隗寿山望着李义烽的背影,摇了摇头:"真是个怪人!"

李义烽的居所狭小而简朴,方桌、柴凳、衣橱等家具一目了然,黯淡的屋中,床榻占据了不少的空间。

他在切生猪肉丁,刀工奇快,手法利落。

"虎子。"

随着呼唤,一只身形犹如黑豹一般霸气的黑猫出现在主人面前,它摇动着尾巴,那深黄色的眼睛,黝黑的毛色,邪气逼人。

李义烽小心翼翼地将盛满肉丁的瓷碟放到黑猫近前,只见它低头嗅了嗅,舔食起来。

李义烽惬意地舒了舒腰身,幽幽说道:"虎子,保佑咱的圣器尽早完工。"

黑猫好像听懂了主人的话,抬起头"喵呜"了一声,依旧是怪异、孤冷。

入夜,李义烽成功躲避了白日阳光的投射,此时像一个低调的侠客，看着入睡的虎子，喝着莲心茶，陷入了深深的回忆——

李义烽平生吃的第一碗郑州烩面，是胡老爹亲手下的，鲜美的味道至今魂牵梦绕。作为一个行炉铁匠，游走四方是家常便饭，仗义疏财的他经常沿途施舍贫苦百姓，挣多少就散多少。

这一天行至河南郑州德化街，已身无分文。

他找了个背风的地方支起洪炉，从独轮车上将风箱、铁砧等工具陆续搬下，大锤小锤一阵叮当作响。当百姓们聚在一起看着红红的炉火和黑黑的脸膛，议论着他手艺精巧和家什精妙的时候，他却又饿又渴，眼看无力举锤。

"小伙子，你这'气贯锻打十八锤'是在山西朔州学的吧？"

"老伯，你咋知道？"李义烽擦着汗说道。

"我还知道你的力气快使完了。手艺再好，吃不饱饭是打不出好物件的。走，跟我回家。"

李义烽吃完满满一大碗郑州烩面，便在胡氏父子面前，上演了一出"锻打铁锅的交响曲"。

那炉中的火苗，一起随风箱的节拍跳跃，在劲风的吹奏中升腾。待铁器热至通红，铁钳快速夹至铁砧上，李义烽抡起铁锤，俨然一个"疯子"，赤膊上阵，青筋暴露，气沉丹田，运用"气贯锻打十八锤"的绝技，一番铁锤上下，一串叮当声响，一阵汗雨飘下，李义烽手中的理想器物正在慢慢现形。当亮如明镜的铁锅呈现时，胡氏父子被这叹为观止的锻造技艺惊呆了。

"这才是真正的传世铁锅,我老胡的手艺不及你哟。"胡老爹动情说道。

"老伯过奖了,您的这碗面我感激不尽,容我在德化街多打几口锅,涌泉相报。"

"海儿啊,还不拜见师父。"

胡四海的跪拜,让李义烽受宠若惊。

"兄弟,快快请起,使不得。"

"师父若不收我,我就不起来。"

"好。快起,快起。"

"后生啊,你来自哪里?姓甚名谁?"

"章丘铁匠李义烽。"

"海儿以后就交给你啦。"

李义烽至今都记得胡老爹既肃穆又兴奋的表情。

李义烽教授胡四海半年后,即将启程奔赴下一座城。而此时恰巧发生了婚礼现场的假酒案,面对胡老爹及无辜百姓的惨死,李义烽义愤填膺,发誓要为民除害。虽然此仇报得悄无声息,可江湖上却传遍了李义烽的仗义之举,官府苦于没有证据,对他的缉拿只得作罢。

胡四海遂与李义烽义结金兰,加入了行炉铁匠行列,同闯天涯的还有新婚妻子边琴。

柒 | 因为爱所以不朽

戒香寺建于唐宪宗元和三年，绿树成荫，古木参天，秀若屏障；香烟袅袅，寂静幽远，佛光澄澈。此刻，隗寿山仿佛置身于禅境之中，他想见到一个人，几乎天天来此诵经礼佛的李义烽。

身形魁梧、慈眉善目的铁树法师出现在眼前，让隗寿山格外欣喜。

"阿弥陀佛，隗施主，莫非又来寻人？"

"铁树法师，又见面了。"

"一晃月余，不知隗施主可找到想找之人？"

"谢法师关心，找到了。"

"阿弥陀佛，善哉善哉。"

两人攀谈着，不觉来到禅房。

禅房内，隗寿山见到了一棵奇异的花树。花朵为五角星形状，花瓣呈椭圆形，花蕊点缀其间；纯黑，铁制，竟然是一棵"梅花铁树"。

"简直就和真的一样，好像都能闻到淡淡的清香。"

"宝剑锋从磨砺出，梅花香自苦寒来。"

"这得花费多少工夫啊？"

"光这一片叶子就要锤打一千次以上。"

"法师怎会知道？"

"我曾是一名章丘铁匠。"

隗寿山吃惊地问："这难道是法师的杰作？"

铁树法师笑眯眯地摇摇头："为了这棵'梅花树'，这位铁匠观察了数百朵梅花，仅设计画稿就上千幅。他仔细研究了梅花的花瓣与花蕊。"

"真是独具匠心。"

"阿弥陀佛，世界上没有一模一样的两片叶子，由于受光的角度不同，铁匠尽量留出了争光的空间，怕叠起来影响观感，这棵'树'的确是下了功夫。"

"法师，这是谁打造的？"

"李义烽。"

"我找的就是他。"隗寿山显得有些兴奋。

"当年他就是凭着这棵'树'，成就了章丘铁匠魁首的地位。"

"李义烽貌不惊人，为人低调，实乃高人。"

"隗施主，请坐下喝茶。"铁树法师从茶罐中取出灵岩茶，冲泡杯中,汤色绿亮,淡香扑鼻。

"人不可貌相,海水不可斗量。施主看到的日常,未必是真相。"

"这棵'梅花铁树'为何会在法师这里?"

"他的义弟去世后,他看破了红尘,只要有时间就到我这禅房打坐,算是他送我的礼物吧。"

"胡四海到底是咋死的?"

"将来李施主会讲给你听的。"

隗寿山呷了一口香茗,说道:"法师,其实我也是一个手艺人。"

"阿弥陀佛,善哉善哉。"

"法师,您如何看待手艺人?"

"因为爱,所以不朽。"

"不朽?指的是人还是物?"

"造物之人和所造之物,彼此关照,相互生长,还有一点最重要。"

"敢问法师是什么?"

"上次见隗施主,你已说得明白。"

"噢?"

"活着,干的就是这一件事儿。"铁树法师向隗寿山投去赞赏的目光。

隗寿山起身续茶。

"人生在世,只要有爱,都可以不朽。美好的事物,真挚的情感,都会经受住考验。"铁树法师缓缓说道。

禅房内茶韵悠悠，禅意浓浓。

戒香寺之行颇有收获，李疯子的形象渐渐清晰。

这一天，李义烽再次出现在斗酒坊。

"怎么？喝多了？"隗寿山上前问道。

"少废话，怎么又是你？"李义烽抬起蒙胧的醉眼不屑道。

"你能打造出独一无二的'梅花铁树'，内心有着怎样的倔强，一般人难以勘破。"

"你还知道些什么？"李义烽眉头微蹙，低声问道。

"敬你是条汉子，想与你交个朋友。"

"坐下，干了这杯。"

隗寿山将杯中酒一饮而尽。

"义烽兄，有这样一个故事，说郦生见刘邦住在高阳的一家客栈便主动前去求见，当他把拜帖递上时，却发现刘邦正叉开双腿让两个美人洗脚。"

"小二，再上壶温酒。"李义烽招呼道。

"不再添个菜？"隗寿山笑着说。

"少啰唆，接着讲。"

"一名骑兵泄底说：'沛公不喜欢读书人，许多头戴帽子的读书人来见他，他就立刻把他们的帽子摘下来往里边撒尿。与人谈话时，动不动就破口大骂。'这就是汉高祖，能够在读书人的帽子里撒尿，对着他们骂娘，可他对手艺人却格外友好，不曾藐视。"

"那是因为赤霄剑。"李义烽的眼中焕发出光彩，醉意全无。

"据说这赤霄剑是以公孙冶为首的五位铸剑大师,糅合了天下数百种精石,历经八年铸造而成,为帝道之剑。"

"你也喜欢剑?"

"我想义烽兄比我更喜欢。"

"为啥?"

"兄的先祖毕竟是督造兵器的将军。"

"四海才是剑痴。"李义烽遗憾道。

"高祖刘邦就是凭着赤霄剑于大泽怒斩白蛇,开启了帝王一生,我想当时你与胡四海对行炉铁匠生涯有着同样的豪情。"

"怎么认识四海的?"

"五年前,我们庄里的一个姑娘被流氓欺负,他路见不平,挺身相助。"

李义烽点点头:"四海的秉性比我刚烈。"

"去过隗家庄吗?"

"没有,咱干一个。"

"干!仁兄若有时间我陪你去转转,孙家皮影的五虎将值得一看。"

"你说的是《瓦岗五虎》?"

"怎么?你也喜欢?"

"四海比我更喜欢。秦琼、单雄信、王伯当、程咬金、罗成,他们的兵器我们兄弟俩都一一仿过。"

"说来听听。"隗寿山兴趣大增。

"秦琼的虎头湛金枪,长一丈一尺三,我俩用'气贯锻打十八锤'打造得锋锐无比；单雄信的金钉枣阳槊，重一百二十斤，用'纯阳淬火四重功'铸造得锋芒逼人；王伯当的弓箭，其箭头采用'滚珠四时锻打法'曾力透靶心；程咬金的八卦宣花斧，重六十四斤，用'气行砧动摇打法'锻造得威力巨大；罗成的五钩神飞亮银枪，枪长一丈二，用'镔铁凝钢五十锤'锻打得锋利异常。"

"章丘铁匠，果然名不虚传。"

"别拍马屁，我就是普通铁匠，只不过……"

"不过什么？"

"只不过我遵从内心，认定手艺人不可无志。"

"你在我眼中就像好汉秦琼。"

"那可是'马踏黄河两岸，锏打三州六府'的盖世英雄，我不过是只小小蚂蚁。"

隗寿山给李义烽斟满酒，话锋一转："义烽兄，听说你从京城归来，一直把自己关在家里，也不做活儿，不知为啥？"

"想歇歇了。"李义烽叹了口气。

"啥时让我瞧瞧那些仿制兵器？"隗寿山问道。

"会有机会。"李义烽呷了一口酒，缓缓说道，"世人都将风胡子、干将、莫邪、徐夫人、欧冶子称为五大铸剑师，他们在我心里有着崇高的地位。一个成功的铁匠就是要把自己的精气神灌注到锻打的铁器之中，为传世而生。"

"我还知道给诸葛亮麾下打造军刀的蒲元。"

李义烽听罢，高声赞道："那可是神人。在一个空竹筒内装满铁珠，一刀劈下，连竹筒带许多铁珠都被一分为二，锻造出这种利器才值得毕生追求。"

"敬义烽兄一杯。"

"好，干！"

"胡四海到底是怎么死的？"

李义烽脸色陡变，仿佛眼睛里看到了什么。那是一束几乎没有色彩的光亮，一个人在一片片赤裸的刀刃下被划破被宰割，诅咒弥漫在夜空，毫无生气，灵魂瞬间被燃烧，片甲不留，巨大的喘息声传来，撕心裂肺……

李义烽双手抱头，无声啜泣着。

隗寿山见此情形，也就不好再问。

这段时日，李义烽愈发离不开酒，天天光顾斗酒坊，盼着与隗寿山相见，然而事与愿违，人却没了踪影。

原来隗寿山心有不甘，继续寻找着姐姐，几乎踏遍了整个阁老镇却一无所获。半月后，当他心灰意冷地回到魏东村卧龙街，到斗酒坊借酒消愁时被李义烽候个正着。

"蓬头垢面的，去哪里浪迹了？"

"我的事不用你管，请我喝酒便是。"

"好，今晚喝个痛快。"

"你真的不想与我聊聊胡四海？"

"他与你一样也喜欢五虎英雄。"李义烽望着隗寿山，遗憾道，"前两天还去他坟头看他来着。"

"不是自焚嘛，会有尸身入殓？"

"衣冠冢。"

"据我所知，关羽、张飞都有衣冠冢，想必当初你也有刘备这份心思。"

李义烽点了点头："荆轲也有衣冠冢。十步杀一人，千里不留行。事了拂衣去，深藏身与名。这是何等霸气！"

"真正的汉子除了仗义与霸气，还要有胆识，即便是名满天下的侠客。"

"此话怎讲？"

"当年齐桓公与鲁庄公订立盟约时，鲁国将军曹沫卓尔不群，大义凛然，手持匕首胁迫齐桓公，要求归还被侵占的土地。事成之后，曹沫扔下匕首，走下盟坛，面不改色，谈吐如常。"

"大丈夫，当如此也。"李义烽给隗寿山斟满酒，主动端起杯，"来，为英雄干一杯。"

"干！曹沫固然有胆识，齐桓公的大度也令人钦佩。"

"要知道小不忍则乱大谋。"

"真的汉子除了忍耐，还应懂得感恩。"

"这又是谁？"

"许贡门客。三国孙策平定江东后，有一天去打猎，忽然从草丛中跃起三人，用神弩向他射来，结果面颊中箭而死。骑兵杀至，将三人乱箭射杀。原来，孙策曾杀害太守许贡，许贡门客潜藏民间，伺机报仇。"

"谁也不能忽视草莽的力量，只要有一颗感恩的心，死得其所。"

"我最钦佩的是南宋的郑虎臣。他与恶贯满盈的贾似道有世仇，其父就是受贾似道的迫害含冤去世。为了报仇，郑虎臣主动要求押解贾似道去被贬之地，最终在漳州木棉庵诛杀了一代奸臣。杀此国贼，要以生命做代价，但他视死如归，忠肝义胆，豪气冲天。"

"侠之大者，都是将生死置之度外。"此刻的李义烽目光如炬，像是一个随时要奔赴沙场的绝顶高手。

"精忠报国的民族气节，才是侠义之士的共通之处。"

"你是说人人可当五虎将？"李义烽问道。

"只要有心，定能成将；胸怀百姓，招牌自立。"

"什么招牌？这与招牌有啥关系？"

隗寿山笑而不答。

"要我做什么？"

"一套制作扒鸡的顶级铁器。"

"我可没经验。"李义烽挠挠头。

隗寿山从口袋中取出亲手设计绘制的杀鸡刀、铁锅、油勺、铁叉、锅鼎、水瓢、笊篱等图纸，认真说道："看似普通的制作铁器，却有着实用与功利，我相信民间造物的最高境界只能由你达到。"

"你的眼睛像一个人。"李义烽道。

"谁？"

"四海。"李义烽一仰脖，将杯中酒喝干。

"能不能帮我这个忙？"

"现在不能。"

"为什么？"

"我在坐禅,不便接活儿。"

"没有道理。"

"你可以等我。"

"等多久?"

"十天。"

"一言为定。"隗寿山也喝干了酒。

虎子的乖戾让李义烽有些不知所措,计划即将终结,他内心波涛汹涌,热血沸腾。他的躁动无疑传染了虎子,它在屋中四处乱窜的同时,"喵呜喵呜"地长鸣,给人不祥之感。

李义烽又是一个不眠之夜——

每个人的一生都有坎坷,就看能否勇往直前,对一个无惧未来的人讲,逆境反而存在机会。当胡四海伉俪成为行炉铁匠游走四方时,就注定了这是一条不归路。胡老爹把儿子托付给李义烽,既看中他的手艺,也看中了他的人品。

胡四海十分敬重这位义兄,始终铭记长兄为父,提壶倒水、铺床叠被,甚至端尿盆便壶,对李义烽尽心侍候。妻子边琴看在眼里,懂得丈夫心意,也对李义烽恭敬有加,她用心照顾着兄弟二人。

三人结伴游走四方,风餐露宿,一个城市一个城市地"跑铁"。李义烽掌钳,边琴拉火,胡四海抡锤,他们配合得十分默契。打铁人讲的是义气,庄里人送来要修理的铁具,讲好条件便可离去,约好时间来拿便是。手艺好、态度好、讲义气,李疯子渐渐有了名气。

且说这边琴,冰城人,望族出身,因大清雍正年间家族中有人得罪了柴郡王，全家被流放崖州，只逃出孤女一人，落得流浪街头的悲惨命运。幸得胡老爹收留，尽心照顾，形同父女，眼看到了婚配年龄，遂与胡四海拜堂成亲，两人感情甚笃。

边琴生得十分靓丽，瓜子脸，睫长眼大，清秀绝俗，一种风韵由内而外，让人顿生怜惜；一股柔情涓涓涌动，令人萌生爱意，但她是一个哑女。善良单纯的她死心塌地跟着丈夫浪迹天涯，四海为家。

兄弟俩平时尽可能少让边琴干活，不想弱女子跟着受苦。边琴拉着风箱，一身薄衫子全都黏在身上，头发就像刚从水中现出，火光映照着脸颊显出妩媚之色。繁重的体力活并没有压弯腰身，也不曾毁掉容颜，她是天生的乐天派。

　　　　风箱哎，它呼呼吹过哎，
　　　　南北西东哟；
　　　　炉火哎，它熊熊燃烧哎，
　　　　百炼成钢哟；
　　　　铁锤哎，叮咚叮咚哎，
　　　　收获四季哟；
　　　　铁匠哎，吆喝声声哎，
　　　　壮士之歌哟；
　　　　人生哎，平平安安哎，
　　　　刚强执着哟。
　　　　唱给我的女人听哎，

咋就爱不够哟！

　　当胡四海敞开胸襟，扯开嗓门，大声嚎唱时，李义烽与边琴就在一旁用铁钳敲击铁锤，用铁器击打铁砧，发出铿锵节奏，应和着雄浑的歌声，音韵悠长，穿透人心。

　　时光荏苒，转眼两年过去了。

　　秋日的一天，三人来到济南商埠二大马路"跑铁"，没承想接到一个大单，三十口铁锅的生意，这下把他们高兴坏了。

　　"大哥，这活儿干完，咱们就可以开自己的铺子了，名字我都想好了，就叫李记铁匠铺。"胡四海兴奋地说。

　　边琴在一边扑闪着会说话的眼睛，跟着满脸喜悦。

　　"这活儿交了，给你们小两口放个假，好好逛逛济南城。"

　　古城的二大马路有一栋颇具规模的宅院，院门的上方莲花状精致雕刻令人耳目一新。整个院子青砖铺地，院北侧是用大红砖砌成的二层小楼，尤为奇特的是一根八米高的红松木圆柱直通楼顶，颇显气派。

　　红色的小楼与院内的绿树相互辉映，格外生动。庭院内种植了石榴树，枝叶茂盛，蜿蜒盘旋而上，给小院增添了勃勃生机。

　　此刻，李义烽、胡四海、边琴三人将锻造好的铁锅搬进院内，等待着主顾的接见。

　　"随我进去吧。"一个年轻后生引着他们来到一楼客厅。

　　客厅以壁炉为中心，东墙悬挂着郎世宁绘制的油画，与西墙浮雕风格统一，粉彩绣墩与提花地毯一副娇滴滴的模样，优雅中透着仪式感。

显然，兄弟二人不曾见过如此奢华的房间，有些拘谨。边琴却一反常态，大大方方上前施礼。

"不慌不慌，你们坐。"眼前这位主顾五十多岁年纪，秃头，圆脸，鹰钩鼻，似笑非笑。

"还不看茶。"主顾身旁站着的一个装束奇怪的人发话，他头戴花冠，身披长袍，大眼直鼻，方颐大耳。

"俺们三个还有别的活儿要干，客爷不必客气。"李义烽说道。

"我陆介元是生意人，喜欢交江湖朋友，你们打造的铁锅名不虚传，整个铁匠街都知道。"

"客爷知道俺们是章丘铁匠？"

"这两年你们回铁匠街的次数不多，可李疯子炉火纯青的打铁本事早就传遍了。"

"客爷对我们感兴趣？"胡四海问道。

"不如说对你们锻造的铁锅感兴趣。"陆介元瞄了一眼边琴，边琴的美貌让他吃惊。

就是这一瞄，被身旁的怪人瞟个正着，继而与陆府主人相视一笑。

"我们陆老板是济南商界老大，下一步要做铁锅生意。"怪人说道。

"俺们行炉铁匠东奔西走，小本买卖，糊口而已，大订单您还是得找铁匠作坊。"李义烽说道。

"你们不想创办自己的铁匠铺?"陆介元笑眯眯地盯着李义烽。

"那就先把这三十口锅钱付了,等我们李记铁匠铺开了张,再谈生意不迟。"一旁的胡四海抢着作答。

"好,这位兄弟痛快。来人,把钱拿来。"

接过五百块龙洋时,胡四海有些不敢相信自己的眼睛。

"陆爷,您给多了,我们只要二百。"李义烽诚恳说道。

"那三百算到今后的订单里。"

李义烽还想开口,被胡四海拦住了:"恭敬不如从命,谢谢陆爷。"

当三人离开陆府时,李义烽埋怨道:"拿人家的手短,吃人家的嘴软,咱不该要这么多钱。"

"大哥何必多虑,咱想创办铁匠铺不是一天两天了,眼下正需要本钱。他有渠道咱有手艺,这是个长期买卖,何乐而不为?"

李义烽双眉紧蹙,一副思索的神情。

"再说了,你弟妹边琴该有个安稳的地方了。"

"咋啦?"

"怀孕了。"

李义烽不再说话。

一旁的边琴似乎看懂了兄弟俩的对话,片刻流露出母性的温情,看看丈夫,再看看大哥,羞红了脸颊。

半个月后,李记铁匠铺在阁老镇铁匠街"噼里啪啦"的鞭炮声中开张了。李记铁锅凭借着无与伦比的品质在镇上名声大噪。

陆介元的订单如期而至。

忙碌，对胡四海来说是一种治愈不幸的良药。胡老爹的意外身亡，边琴的无声之痛，行炉铁匠的艰辛之旅，此刻在内心幻化成一幕幕对未来的渴望，尤其是即将迎接新生命的到来，他体会到苦尽甘来的温暖。命运之舟对大多数人而言，从来都是颠簸行进于波涛之中，顺境往往是短暂的。

谁也不曾料到，胡四海就去陆府送了一次货，便染上了令人匪夷所思的精神疾病。这病，是渐渐露出端倪的，起初他变得爱沉思，喜欢独处，嗜睡，心神不宁；而后，边琴发现他常常会被噩梦惊醒，有时还会发作癫痫。丈夫抽搐的身体、恐惧的双眼，伴随着一阵阵袭来的幻听幻视，泛着青幽光泽的麻木面容，令边琴揪心般痛苦。

有一次，胡四海在睡梦中惊醒，用空洞呆滞的目光寻求着安慰，他突然大声叫了起来，似狼嗥又似虎泣，把边琴吓坏了。她找来李义烽，不知所措地站在一旁。胡四海擦着满头虚汗，给李义烽断断续续地讲述了整个梦：他被巨浪吞噬，沉入海底；瞬间被抛向云端，紧接着被眼前的母狼惊呆，开始跪下吮吸它的乳汁；一只白虎与一条蟒蛇带他走向一片沼泽地，沼泽地无边无垠，神鹫在头顶盘旋，它砸下铁石，这些铁石竟然能开口说话；他在白虎与蟒蛇的引导下，进入一个火光冲天的洞穴，洞穴里躺满了赤身裸体的女人和刚刚诞生的麋鹿；他最终来到荒漠中，发现了熟悉的风箱，火上支着一口大锅，巨大的铁钳夹住了他，他被砍掉了脑袋；头颅被放到铁砧上，用铁锤锻打着……

"砰砰砰！砰砰砰！砰砰砰！"胡四海再次发出了惊人的嚎叫，两手捂住脑袋，像是被神鹫啄走了灵魂，又像是被罂粟花迷惑了心灵。

他一次次摆脱了李义烽孔武有力的双臂，不顾妻子的阻拦，将头向铁砧上撞，用铁锤击打自己的脚踝，用匕首在胸口刺字。他会整日唱歌跳舞，一直跳到筋疲力尽为止。

清醒时的胡四海经常向李义烽求助："大哥，救救我。我觉得就像喝醉了一样，不知是白天还是黑夜，也不知在做什么，我控制不住自己。"

边琴在一旁看着无助的丈夫，独自流泪。

一天，胡四海的精神恢复得特别好，他喝了一碗妻子熬的小米粥，打了个手势："去把大哥叫来，我有话说。"

李义烽看着义弟最近这副模样，急火攻心，长了满嘴的燎泡。

"四海，好些了吧？"

"大哥，对不住。"胡四海流下泪来，"你看我啥也干不了。"

"别说傻话，这到底是咋了？"

"还记得咱在陆家见到的怪人吗？"

"头戴花冠，身披长袍的人？"

"他叫郭泗，是陆府的护院，人邪性得很。"

"怎么回事？"

胡四海回忆道："那天给陆府送货是我和小琴去的，都挺顺利。临走时，陆介元安排郭护院陪我们吃饭，小琴一直在我身边，可后来去了哪儿我就不知道了，那晚我酒喝多了。第二天醒来，觉得小琴不对劲儿，可又说不上哪里出了问题，我依稀记得那晚郭护院对我念念有词，还闻到一股淡淡的迷香味儿。"

"你的病肯定与他有关。"

"没有证据不好冤枉人。只是……"

"只是什么？"

"我要有个三长两短，小琴就托付给大哥了。她跟我受了不少苦，又是个哑巴，不放心哪。"

"这是说啥来。"李义烽一阵心酸。

"大哥，我们的孩子没了。"

"没了？"

"我咋问都问不出原因，你知道小琴的秉性。"

李义烽感到气闷，一股无形的压力袭来，事情没那么简单。

"回头我去摸摸陆家。"

"大哥，陆家势力强大不能贸然招惹，何况人家对咱有恩。"

"四海，不必多想，养病最要紧，我找了镇上最好的中医给你瞧病，明天上午就到。"

胡四海露出笑容："大哥，你我素昧平生，意气相投，能有你与小琴陪着我，一辈子值了。"

"先养病，这事早晚水落石出。"

"哥,真要是陆家害咱……"

"让他们死无葬身之地。"李义烽的黑脸膛骤然变形,咬牙说道。

接下来的日子,不光是胡四海,边琴也出现了不明就里的症状。她开始沉默,变得对丈夫越来越专注,脸色越来越阴沉、越来越苍白,只要胡四海开口唱歌,她就会马上应和,俩人的歌声越大,唱得越齐,效果越震撼……

为了印证自己的猜测,李义烽前往陆府的周边,开始调查陆介元。没承想就在有些眉目的当口,胡四海竟然暴亡。

光天化日,碧空晴朗。突然从李记铁匠铺传出一阵阵清脆的耳光,只见边琴从铺内快步跑出,捂着红肿的脸颊,发出呜呜的哭声,胡四海追出门来:"我打死你,我要打死你。"

边琴颤抖着,哭泣着,那是一种绝望的神情,她本想与丈夫一起悲,一起苦,一起唱。可眼下,只有恐惧。

"躺下,给我躺下。"胡四海手里的铁锤泛着幽光,他歇斯底里地号叫着,挥舞着。熙熙攘攘的铁匠街,被这突如其来的一幕震惊到了,顷刻吸引了所有人的目光。

胡四海冲着妻子狂笑着:"砍下你的一条胳膊,剁下你的一条腿。"

边琴跪倒在丈夫的面前,双手捂脸,无声啜泣着。她抬起头看着丈夫无奈地摇着,仿佛在说:"四海,我是小琴,求求你别再折腾了。"

"砍下你的一条腿放在树叶上,剁下你的另一条腿也放在树叶上。"胡四海双眼通红,像要喷出火来。

边琴的手中陡然出现了一把匕首，寒光闪闪，围观的人群中发出一阵惊叹声。

胡四海仍在大笑："我要剁下你的头，剁下你的头。"

匕首"噹"的一声掉在地上。

火，不知哪里来的火。

就在边琴的惊恐中，火借风势，罩住了胡四海魁梧的身躯。

"火折子，火油，不好！"不知谁喊了一声。这一声提醒了边琴，她站起身，想去挽丈夫的胳膊，却被身旁的百姓拉住了。火势起得太突然，太迅猛，火蛇吞噬着胡四海的身躯。他迎着风，惊悚地尖叫着，像钢筋发出的尖锐声音一样，他周身火焰升腾，整个人不停舞动着，用尽平生力气喊出："锵锵铁器，无常漩涡，迷雾升起，我来了，我来了……"

当李义烽赶到出事现场，地面上几小块焙干的椎骨和一个缩成绒球大小的头盖骨，一只完好的右脚赫然在目。边琴就躺在丈夫的右脚旁，她表情滑稽，既惊恐又好笑，无法控制自己。

李义烽蹲下身，没有流泪。他贴在边琴的耳畔："放心吧，小琴。不报此仇，誓不为人。"

"呜呜"的声音骤起，那种暴裂无声的哭泣源自一个深爱着丈夫的哑女。李义烽再也忍不住，涕泗横流。

捌 英雄本色

整十日,到了约定时间,隗寿山来到李义烽家。

虎子似乎不喜欢这个陌生的客人,"喵呜喵呜"地低吼着,目露凶光。李义烽将它抱在怀中,撸了撸乌黑如漆的猫身,虎子享受地发出"呼噜呼噜"的声响。

"有它陪我,心里踏实。"

"这黑猫真精神,古时候是西洋女巫的宠物。"

李义烽若有所思地望着隗寿山,片刻说道:"我把四海的死原原本本讲给你。"

屋内的光线十分幽暗,落地闻针。

李义烽的讲述给隗寿山带来了无限遐想,他陷入巨大的恐惧中。

"知道巫术吗?"李义烽突然问道。

"懂点儿。"

"萨乌教了解吗?"

"一种古老的入迷术,传说巫师可以随意离开他的身体进入另外一个人的身体。"

"四海就是中了这种巫术。"李义烽倒背着手,来回踱着步。

"你是说胡四海的自焚与萨乌教有关?"

"喝口茶,压压惊。"李义烽递上茶。

隗寿山沉思着,突然想起了什么:"你说的这个陆介元是不是久道商行的老板?"

"你认识?"

"家父猝死与他有关。"

"什么?"

当隗寿山把仁爷离世以及被陆府追债的详情讲完后,李义烽点点头:"这个陆介元明面上是成功商人,背地里却杀人越货、强奸妇女、放高利贷,无恶不作,郭泗就是他的爪牙。"

隗寿山呷了一口茶。

"他是陆府的护院,一个彻头彻尾的巫师,通化人,在老家犯了事杀了人,七年前来到济南,陆介元是他表舅。此人阴险毒辣,很是有些手段,因靠着预言、解梦、占星等玄之又玄的本事,深得陆介元的器重。"

"他为什么要害胡四海?"

李义烽叹了口气:"郭泗在通化老家时利用巫术奸污了六个良家妇女,其中一个受害者的丈夫找上门,结果他把人给活活打死了,犯了众怒的郭泗这才来投靠陆介元。"

"他们是一丘之貉。"

"没错，凡是陆介元看上的漂亮女子，郭泗总会想办法给他弄到手。那天，他利用吃饭的机会将四海灌醉，再利用巫术让他生不如死，边琴就是在那一天惨遭陆介元强奸，孩子被迫流产的。"

"你怎么知道的？"

"我受四海之托娶了小琴，可并没有夫妻之实。婚后不久，她走不出阴影，留下一封书信，割腕自杀。我悄悄掩埋了尸体，没有对外声张，据我所知，像她这样遭受陆介元迫害的女子还有不少。"

"信里说的？"

李义烽点点头："那是唯一的证据。"

隗寿山问道："当初为什么不说出真相？"

"郭泗威胁她，只要每周为陆介元献身一次，三个月后自会给四海彻底治愈疾病。"

"禽兽不如的东西。"

"单纯善良的女人，为了心爱之人什么都能忍。善有善报，恶有恶报。"李义烽眼里生出了复仇的光芒。

"你打算怎么办？"

李义烽没有作答，话锋一转："从你设计的扒鸡铁器上看，你是一个要求极高的人。"

"你的意思是？"

"有人说戒掉焦虑和浮躁的办法只有一个，做一名手艺人。"

"说得好，你锻造一口精致的铁锅与我制作一道美味的扒鸡没啥区别。"

"其实我最佩服的是铁树法师，经历了这么多悲苦，我想跟随他寻求一种解脱。"

"当初为啥去山西朔州学艺？"隗寿山问道。

"俺娘死得早，爹把我拉扯大，虽说打铁技艺精湛，可四十岁就走了。临终前跟我说他在朔州有一个表弟，复姓尉迟，是尉迟敬德的后代，他的'气贯锻打十八锤'是祖传手艺，可去寻他，拜他为师。"

"尉迟敬德竟是铁匠出身？"

"不错。后来我到朔州鄯阳找到了他，没想到表叔的能耐大得很，我还跟他学会了纯阳淬火四重功、滚珠四时锻打法共五种技艺。"

"老兄的义薄云天原来传承自尉迟家族。"

"老弟别取笑了。"说着，李义烽往隗寿山的杯子里续上茶。

此时，隗寿山环顾屋内，狭小的空间不知从哪里传来炉火混合着铁腥的气味，他的目光停留在一台少见的玻璃煤油灯上，豆青色，玉质感，器形工整美观，上面镌刻着一些奇怪的图案。

"上面的图案是啥意思？"隗寿山指着煤油灯问道。

"这是藏文，灯是一个西藏的朋友送的。"

隗寿山突然想起了《庖厨图》里藏着的立体飘带式奇异图案，或许那也是一种文字。

"此次登门，就算你答应了我的请求。"隗寿山将早已备好的一千龙洋放在桌上。

"你把我李义烽当成什么人了，如果是为钱，一万块龙洋摆在面前，我也不干。"

"为什么给我这么大的面子？"隗寿山笑了。

"一个有着匠心的人本身就值得尊重。"

"我以茶代酒敬仁兄。"

"随我来。"

李义烽来到衣橱面前，打开橱门，扣动了门板内镶嵌的机关，一扇铁制大门出现在眼前，隗寿山呆住了。大门瞬间开启，一条通往地下室的密道暴露无遗。

隗寿山忽然明了，外人不可能听到"叮叮当当"的打铁声从屋中传出，更不会有人知道李义烽每日在做什么。

这是一间地下锻铁室，显然炉子里的火苗日夜不息，在靠墙一侧有个铁皮柜子，里面存放有铁锤、铁钳、榔头、铁铲、撬杠、菜刀、锄头等工具。柜子之上赫然供奉着胡四海的头盖骨，前面的纯铜香炉中燃着三炷香。室内摆满了各式古代兵器：虎头湛金枪、金钉枣阳槊、八卦宣花斧、五钩神飞亮银枪，还有弓箭强弩。

李义烽脱掉外衣，赤膊上阵，推拉风箱，呼哧呼哧，把火烧得极旺。他抡起铁锤砸向铁砧上烧红的铁块，"一敲一点，一浊一清，叮当叮当"，声音有了节奏。铁锤夹杂着风气，整个身体近乎旋转着，仿若围绕着火炉的魅影，时而刚烈成性，时而绕指成柔。那铁块几经淬火，持续敲打。李义烽挥汗如雨，汗水滴落在烧红的铁块上发出噗噗的声响。此时他就是一个疯子，把这"气贯锻打十八锤"演绎得出神入化。

"打铁不仅要技术，还要看耐性，这把剑用的是罕见珍料，化开不易，俗话说'传世剑气，见血封神'，最后的一道工序更要选择时机。"李义烽坚定说道。

铁锤敲击的瞬间，火星飞溅，那璀璨的烟花让隗寿山不觉有了升腾的狂想，一个真正的铁匠只有在这时候才能释放出坚贞的士气。李义烽独一无二的锻造工艺，让隗寿山看得目瞪口呆，仔细望去，铁砧上的这把宝剑业已成型，绝非俗物。

"这是什么剑？"

"椎成剑。"

"难道是汉代名剑椎成？"

"正是。"

"这可是铁匠之乡的圣器啊，听说当年汉章帝曾把珍藏的三把宝剑亲自题名赐予他心爱的三位功臣，其中之一便是这章丘椎成剑。"

"此剑即将收官，七天之后的中元夜请到家中赏剑。"

"一言为定。"

中元之夜，百鬼夜行，阴兵过路。

虎子表现出异常的烦躁，它频繁地磨着爪子，用尾巴大力地抽打着地面，发出"喵呜喵呜"阵阵低鸣。李义烽的心思全部集中在椎成剑上，因为今天是大功告成的绝佳时机。当他来到地下锻铁室，不曾留意虎子也跟了下来，就在他的身旁,凌厉的双目紧盯着眼前即将发生的一切。

此刻,李义烽正细心观察剑身颜色的变化,随着温度的升高,由暗红色转至红色,剑体的亮度也逐渐增强,剑身上有些许暗影不断移动。终于,剑身达到了温度的极限,暗影即将消失,此时的剑体已经带着亮红色。就在此时,李义烽大喝一声,将剑胚划向自己的胳膊,但还是迟了,随着"喵呜"一声急叫,虎子像一道光扑向剑胚,它的身躯熔化在一千度高温的剑胚上,椎成剑"见血封神"。

"虎子!"那是李义烽凄厉的叫声。虽然喊叫着,可他的手并未停止动作,迅速将剑胚放入冷水中淬火……

隗寿山来到李家时,不见了虎子的身影。

李义烽流着泪,双手捧出宝剑:"虎子……"

"虎子怎么了?"

"随剑神而去。"李义烽道出了事情的原委。

隗寿山接过椎成剑,剑身透着淡淡寒光,气势威严,刃如秋霜。

"猫如此护主,世间罕见。"隗寿山感慨道。

"所有想法集于一念,就能得到神灵的护佑。"

"虎子是神吗?"

"能够掌握自己命运的生灵就是神。"

隗寿山回到旅店已是深夜时分,竟有些头痛,和衣倒在床上。

开始时仿佛听到有人呼唤他,在黑暗的洞穴里如泣如诉;然后变作一种含混不清的嘶吼,形成刺耳的"叮当"之声,敲击着沉闷的胸间；再后来，这种声响突然落入暗寂，巨大的恐惧袭来，空前静谧，一种被压抑许久的情感四溢流淌，他听到了爹的呻吟、娘的诉说、烛花的求援、严爷的咆哮、胡四海的抱怨、边琴的哭泣……

他睡意沉沉，就在半梦半醒之间，黑暗呼啸而来。这一晚，他梦到自己身穿铠甲、手持长枪在兵营里肆意冲杀。待到收兵，探马来报："报告将军，又一撮敌人出现。前方帐篷里灯火通明，有敌军首领聚众淫乐。"他将手中长枪一摆，大声喝道："好啊，本将军与他们大战八十回合，将他们一网打尽。来人呐，把我的椎成剑捧来！"就这样，隗寿山在梦里挥舞椎成剑直到天明。

五天后，传来李义烽被捕入狱的消息。

《民国日报》新闻版醒目位置刊发了《章丘铁匠手持"椎成剑"刺杀商业大亨陆介元未遂》的文章。

其实早在边琴自杀后，李义烽便以护送妻子到京城投亲为由，瞒住了铁匠街的百姓，前往京城告状。因陆介元在济南财大气粗、一手遮天，许多地方官员被其腐蚀，无法将其告倒。

李义烽半年间在京城风餐露宿，去往各级衙门，甚至拦路喊冤，一告再告，但最终都没有结果。这期间，陆介元得知消息，派郭泗等手下爪牙前往追杀，几番遇险，几番逃脱。他只得偷偷回到阁老镇，在唯一一处没有铁匠的魏东村找到了栖身之所，开始锻造椎成剑，以备刺杀陆介元。

椎成剑锻造成功的第二天，他打听到次日上午陆介元要陪京城贵客自大明湖司家码头登船,前往对岸的隆福居听戏。他一早就埋伏在司家码头附近伺机行刺,没承想行动时让狡猾的陆介元逃脱了,无奈被抓获,羁押在陆府。

自阁老镇匆匆返回隗家庄的隗寿山,引起了皮影匠孙志彬的注意,他刚刚在街头演罢一出《牛郎织女》。远远看见老友,便迎了上去。

"寿山,有日子没见了,看你脸色不好,出啥事儿啦?"

"老哥哥,晚上有空吗?"隗寿山突然有了主意。

孙志彬点点头。

"亥时聊斋茶舍见,有事商量。"隗寿山双手抱拳。

隗家庄的聊斋茶舍铺面宽敞,楼上楼下有着四十张茶桌,价格公道,茶客不少。这里就是个小社会,三教九流,七行八作,五股八杂什么人都有。茶舍内的一副对联"茶香高山云雾质,水甜幽泉霜雪魂"出自泉城老饕高裕斗之手。

隗寿山坐在茶桌旁,看着眼前香茗入口、闭目养神、窃窃私语、高谈阔论的茶客们,为被捕的李义烽隐隐担忧,不觉内心吟诵起王维的《少年行》:"新丰美酒斗十千,咸阳游侠多少年。相逢意气为君饮,系马高楼垂柳边。"胸中荡起一层豪情。

准时赶到的孙志彬听完隗寿山的讲述后,感慨道:"手艺人怕的就是被苦难生活所欺,所以一定要好好活下去。"

"难道手艺人活该受欺负?"隗寿山吼道。

孙志彬默不作声。

"我想去陆府救人。"

"太危险。"

"见机行事。"

"真是有其父必有其子。"

"老哥哥的礼让与坚韧，兄弟自叹不如。"

"手艺人自我得很，在现实中很容易上当受骗。"

"那是因为不墨守成规。"

"我能帮你什么？"

"演一出《白蛇传》，我打听到陆介元三天后六十大寿，要在庭院摆席。"

"他爱看皮影戏？"

"十岁的女儿爱看。"

"好。"

"不怕有危险？"

"偏向虎山行。"

"我代李疯子谢谢老哥哥。"

隗寿山给孙志彬的杯中续上莲心茶。

"寿山，你姐姐的事儿最近有了眉目。"

"我姐在哪里？"隗寿山心头一紧。

"只知道她跟一个官宦子弟私奔了，他爹是个京官。"

"姓啥叫啥？哪里能找到？"

孙志彬摇摇头："没有确切消息，说有可能在章丘。"

隗寿山想起阁老镇玉溪桥下哀婉的歌声，叹了口气道："唉，我差点就能见到苦命的姐姐。"

这天晚上，二大马路的陆府热闹非凡，陆介元的寿宴刚刚结束，三遍通儿一过，皮影戏《白蛇传》上演。

> 尊禅师听奴讲
> 许郎与我情深谊长
> 断桥初相会借伞配鸾凰
> 立誓同生共死岂肯各自飞翔
> 望求禅师行方便与人为善放许郎

山东梆子腔一亮嗓，锣鼓点敲起来，孙志彬的独角戏拉开阵势，但见他握杆缓慢，轻拭白娘子皮影人的面部，头部轻轻晃动，配合哽咽的动作，惟妙惟肖。此刻的孙志彬早已幻化为白娘子，丰富的情感被带入皮影人，也注入了角色的灵魂。

远远地，隗寿山看到了秃头圆脸鹰钩鼻的陆介元。他身着古铜色沪纺长袍，外罩宝蓝宁绸马褂，脚蹬京式镶鞋，充满爱意地看看女儿，再瞧瞧戏场，自在满足。

头戴花冠、身披紫袍的阴鸷男子直挺挺站在一旁，像一只孤冷的鹰犬，这是郭泗。还有一个人，隗寿山认得，瘦高个，师爷模样，着一件蓝色对襟绸马褂，当年就是他上门来催收仁爷的欠款。

院内人影嘈杂，人声鼎沸，隗寿山感觉时机已到，便开始四处寻找李义烽的关押之所。转遍了整个府邸，不见李疯子的人影。

当他登上院北红楼的二楼时，弱弱的女声传来："这位先生可是救人？"

"你是谁？"隗寿山看着此女，月光下雪白面孔，精致五官，一点朱唇，两眼失神，寂寥无助。

"我是谁无关紧要。"年轻女子惨然一笑。

"前两天关进来一个叫李义烽的人，知道吗？"隗寿山问。

"也是苦命人。"

"他在哪儿？"

"转去北关监狱，打入了死牢。"

隗寿山故作镇静："什么时候的事？"

"今天上午。"

"你叫什么名字？"

"晓梅。我丈夫得了癔症，只有郭泗爷治得了。"她低下头，哀怨道。

"天杀的！"

"还有救吗？"年轻女子用企盼的眼神望着隗寿山。

"像你这样被骗的还有多少人？"

"我知道的有七个。"年轻女子泪水滴落。

隗寿山下得楼来，想去找演出完毕的孙志彬。猛然间，发现红楼西南侧的外墙上，刻有一个奇怪的标志。

他想起在京城醉仙会馆的暗室里见过同样的标志。

这一年，神州大地燃起了反封建的熊熊烈火，古城济南也不例外。临近中秋节的一天，隗家庄沉浸在黎明前的黑暗中，清廷驻济南的官兵突然包围了龙泉轩修表铺，他们闯入店内，逮捕了正在酣睡的店主潘文等人。

事发突然，整个隗家庄百姓都蒙在鼓里，引发了诸多猜测。经隗寿山多方打探，大概弄清了眉目：天地会革命党人潘文以修理钟表为名，掩护其他同志进行革命活动。不久前，济南天地会组织获悉袁世凯将调拨一批军火运往徐州，接济张勋以镇压革命党人。

潘文等人筹资从外埠洋行购得一批枪支弹药，准备武装劫持途经济南的军火，并选定在洛口渡口下手。没承想被叛徒告密，济南巡防营得知截取军火的计划后，遂向清军巡防营报告，他们连夜密谋，筹划镇压，潘文等革命党人惨遭逮捕。

隗寿山仔细琢磨着事情的来龙去脉，他觉得有必要搞清其中的原委，随后买通了北关监狱的狱监，先与李义烽见了面。

李疯子明显消瘦，但两只眼睛炯炯有神。

"我是从司家码头的奇轩楼二楼跳下去的，那龟孙就缩在轿车里。"

"我相信椎成剑的威力。"

"当时刺穿了挡风玻璃。"

"没刺准？"

"司机及时打了方向。"

"还是太草率。"

李义烽叹了口气："可惜了椎成剑。"

"怎么？椎成剑落在陆介元手里了？"

李义烽点点头:"我死不足惜,就是惦记着这把剑,它可是用虎子的命换来的。"

"我给你追。"

"这件事就算砍头也不后悔,每次想起四海,眼前总是你。"李义烽感慨道。

"大哥是真英雄。"

"小琴自杀前的无助眼神,让我万箭穿心。"

"会有报应的。"

"这些日子没去见铁树法师,抽空去报个平安。"

"行。"

"若没他,我早就随四海去了,他才是高人。"李义烽正色道。

隗寿山随后来会潘文。但见他拇指直伸,食指弯曲,其余三指也直伸,并以直伸"三指尖"向上,附贴胸前,向潘文行鞠躬礼。

"你是自己人?"潘文问道。

"我是谁不重要,只想知道出卖你的叛徒是谁。"

"你到底是谁?"

"万胜堂管堂汪子华。"

"汪管堂,在下失礼。"

"不必客气,说吧。"

"我怀疑陆介元。"

"陆介元可是公众人物,不要胡说八道。"隗寿山故意说道。

"这几年陆介元变了,刚入天地会那阵子,我们想法一致,他主动为组织提供了不少活动资金。自从收了郭泗,不知咋的,越来越邪性,还传出许多丑闻。"

"有证据吗?"

"知道这事的没几个,他原本答应派人参加购枪行动,可后来没了动静。"

"还有吗?"

"他手下有个瘦高个,管家肖晟,这小子一肚子坏水,陆介元的脏事儿他都知道。"

……

自北关监狱出来,隗寿山暗地里打听到肖晟十分好色,每周必到翠华楼去找一个叫雀儿的妓女。他给了雀儿三百龙洋探得消息,果然与潘文推测的一样,陆介元就是叛徒。

隗寿山给远在京城的汪子华拍了一封电报……

三日后的深夜,陆介元、郭泗、肖晟死于飞镖。

郭泗、肖晟一镖毙命,而陆介元身上的百会穴、关元穴各中了一镖。实施暗杀时,隗寿山在场,他嘱咐汪子华带来的武师,杀陆介元时为自己争取点时间,想从他的嘴里打探出爹五年前私借巨款的原因。没料到陆介元作恶多端,老天爷让他早死早托生。

事发之后,警探们勘查现场,发现凶器是江湖中常见的三棱梭形镖,但末端并非绑有红绿两色绸带,而是紫檀色,这是天地会专用的"锄奸镖"。警署很快通过飞镖查实了陆介元天地会的身份,这件轰动一时的谋杀案被定性为天地会内部人员自相残杀，咎由自取，不予追诉。

就在此时，警署收到了数十封检举信，纷纷揭露陆介元伙同郭泗、肖晟对无辜百姓进行欺骗、诱杀，对良家妇女实施诱奸、强奸，擅自发放高利贷等种种罪行，请求讨还公道并公布于众。

不出十日，《民国日报》刊登了《天地会成员大奸商贾陆介元罪恶滔天》的文章，为死去的善良民众昭雪，为被蹂躏的姐妹雪冤。同一天，政府宣布陆府充公，陆介元所有财产罚没，凡参与案件者一律下狱，听候审理。

济南有着数不尽的风景：六百年前靖难之变的古战场；鲍山泺水一代词宗光照千秋；第一楼内人情冷暖世态炎凉；柴家巷目不拾遗夜不闭户；卍字巷熙熙攘攘万紫千红；津浦铁路济南站英气挺拔傲视群筑。新市场也是其中一景，是济南开埠后的第一个商场式市场，北接二大马路，南至隗家庄，西邻纬一路，乃袁世凯嫡系军阀张怀芝的杰作。商店、饭馆、茶园、书棚一应俱全，小商小贩、江湖艺人，你来我往，煞是热闹。天光放亮，隗寿山在龙冉旅店给汪子华送行。

黑色雪铁龙轿车早已停在旅店门口，汪子华近前握住隗寿山的手，警觉地环顾一下四周，说道："走，上车谈。"

汽车缓缓开动。

"汪大哥，我给你备了宏济堂阿胶和烟台刺参，算是一点心意。"

"客气了兄弟，你走后，我常常思念严大哥。"汪子华一脸惋惜。

"师父他老人家一辈子没享过福，把所有的精力都投入了宫廷扒鸡的制作技艺上。"

"记得大哥说过：什么事看着舒服，心里喜欢，就去爱它。爱，是手艺人择一事终一生的所有原因与答案。"

"是啊，难的就是坚持。"

"你的'华夏第一鸡'咋样了？"汪子华笑道。

"不急，我正按自己的节奏走。"

"人，就怕忘了来时路。相信因果吗？"

"也许爹死的时候，陆介元的生命就开始倒计时了。"

"你爹死得不明不白，但陆介元不至于害死他，你多留意郁香斋吴正的动静。"

"去过几次，没啥异常。"

"只要抓住这小子的把柄，立马通知我，我要亲手宰了他。"

李义烽释放后，回到卧龙街，开始琢磨隗寿山所需的扒鸡铁器，发现这是块难啃的骨头。单说这杀鸡刀，就得具备杀鸡、开膛、除鸡爪、去内脏、造型及搅拌鸡血等用途，虽有设计图纸，但具体的器型还要做进一步研究推敲。

接下来，他转遍了整个阁老镇，走访了几乎所有的杀鸡作坊，并高价收购了在用的各种杀鸡刀，带回家中仔细研究。最终确定了刀部前端呈圆弧形，中间凹陷，纯木把手的设计方案，针对不同的用途及尺寸，锻造出五把锋利无比的尖刀。

而后,他采用传统锻打技艺,将明镜般的烫鸡锅、炸鸡锅与煮鸡锅制作出来。

李义烽完成两项铁器的制作之后,并没有着急让隗寿山前来观验,而是去了一趟戒香寺。

慈眉善目的铁树法师见到李义烽合掌说道:"阿弥陀佛,善哉善哉。一念放下,万般从容,愿你放下小爱,学会大爱,爱即慈悲。"

"法师,劳您挂心了。"

"有事找我?"

李义烽恭恭敬敬地给法师茶杯中续上水,开口说道:"法师,这些扒鸡铁器是恩人隗寿山托我打造的,我想请您过过目。"

铁树法师仔细观看这些铁器,没有流露出赞叹之色,反而频频摇起头来。

李义烽见此,顿觉平时淡香扑鼻的灵岩茶寡然无味,有些惴惴不安。

"法师,您觉得这些铁器有问题吗?"

"这仅仅是些平庸的生产工具而已。"

"那应该是什么?"

"地域文化与民间习俗的聚合体。"

李义烽皱了皱眉头,有些懵。

"山东人出刀猛、力气大,这种刀首先考虑的是称手、方便调整用力,你这刀弧形过大。"铁树法师拿起其中一把刀,指出问题所在。

"手工锻造的刀具常磨才好用，不磨会生锈，只有锋利的刀刃才不会破坏鸡肉的细胞，显然此刀刀背过薄。再来看，握柄与刀舌之间的接缝不够紧密，水汽和脏东西轻易就能进入缝隙，腐化刀舌。刀舌由刀身延伸到木把手里，中间应该用凹型过渡，才能起到缓冲力量的作用。"

李义烽诺诺连声。

"建议你在刀背部分磨出像刀刃的样子，不要磨利，整把刀的强度虽然下降了，但刀尖会更尖利、刀身重量变轻，重心会后移，便于操控。要懂得'制天有为，顺天无为'。"

"法师，请赐教。"

"人可以改造自然、战胜自然，更要顺应自然。一把杀鸡刀要具备挑、切、搅、压、割、刺、挖、拉、剥、刮、划等功用，要贯穿衡中求变的思想。它是一件刀具的同时，更是一种传统造物哲学的体现，希望你能制造出传世铁器。"

"阿弥陀佛，法师，啥是衡中求变？"

"就是要体现盈与亏的视觉形态对比，从而达到阴阳平衡的心理满足，对立中寻求统一。记住，这种器型的设计一定要尊重当地使用者的习惯。要举一反三，在其他铁器上下足功夫。"

"法师，感谢您的点拨。"

三个月后，隗寿山见到了梦寐以求的铁器，杀鸡刀、铁锅、油勺、铁叉、锅鼎、水瓢、笊篱一样不少。

他想象着用这些器具制作扒鸡，那是与自己的技艺熔为一炉的体验，活生生的，所有的构想都有了灵魂，所有的过程都有了结果,梦想业已实现。一阵悸动袭来,他拥抱了李义烽。

"收拾东西,跟我回隗家庄。"

"不去。"

"给你找了间房子,咱俩住邻居。"

"想去冰城康家屯。"

"冰城?"

"小琴老家。"

"忘不了她?"

李义烽点点头:"想她。"

"还回来吗?"

"回来。"

"把剑带上。"

"椎成剑,哪儿来的?"李义烽喜出望外。

"我在刘署长身上可花了不少龙洋。"

"谢兄弟。"

"啥时走?给你送行。"

"想看一场皮影戏再走。"

隗寿山带着李义烽来到孙志彬家,两人神交已久,见面意气相投,相谈甚欢。孙灵姐儿俩听罢寿山叔讲的"李疯子"的江湖传奇,心生敬佩之情,她们牢牢记住了义烽叔那张长满络腮胡须的黑脸膛。

大明五虎捅破了天,

各位客官听我言。
骁勇将军是徐达,
出将入相世无双;
常胜将军常遇春,
精于骑射盖世勇;
功勋将军是沐英,
镇守云南得民心;
前锋将军胡大海,
有勇有谋善用兵;
镇国将军是汤和,
战功赫赫传美名。

此刻,隗家庄大街正在上演孙志彬的《大明五虎》,只是独角戏变作了三人组,孙灵、孙秀成为爹的左右手。李义烽从未如此动情,他以宽广的心胸和崇敬的心情欣赏着五虎将,憧憬未来的同时,一股精气神油然而生。他仿佛看到远方的黎明正驱走新的迷蒙,无往不胜的椎成剑闪耀着金灿灿的霞光。

玖 | 莫欺少年穷

这一年,千年古城济南经历了风风雨雨,泰然自若、温馨满怀,而此时隗家庄人却愁容满面。因庄里有一条开放式的沟渠,从老城城墙外流入,在庄内蜿蜒穿行,那些石板下的小排水道本是要将水排入沟渠中,不知怎的时常会出现淤堵现象,导致污水横流、臭气熏天。当地官员以清淤通渠为借口征收民间资金中饱私囊,清理工作一推再推,百姓叫苦连天。

隗寿山的举动出人意料。他赞助了一万龙洋,召集乡亲们开通沟渠、平整道路并监督施工,不出一个月解决了隗家庄这一顽疾。阳春三月,又花费巨资在庄东头修建了颇有气势的隗家祠堂,还在长兴里基督教堂内开设了育婴堂,专门抚养被遗弃和流浪的孤儿。

功德无量的善举传遍了整个隗家庄，百姓们纷纷议论："仁爷的儿子回来了，比当初的仁爷还仁善。"面对外界的热闹评说，隗寿山依然在共康里的瓦房里，日日钻研着宫廷扒鸡技艺。

"要想扒鸡香，配料加老汤"，隗寿山思忖着。望着屋里打造出的顶级扒鸡铁器，再瞧瞧由谷子立、刘火头从京城烛夜坊运回的百年老汤。他逛遍了古城的三大香料市场：卍字巷、菜市庄、津浦园，购置来十六味在心中默记了上万遍的配料。又从隗家庄大集上买了几只雏鸡，开始尝试制作扒鸡。虽然还差两味不知名的配料，但他决心攻克这一难题。他将前期工作做好，凭借严师传授的技艺和自身摸索的经验，扒制熟烂后，这个配方竟然味道浓郁，但因缺少两味香料，肉香不够充分，其回味大不如烛夜坊扒鸡。究其原因，与配料的质地息息相关。

隗寿山想起烛夜坊配料工坊的百里先生讲过，唯泰国的豆蔻，越南的丁香、砂仁，最为质优。想要制作出"华夏第一鸡"就得用顶级配料，他想起了多日未见的虎叔，有着"千味之王"美誉的调味大师。

这天晌午，他备了长白山人参和宏济堂阿胶，来到位于宽厚里的虎宅登门造访。孑然一身的虎泉生以将养身体为名辞掉了聚丰楼主厨的位子，眼下的活计是在家中潜心修道，其真实目的是编撰一本《鲁菜调味秘籍》传世天下。

和蔼可亲的虎泉生身形略显消瘦。

"虎叔，寿山看你来了。"

虎泉生手捻须髯，乐呵呵道："你小子做善举出了名喽。"

"如果虎叔和我现在一样趁钱，肯定比我仁善百倍。"

虎泉生听罢，笑而不答。

"虎叔，身子骨近来咋样？"

"这两天有些感冒，无大碍。把茶沏上，今早儿刚去黑虎泉打的水。"

"欸。"隗寿山答应着，将莲心茶冲泡好。

"有道是'一枪茶，二旗茶，休献机心名利家，无眠为作差；无为茶，自然茶，天赐休心与道家，无眠功行加'。"

隗寿山斟满香茗，聆听着师父教诲。

"道家饮茶与名利客品茶不同，贪图功名利禄之人饮茶会失眠，皆因精神境界太差；而道家视茶为琼浆仙露，越喝越有精神，更能体道悟道，增添功力道行。"

"师父的意思是？"

"致虚极，守静笃，道法自然，境界不同，结果便不同。"

隗寿山呷了一口茶道："虎叔，你咋对道家感兴趣了呢？之前没听你提过。"虎泉生微笑不语。过了一会儿，方才说道："寿山哪，天下熙熙皆为利来，天下攘攘皆为利往，生活在浊世要保持一份清醒，少安毋躁。说吧，啥事？"

"师父，上次给你说的十六味扒鸡配料早已熟背于心，可我对香料的了解太少，还望师父指点一二。"隗寿山说道。

"人的舌头是精密而神奇的感官器官，方寸之间分布着一万多个味蕾，因此每一种食物风格迥异，味道鲜明；而香料能够赋予食物辛、香、麻、辣、苦、甜等'六味'，这'六味'是滋养生命之源。"

虎泉生抿了一口莲心茶继续说道:"世间由五大元素构成,也就是五种意识,由宇宙的震动频率传递形成'空',是为'听觉';在空气中流动形成了'风',掌控着我们的'触觉';继而缓慢摩擦产生热能,发展出'火',灿烂夺目,吸引'视觉';万物因为燃烧延伸出'水',让我们体会'味觉'的精彩;最后液体融化,流向沉重的'土',感受到'嗅觉'。"

隗寿山被这新鲜的理论吸引住了,想了想问道:"这'五大元素'与'六味'有什么关系呢?"

"比如说'风'型是由'空'和'风'组成,应多吃'酸、咸、甘'味,此三味由土、火、水相互组成,帮助平衡风型体质。一个平衡的个体,意味着体内五种元素和谐运行,而每日餐桌上的风味至关重要。好的食物属性加上香料赋予健康调味,能让人食欲大增、身心愉悦。"

"虎叔,具体到扒鸡配料呢?"

"扒鸡调味最有民族智慧。"

"这话怎讲?"

"咱中国使用的大多数香料,同时也是传统中草药。扒鸡配料中,像桂皮、丁香和八角都是天然香料,白芷、陈皮、砂仁是地道中草药。讲究的是中医传统阴阳调和的养生之道,既要保证扒鸡味香浓郁,又要不火不燥;既要营养美味,又要中正平和。"

隗寿山连连点头,给师父茶杯中续上水。

虎泉生捋着须髯，缓缓说道："扒鸡配料应遵古法境界，相融相合，虽留药性却不留药味，只有浓郁的肉香达到和谐状态，才是以食养生的典范。"

"虎叔，听说泉州有全国最大的香料交易市场，叫刺桐香料市场，不知路程有多远？"

虎泉生起身说道："时候不早了，随我去厨房吃饭吧。"

虎宅最令人称道的就是厨房，位于卧室一侧，面积比普通百姓的厨房大一倍，里面的器具样样齐全，都是绝好的材料制成。炒锅、炖锅、砂锅、漏勺、擀面杖、砧板、笼屉、水盆、水壶、水瓢等井井有条地摆放着，部分炊具悬挂于墙上，既顺手可取又使墙面增加了层次感，灶台由一个烟管通到外面，旁边还有一个木制的拉风箱，用来加大火量。

厨房内斩切刀、片刀、文武刀一样都不少，虎泉生对厨刀的要求极高，讲究的是手感，从刀柄到刀身使用起来要舒适，这样忙起来手部不会感觉太累。

看着师父忙碌着，隗寿山想起一句话：只有传统，没有正宗，物无定味，烹无定法，适口者珍。

不一会儿，两大碗鸡丝馄饨端上了餐桌。隗寿山吹着热气，品尝着碗中以熟鸡丝、紫菜配以鸡汤煮熟的馄饨，汤鲜馅嫩，清鲜利口。

"还是那个味儿。"

"你小子第一次吃师父做的馄饨还不到六岁，转眼二十多年过去喽。"

"虎叔，有寿山在，往后你啥也别愁。"

"三天后来找我，容我考虑下采购配料的事儿。"

临近傍晚，高裕斗来到隗寿山家，自然是奔着大侄子的终身大事，想问问他到底对段芝香有没有意思，人家姑娘可是一往情深。没料到隗寿山却横竖不表态，弄得高裕斗气不得，急不得。隗寿山拉着高叔一路走到鸿晟酒楼，把他逼进了二楼包间，泉城老饕拗不过，无奈之下只得与之对饮一番。

当高裕斗得知制作扒鸡的顶级铁器已经打造出来，甚是高兴，隗寿山就把章丘铁匠李义烽的江湖故事原原本本地讲给他听。

高裕斗听罢，微微一笑，推了推鼻梁上的金丝边眼镜，说道："寿山哪，说起传奇经历那还得听你虎叔的，让你知道知道啥叫'莫欺少年穷'。"

江南制造总局诞生后不久，福建泉州。

来自商河百脉观的住持云岭道长远远看见了刺桐之城。

高高伸展的城墙，两个塔顶露出墙垛清晰可见，城墙之后的民居隐隐约约，远处稻原上兀立着一座清源山。

云岭道长此刻正想前往老君岩，一袭蓝色大褂，绾一个道髻，手拿拂尘，身背松纹古铜剑；八字眉，杏子眼，三绺长髯，身形潇洒。

夏日的泉州，像个烧透了的砖窑，让人喘不过气来。

云岭道长上得清源山，在奉茶亭饮过铁观音，清凉许多，正想拾级而上，耳边隐隐传来婴儿的哭声，他循着声音，来到了虎乳泉畔。清源山因虎乳泉又名泉山，泉州因泉山而得名。其泉眼上下都是石头,泉水从缝隙中流出,注入一个方形石孔。方形石孔所在的岩坡上放置着一个竹篮,篮内一个嗷嗷待哺的男婴无助地挥舞着拳头大声哭喊着。

云岭道长抱起男婴环顾四周,不见人影,喃喃道:"慈悲,慈悲。虎乳泉生了你,今后要报答泉;为师养育了你,将来要懂感恩。"

从此,这个在虎乳泉畔被云岭道长收养的孩子被唤作虎泉生。

云岭道长,这个从商河不远数千里到访泉州的云游真人,冥冥中牵起了两个泉水之城的因缘际会。他考虑到孩子的成长,终止了云游计划,在南门附近租了一间小屋,平时主要靠看风水、做法事来维持生计。

泉州的刺桐港曾是世界两大商业港口之一。

马可·波罗曾描绘道:刺桐海港载着印度香料和贵重器皿的印度船只络绎不绝,我敢保证,只要有一艘载着胡椒驶向亚历山大港直往基督教国家的船,就有上百艘甚至更多的船只来到刺桐海港。

就在弥漫着来自世界各地天然香料迥异气味的地方,虎泉生渐渐长大,并且显示出超乎常人的嗅觉、味觉辨识度。他与云岭道长的住所,坐落在狮子桥旁。桥下的河流看起来十分繁忙,许多小船载着天然香料渡来渡去,有花椒、胡椒、丁香,还有八角、陈皮、豆蔻,码头上传来的喧哗声显得混乱嘈杂。

七岁的虎泉生已然通过嗅觉熟悉了周遭迥异的香味,开始向船夫们打听这些香料的名称，试图将其放入嘴中咀嚼。几次被船夫抓住非打即骂，可他却执着地做着相同的事情，因为他喜欢这些味道。

花椒的麻香，让他在咀嚼的瞬间麻痹了交感神经，异常刺激，充满诱惑与幻想；生姜味道辛辣，香气突出，一口吃下，胃口大开，清除身体汗秽；八角散发着清辣甘甜的迷人气息，稍微一点就满口出香，而且八角的形状更为讨喜；肉豆蔻是他最为上瘾的一种香料，奢香坚果般的香气，能产生兴奋与幻觉，久久沉浸在自己的迷香世界里，无法自拔。

不知多少次，运送香料的船夫们找到云岭道长，来告虎泉生的状。道长既不生气也不解释，掏出钱将告状的船夫打发走，极有耐心地给孩子讲述在外辛苦挣钱的经历。虎泉生知道了挣钱的不易，因与师父常年吃素，他更是将天然香料化作了调剂饮食的必备品。

虎泉生第一次吃到由八角卤制的漳州卤面，立刻倾倒。卤料中肉丝、笋丝、蛋丝"三丝"入味，鱿鱼、干贝、虾干"三鲜"争香；面条浇上卤料，放些韭菜、豆芽，那叫一个"质嫩爽滑、甘美可口"。

请客的是云岭道长的一个老朋友，常年被邀做法事，他见身材矮小枯瘦的虎泉生吃得狼吞虎咽，心生怜意。

"道长啊，孩子还小，正是长身体的时候，不能光跟着你吃素。"

"慈悲，慈悲。禽兽爪头支，此等血肉食，皆能致命危，荤茹既败缺气，饥饱也如斯，僵硬冷须慎，酸咸辛不宜。"

云岭道长解释道。

虎泉生听不懂师父的话，却牢牢记住了天赐的味道，晓得了香料调味的巨大魅力。这碗不经意的面，让他找到了一生追求的理想：用自然的香料为食物调味，将它们的功能与香气安排得宜，勾勒出接近心中完美的风味。长大成为厨师后烹饪每一道菜时，都会想起这碗面，他把最初享用这碗面的惊人感受用自己的手和心呈现给食客。

随着一天天长大，虎泉生变得愈发有主见，他央求师父吃肉，云岭道长恪守本心不曾答应，爷儿俩继续吃素，虎泉生只得作罢。他一边跟随师父学习看风水、做法事，更多时间还是研究香料，只是再也不必偷，师父专门留钱给他，供他买回研究。

忽而一天，虎泉生开口说道："师父，我只喝肉汤行吗？"

云岭道长拗不过徒弟的再三央求，找到了在狮子桥酒楼做大厨的邻居邢慕岩，每次下班就捎回些肉汤。这下，虎泉生来了精神，经常是一边喝汤，一边向邢大厨问这问那，三句话不离香料。

邢慕岩就给虎泉生讲：这汤里选择了哪些香料；如何配置它们的先后、轻重、缓急；哪些适合长炖、矫味、赋香。自此，邢慕岩将自己渊博的知识悉数教授给眼前这个好学的孩子。

云岭道长看着整日醉心在花椒、八角、肉桂、丁香中的虎泉生，渐渐有了主意。

这一日晚饭后，师徒二人聊了起来。

"师父，道教为啥提倡吃素？"

"淡然无味天人粮，众生皆生命，不应杀生。"

"我觉得人生不应该淡然无味。"虎泉生眉头微蹙，一副认真的样子。

"香料使人追求浓烈肥厚的饮食，与平易恬淡相悖。"云岭道长并没有理会徒弟的反应，继续说道。

"师父，我知道上天有好生之德，天地是万物之母，修道人要体察天地之心，不能触犯杀生的戒律。可是，徒儿对看风水、做法事一丁点兴趣都没有，我不想为难自己。"

"说说你的想法。"

"我要当厨师。"

"想要前功尽弃吗？"

"邢师傅说辛、香、麻、辣、苦、甜六种味道可以创造出数千种以上的口感变化，这才是我的向往，我要做'千味之王'。"

"你还小，将来会有所悟。"

"师父，我真的不想修道。"虎泉生拈起一粒丁香，放在鼻尖嗅着，"知道吗？丁香在古代可以消除口臭，有公母之分，西方人曾为丁香痴迷。"

"说来听听。"

"东汉有一个叫刁存的，嘴巴臭得很，皇帝命令他含一种东西，他觉得满嘴辛辣，内心怕极了，以为皇帝要他死。回家后与妻子告别时，碰巧朋友来找他，告诉他这是丁香，能除口臭，这才放下心来。从此，朝廷就流行起丁香除口臭的法子来。"

虎泉生认真地看着师父。

"人活成自己很难。"云岭道长语重心长道。

"那更得坚持。"

云岭道长低头不语。

"师父，我知道你想让我活成自己。"

"为什么？"

"你在有意成全我。"

云岭道长缓缓说道："慈悲，慈悲。你心头的至荤之气，唯有用一缕清泉才能洗干净。"

"如果洗不净呢？"虎泉生笑道。

"那就多找些泉水。"

"师父，真要有办法让我断了这念想，就听你的。"

一周后，十七岁的虎泉生跟随云岭道长离开了泉州。

直至若干年后，他也没有忘记当初的景象：城外的青石板路在阳光照射下熠熠发光，粗糙的石板在绿色的平原上无限延伸，劲吹的风把庄稼累弯了腰，热气炙烤着大地，榨干了人和牲畜的水分，村子里人影稀少，偶尔几个赶路人在身旁掠过。

师徒二人的身影显得单薄落寞……

他们逢泉便拜，踏泉而行，以泉濯心，临泉畅吟。

泉水，先是圣洁之水，荡涤浊污，净化身心；又是甘醴之水，灌溉田地，饮之绝妙；还是风光之水，周边旖旎，景色清幽。

此刻，虎泉生凝神入定，望着眼前的镇江中泠泉，心如止水。

云岭道长不失时机地自泉中舀起甘洌醇厚的泉水，煎制出白云翻滚、清香袭人、盈杯不溢的碧螺春。

"师父，茶水好喝得很，访过这么多泉，属这里的水质好。"

"知道杜康吗？"

"是酒祖啊。"

"酒祖杜康为了酿造上乘佳酿，找寻天下最好的水，先后品味了无锡惠山泉、杭州虎跑泉，却发现镇江的中泠泉水最好，并命之为'中泠水'。不过，等你尝过咱济南的趵突泉水后，再议也不迟。"

"我一直不明白，师父为啥要用泉水来打消我做厨师的念头？"

"泉水有灵性，可以战胜欲望。"

"欲望？"

"欲望不同于理想。"

"师父的欲望是？"

"戒掉荤食之欲。"

"怎么做到的？"

"面对清泉，排除杂念，打坐入定。"

"为什么是泉？"

"我与你一样出生在泉边。"

虎泉生不禁惘然。

"我出生在济南黑虎泉，护城河南岸崖壁上一个幽深的洞穴内。洞口由青石垒砌，里面有巨石盘卧，上边生着苔藓，就像猛虎深藏。"云岭道长陷入回忆,"我永远忘不了七岁时姥爷带我到黑虎泉畔,诉说我的身世。母亲生下我,难产而死,父亲则拔刀自刎。"

"为什么?"

"我是私生子。"

虎泉生望着师父深邃的眼神。

云岭道长说道:"百脉观的灵书真人后来收养了我,面对清泉,打坐自会沉静下来。"

"这就难怪了。"

"我父亲是一个厨师,姥爷说他烧制的一手好菜征服了母亲的胃,也俘虏了她的心。姥爷还说,我父亲就像一个擅长调味的魔术师,全身有股香料魂。我恨他,所以更加抵触吃荤食,只有清泉才能遏制欲望。"

"所以,你让我逢泉便拜,但你没教过我打坐啊。"

"慈悲,慈悲。学道之初,要须安坐,收心离境,住无所有,不著一物。自入虚无,心乃合道。"云岭道长呷了一口茶。

"师父的意思是原本想教我,却犹豫了。"

云岭道长点点头。

"师父,怪不得小时候偷吃人家的香料你总护着我。"虎泉生一脸兴奋。

"这才让你在泉边静一静。"

"即便静一静,也该把我出生的虎乳泉当作第一站吧?"

"收养你的第三天,就听闻你的父母到虎乳泉寻你。"

虎泉生瞪大了眼睛。

"当我抱你来到泉畔,他们已经离去。"

虎泉生看出了师父的愤怒。

"没有责任就没有诚信,人若失信,如同失心。"

云岭道长的愤怒渐渐化作了悲哀。

虎泉生眼望方形泉池内,清澈见底,泉水由鹅卵石缝隙中冒出,一旁的道长不见了身影。他窸窸窣窣地从贴身对襟绸褂中取出一包香料,打开。这些芬芳的物质,数种载满希望的气味,想象着将来可以用它们纵横天下。

花椒、八角、肉桂、桂皮,舒适的香味迎着他的鼻子飘来,他有生以来第一次在泉边呼吸着自己钟爱的气息,轻柔、深厚、低调、浓烈,他十分满足,沉浸在短暂的幸福中。他抿了一口碧螺春,打开了尘封已久的味蕾,那碗漳州卤面的惊艳味道再次扰乱了他的心绪,陡生一种神圣的使命感,他要用香料征服天下人挑剔的味蕾。

泉水无休止叮叮咚咚,也就是在清泉边他愈发坚定了他的理想……

再后来,师徒二人造访了北京的玉泉、庐山的谷帘泉,直至抵达泉城济南。俯瞰整个济南城,晴朗空旷、泾渭分明,那么标准、周正,令人神清气爽。有水的城市更为灵动,何况是泉水,叮咚声是美的觉醒,青绿色是美的传承。

面对"三柱鼎立、水涌若轮"的趵突泉胜景,虎泉生惊叹不已。在泉池的西面,有一所白雪亭,亭前池水中树着许多石碑,碑上刻着"趵突""游仙""第一泉""鸢飞鱼跃""我爱其情"等字句,那白雪亭内是一个大鼓书场,传出锵锵鼓词:

大明江山锦乾坤，

北京城坐下正德君，

大比之年开科考，

王景龙二甲进士点了翰林。

刑部留用三个月，

钦封他八府巡按离都门，

山西太原去赴任，

暗中寻找他的心上人。

王景龙都察院里阅前卷，

见一案洪洞苏三害死夫君。

王公子细看文卷心纳闷，

啊，莫非说苏三就是玉堂春？

云岭道长，一袭紫色大褂，绾一个道髻，手拿拂尘，远远望着白雪亭，但见鼓书艺人右手执鼓槌击鼓，左手操钢板敲击演唱，一旁的乐师拨弄着三弦，鼓书声吐字真切，宛转悠扬。

随着演绎的情境，他陷入追忆：在商河百脉观，从杂役干起，终日劳苦，磨炼心智，因道心清明和修炼独辟蹊径，被灵书真人授以真传，后成为百脉观住持。虎泉生的出现给他带来了身心极大的慰藉，他已经算定了徒儿将来会是一代调味宗师。

"泉生啊，师父有些累了，去买几个肉包子来。"

"师父，那是荤食？"

"快去，快去。"云岭道长说着，盘腿坐下，头平正，口齿微合,双目垂帘微闭,气沉丹田,全身放松……

不一会儿,虎泉生捧着用荷叶包裹的、热气腾腾的猪肉灌汤包,来到师父近前。

"师父,您趁热吃。"

虎泉生一半兴奋,一半疑惑。

"师父,师父。"

云岭道长依旧端坐着,静默地守望着天下第一泉"趵突泉",却已没有了鼻息,悄然羽化登仙。

当虎泉生背着师父连夜赶到商河百脉观时,早已物是人非,观里的教众没有认得云岭道长的。只有一个上了年纪,有些癔症的道人手舞足蹈,没来由地唱道:

千里寻泉不寻常,
寸草之心费思量;
因果不虚红尘事,
修行不虚游天堂。

众人听罢,将他拉扯进观内,歌声余音缭绕。

高裕斗讲到此处,两眼失神,泛起酸楚。

隗寿山满上酒,不解地问:"高叔,没想到虎叔的经历这么传奇,就算他自幼有调味的天赋,但仅凭着一碗漳州卤面和喝过的肉汤、吃过的肉包子,咋能成为聚丰楼主厨哩?"

"你虎叔是一个伪常人,身怀绝技,特立独行,恪守自我的同时有着平常心；从不随波逐流，坚守着勇气，丰富着心智，注定会成为一代名匠。"

"那他厨艺的本事是跟谁学的？"

"每个人在涅槃前都要经历一段至暗时刻，你虎叔也不例外。"高裕斗抿了一口高粱烧，娓娓道来——

虎泉生在商河百脉观吃了闭门羹，无奈之下怀着悲痛的心情，在城外掩埋了师父，开始了流浪生涯。

很快，云岭道长留给他的积蓄花光了。

饥饿，前所未有的体验。夜晚，他游荡在不同的饭庄，就在后厨倾出的食物残渣里拣寻一些能吃的，用来饱腹。屋漏又逢连阴雨，本想找个体力活儿干，却患上了流感，乏力、头痛，咳嗽得上气不接下气。稍稍好些时，闭起眼睛，取出贴身带着的香料包，一种久违的香味，一种珍贵的香味，像一条飘带向他袭来。他回味着食物残渣里的味道，对应着手中的香料，盘算着下料的种类、比例、风味。血液不停地升腾，在体内加速循环，他想尽办法使心底的香味变得悠长，将一颗心融入其间。

美梦终要醒，醒来后更多的是痛苦与无助。虎泉生佝偻着虚弱的身躯，活在自己的理想中。

记忆如潮水般再次袭来：他准确地回忆起当年与云岭道长哪一月哪一日到中泠泉，又去了玉泉、谷帘泉。此刻，他最想回到虎乳泉，因为他想到了死。现在，他就是一个身无分文的求死者。如若不死，也许有一天垂垂老矣，会回忆起对美味不懈追求的理想，挂念自己未曾见面的爹娘……

破衣烂衫、形容枯槁、奄奄一息的虎泉生口中含混地发出呓语，烧得糊涂起来，他遭受到不良少年的欺凌，他们嘲笑他，殴打他，甚至将尿撒在他的头上。

虎泉生意识到末日将至，疯狂地捡拾卤汤中被扔掉的香料果腹，那是闻所未闻、不可理喻、难以下咽的。他却嚼得津津有味，他把最后的力气用在了上面。

聚丰楼的主厨段明铎恰在此时发现了他。

"小伙子，你能吃得下香料？"

虎泉生愣了一下，望着此人身后厨师打扮、毕恭毕敬的年轻后生，心想：这肯定是个大人物。

他用微弱的气力回答："食物鲜香的……魔力，就……来自它们。"

虎泉生用颤抖的手摸出香料包，打开后，如数家珍。

"这是什么？"段明铎拈起一粒香料。

"花椒，麻、辣、香，可以……除腥。"

"这个呢？"

"胡椒，提鲜、去腥……有辛辣味。"

"这个？"

"肉桂，软化肉质……保水，可以解腻。"

"这个？"

"丁香，去腥……添幽香。"

"还有这个？"

"八角，熬汤……焖煮，是猪肉的……好搭档。"

虎泉生发出一阵剧烈的咳嗽,看得出他愈发兴奋,但很快倒在了地上……

第二天醒来,虎泉生发现躺在陌生人家中,是段大厨收留了他。一周后,他恢复了生气,鼓起勇气说出了想拜段明铎为师的想法。

经过观察,段大厨发觉虎泉生有着独一无二的嗅觉、味觉禀赋,有意传授他调味的功夫,他向虎泉生提出了认徒条件。

"咱济南最大的香料市场在圩字巷,这个采购清单上一共二十三味配料,两日内,只需按清单上所列的料种配齐,记住一定要配齐,我就收你为徒。这是一百龙洋,足够开销。"

虎泉生接过,躬身施礼。

对他而言,这是实现梦想必须要抓住的机会,不管怎样,希望之前的所有不幸都转化为顺利。他暗自祈祷着,仅此而已。

两天后,虎泉生交差。

"段前辈,晚生在市场找到二十二味香料,没能……配齐。"

"看来你不是真心拜我为师。"

"前辈,您误会了,我跑遍市场真就没发现柠檬叶。"

"这是什么?"段明铎手拿青柠叶,在虎泉生的眼前晃了晃。

虎泉生反倒笑了:"这是青柠叶,乍一看,青柠叶与柠檬叶有些相似,但青柠叶底部的小叶子呈墨绿色,摸起来很厚,有一种独特的香味,而柠檬叶没有这些特点。这种叶子我在市场上见过。"

段明铎点了点头:"那你告诉我,柠檬叶作为香料有何功用？"

"柠檬叶有着强烈的柑橘香,适合与海鲜一起烹调激发鲜味,可以带出温润清新、沁人心脾之感。"

"好,你冒着不能拜师学艺的风险,遵从了自己的内心,行事可嘉,你已是我的徒弟了。"

"谢谢师父。"虎泉生喜出望外,双膝跪地给段大厨磕了三个响头。自此,虎泉生在聚丰楼逐渐成长为齐鲁首屈一指的调味厨匠。

"有些人表面随和,处事低调,看似没有主心骨,其实内心强大,意志坚定,这是一种智慧,你父亲与你虎叔都是同类人。"高裕斗说道。

"高叔,我知道成就一番事业很难,在大多数人眼中,手艺人只懂得精进自己的技艺,深耕自己的领域;依我看,手艺人有着深邃的精神世界,更有着博大的人生情怀。"

"山东人讲究'仁义礼智信',这种根一直在深扎,一直在繁茂,一直在外延。做一名匠人不难,难的是做一名儒匠,儒匠不仅有技艺,还要有风骨。"

"他们就是英雄。"

高裕斗往鼻梁上推了推金丝边眼镜:"英雄就在我们身边。"

三天后,为寻求世间顶级的香料,虎泉生师徒决定结伴前往泉州刺桐香料市场,拜访中国进口香料代理大王凝香坊的马刺桐。

拾 | 节外生枝

且说虎泉生师徒经过长途跋涉抵达了厦门,接下来要从厦门乘船,直至泉州。

随着目的地渐行渐近,虎泉生有些激动,阔别四十年再度回到出生地,悠然回味,是人生的百般滋味与世事无常。

此刻,两人走在去往泉州古城的官道上。隗寿山对襟米黄色小褂外面罩着灰色长衫,稳重中透着干练;虎泉生着一件深蓝色大褂,沉静中彰显睿智。一老一少,在平坦的大路上前行。

来来往往的挑夫们格外瞩目,扁担两头的货物更是吸引了隗寿山的目光,那成箱的器皿、成篮的蔬菜、成捆的烟叶、成袋的大米,在颤巍巍的肩头显得沉重。不曾见过的罐装甘蔗汁,装满小鸭子的柳条大笼,顷刻开了眼。

"泉州真是个物产丰富的地方。"隗寿山叹道。

"这里曾是世界贸易大港,出口茶、烟草、陶瓷,进口天然香料。"

"虎叔,香料的历史很久远吧?"

"金字塔墙壁上的象形文字和《圣经》中,都有人类祖先食用香料的记载。"

隗寿山用心默默听着。

"咱中国菜名扬天下与香料调味有直接关系,是烹饪技艺的一大特色。"

"那泉州为啥能成为香料贸易的大城市呢?"

"东西方的文化交流就是从香料交易开始的,早在宋代,就将丁香、胡椒与珍珠、玛瑙并列为国际贸易商品。泉州是海上丝绸之路,也是香料之路的起点。"

"虎叔,你觉得泉州人最大的特点是什么?"

虎泉生沉思了一下,道:"泉州人是有信仰的,不只是由内心世界的良知引导,还相信举头三尺有神明。"

"虎叔,你咋知道得这么清楚?"隗寿山故意问道。

虎泉生稍稍一愣,没有答话。

两人做着伴,终于靠近了泉州古城。

村庄豁然开朗,路边的集市小摊尽现。

"虎叔,快看!刺桐双塔!"

两人望着雄伟的塔身,不禁感叹中国古代石构建筑的精良技艺。他们穿过顺恒桥,进入了狭窄、繁忙的大街,又沿着道路通过了一道拱门,进入内城。

放眼望去，青石板路面夹杂着刻有舶来语的墓石，商店里陈列着古老的金质罗盘；那种弥漫着的，令虎泉生熟悉的，深入到骨子里的香料气息扑面而来，混合着刺桐古城昂贵的异域熏香之味，瞬间激起了他内心的波澜。

师徒二人走过盛意街。

隗寿山兴奋道："虎叔，这里竟然全是卖毛笔的。"

"泉州是文化名城，狼毫、兔毫的毛笔多得很哩。不光毛笔，接下来咱要穿过的万花巷，是专卖女人绢花头饰的，还有固相街，是专卖鞋帽的，红顶结和瓜皮帽可是泉州的特产。"

"虎叔，南方女子看起来小鸟依人，当初你就没动过心？"

"谁说我在这里生活过？"

"那你咋知道万花巷和固相街？"

虎泉生这才觉出事儿来。

"高叔把虎叔的传奇经历早讲给我喽！"隗寿山开心地说道。

"这个高裕斗！"

两人边走边聊，距离百货街越来越近，街道变得宽阔，陶瓷店、布庄、丝绸店、米铺依次出现。

隗寿山驻足在灯笼店前，看着熟练的工匠把纸张糊到花灯骨架上，灯笼上画着将要挂到寺庙里的各种神像。

眼看戌时已到，天色将黑，他们俩口渴难耐。

"虎叔，不如咱去找个旅店先安顿下来。"

"你小子，饿了吧？没记错的话，前面应该有个旅店，咱山东人开的，不知道这几十年过去了还在不在。"

正说着，忽见"轰"的一声巨响，就在不远处一团烟花直射升空，呈七彩牡丹状瞬间开裂，百般璀璨；紧接着，一簇簇烟花怒放而出，似金蛇起舞，似波粼当空，似满穹彩幕，霎时使人心情激荡；再后来各类烟花吱吱作响窜来窜去，鞭炮的爆炸声震耳欲聋。

"不对，这不像节日里放烟花。"

"这是烟花店被烧着了。"

很快，火势四处蔓延，波及比邻的店铺，周边的人们开始四处讨水，加入灭火的队伍里。

巨大的火焰腾空而起，火势愈发嚣张，救火的人们拼了命，不顾生死与时间赛跑。直至街道两旁十余间房屋被烧毁，火势才被逐渐控制。就在这场灭火行动中，师徒俩救出一个人——齐鲁旅店的大掌柜车一贤。

此刻的车一贤眉毛胡子烧了半截，满脸烟灰，一身酱紫色马褂千疮百孔，无声抽泣着，五十多岁的人像个孩子。

"我的店，我的店没了。"

"老话说'留得青山在，不怕没柴烧'，人命关天，先看看人有没有闪失？"虎泉生说道。

惶恐沮丧的车一贤缓了缓神，忙着招呼小二，清点客人。好在没有伤亡，这才松了口气。

"两位恩人听口音是山东人，俺是济南历城的。"

"当年这旅店是鞠掌柜开的吧？"虎泉生笑道。

"你认识俺老舅。"

"这就对了嘛？当年，我师父云岭道长给你算过命。"

"你是虎……"

"虎泉生。"

"是泉生啊！"车一贤惊喜异常，"这一晃都是年过半百的人了，我还记得你最喜欢香料，每次到店里的厨房就拔不动腿，老舅说过，泉生这孩子将来准是个好厨子。"

"我说车兄啊，咱们就不在这里啰唆了，找个地儿。"

"唉，你看我高兴得糊涂了，走，跟我回家。这位小兄弟是？"

"我的徒弟隗寿山。"

隗寿山忙向车一贤施礼。

"罢了罢了，没有你们我就葬身火海喽，应该给你们作揖。"

"老哥，咱就别客气了，济南人到哪儿都是一家亲。"

"说得好，一家亲。"

车宅坐落在离泉州府文庙不远的玉振街，是一片典型的闽南建筑，红砖、灰石、燕尾脊，"出砖入石"的红砖墙给人以清新之感。

车一贤早年丧妻，膝下无子，前年续了弦，娶了一位当地巨贾的千金，时年二十一岁。偌大个庭院，一众人鱼贯而入，远远地，隗寿山看到客厅内走出一个美人，身穿银罗衫子，小圆脸，肤色白皙，眉眼含笑。

美人见众人模样，先是惊讶，继而惶惑，高声呼道："老公啊,这是怎么啦?"拉住车一贤的手仔细观瞧,眼波横流,嫣然一盼,忙用手帕掩口笑道:"看你这副滑稽的样子。"

搀扶着掌柜的小二讲述了店铺着火的事,车一贤垂头丧气,长吁短叹。

"这两位是?"

隗寿山心里正琢磨,这么大的事故,眼前的美人如此淡定,与其年龄颇不相符。

"阿婵,这两位是救命恩人,若没他们出手相救,只怕是见不到面了,快快见礼。"

没等马桂婵施礼,师徒俩双手抱拳,报出名号。

"夫人,今晚之事不足挂齿,只是我们远道而来,此番要在府宅叨扰几日,给贵府添麻烦。"

马桂婵微微一笑,说道:"老公啊,安排恩公住下歇息,这些时日要好好答谢。"望着无精打采、满面愁容的车一贤,又柔声劝道:"明天去找阿爸商量,这飞来横祸,只要人没事就好。小蕙,伺候好老爷。小莲,咱们走。"

"这么晚了,夫人去哪儿?"

"隔壁的叶芳明天就要登台,她演杨凤娇,让我给她兜兜底儿。"

"早去早回。"

见主仆二人出得庭院,隗寿山问道:"车叔,莫非这杨凤娇指的是大宋户部尚书杨清之女。"

"是啊,夫人说的这出戏是高甲戏《五虎平西》。"

"《五虎平西》,太好了!"隗寿山联想到:将来五虎将扒鸡若卖到泉州,百姓对此毫不陌生,这就是招牌响亮的好处。

次日一早,车一贤陪着夫人回了娘家,将齐鲁旅店烧为平地的事情告知了岳丈,岳丈宽慰了女婿一番,说正好想在狮子桥边盘下一个酒店改做钱庄。

"若谈下来,权当齐鲁旅店的新址吧,那地方比百货街客流大得多。"岳丈没有露出不快,反而给女婿吃了定心丸。

回家的路上,车一贤提到隗寿山想看《五虎平西》,马桂婵笑道:"那还不好说,下午带他去看便是。"

此刻,舞台上演员的唱腔雄浑高昂,清婉细腻。隗寿山体会到高甲戏精彩绝伦的同时,不禁想起了孙家皮影戏。如果孙志彬来演绎"玉面虎狄青、笑面虎石玉、扒山虎张忠、离山虎李义、飞山虎刘庆",又会是怎样一番景象?

看完戏,隗寿山、马桂婵、小莲就在文兴码头附近的泉香小栈品尝地方名吃:海蛎煎、面线糊、泉州春卷、蛋黄粽子,琳琅满目。文兴码头呈南北走向,由花岗岩石交相叠砌而成,顺着晋江从外港到此停泊的舟船次第铺排,蔚为壮观。

"同为泉城,泉州与济南的气质可不一样。"隗寿山道。

马桂婵咯咯笑了起来,露出好看的梨涡:"济南没去过,只晓得趵突泉。"

"我知道虎乳泉。"

"阿爸最喜欢用虎乳泉水泡茶。"

"泉州人喝铁观音吧?"

"嗯,你们济南呢?"

"莲心茶。"

"好听的名字。"马桂婵若有所思。

"你朋友演的杨凤娇真不错。"

小莲把乌龙茶斟上，笑着说："就属叶芳姐演得好。"

"本来是部男人戏，没料到最好看的竟是飞龙公主刺杀狄青。"隗寿山说道。

"你们男人看的是英雄本色，我们女人看的却是他们如何成为英雄的。"

"夫人的想法有意思。"

"关羽若没有华雄，赵云若没有阿斗，林冲若没有洪教头，秦琼若没有皇驾，狄青若没有飞龙公主，这些英雄的身姿怎会如此璀璨？"

"夫人的意思是红花由绿叶衬喽？"

"知道为啥嫁给一贤吗？"

"我家小姐找啥样的没有啊！"小莲插嘴道。

马桂婵瞪了小莲一眼，小莲吐了吐舌头，赶忙低下头。

隗寿山端起茶壶，给马桂婵杯中续上茶。

"要不是当年他冒着危险把我从死人堆里挖出来，我这孤魂野鬼还不知在哪里游荡。"

"此话怎讲？"

马桂婵回忆道："五年前，泉州发生了地震，玉振街的家就在震中，当时倒塌成一片废墟。我与家父在睡梦中被湮没于地下，一贤是我们家的总管，是他救了我们。"

小莲啜泣起来："车总管救人时负了伤，在床上躺了四个月才清醒过来。"

隗寿山望着马桂婵红红的双眼,说道:"夫人心中的英雄就是车叔这样的吧。"

"我觉得'做事先做人'与'做人先做事'并不矛盾,不管是将还是王,总得有值得托付与追随的道理。你们师徒大老远前来泉州想必有要事吧?"马桂婵话锋一转。

隗寿山这才把来泉州的目的讲给马桂婵。

"华夏第一鸡?顶级香料?听上去想法很好,可是……"

"可是什么?"隗寿山有些不安。

"需要等到明年十一月了,马刺桐刚刚前往波斯,他在等一笔大生意。"

"香料?"

马桂婵点点头:"藏红花。"

"你怎么知道?"

"马刺桐是我叔叔,不过我们两家并不经常走动。"

"为什么?"

"叔叔他生性孤傲,目空一切,连阿爸都不放在眼里。"

隗寿山点点头,想着回去先听听虎叔咋说。

师徒俩最终决定留下来,取决于车掌柜的求贤若渴。原来齐鲁旅店的主厨一直是车掌柜的心病,旅店之所以能够在泉州立足,仰仗的就是地道鲁菜。两年前,随着主厨徐大旺的病逝,挑剔的食客开始尝出菜品下降,客源也随之减少。

车一贤费尽心力招揽了不少当地厨师,但因毫无鲁菜基础，撑不几日便纷纷离职，直到旅店失火前，自己还充当大厨，整日忙得不可开交。

狮子桥边的新旅店即将上马，济南聚丰楼主厨虎泉生的出现使车一贤看到了希望。春节将至，若二人再不返济，定要拖到年后，可待到明年十一月份却是一个漫长的时间。虎泉生思量许久方才下定决心，正宗鲁菜能在数千里之外的泉州扎根，那也是对一代名厨最好的告慰。

车一贤得知消息后分外高兴，拿出五千龙洋答谢，师徒俩分文没收。

马桂婵开始关注鲁菜是受隗寿山的影响，原因是他将仁爷亲手所撰的《鲁菜心得》借给了她。

这一天，师徒二人进得车一贤夫妇的客厅，果然别具风光。屏栏窗牖，花梨紫檀，层层精致；几案橱柜，精光外溢，宝气内含；书法名画，古董雅玩，美果嘉茶，令人称叹。

车一贤起身迎接，唯恐怠慢，马桂婵忙着让小莲斟茶。虎泉生细啜一口，舌根轻转，这安溪铁观音茶汤醇厚甘鲜；缓慢下咽，回甘带蜜，韵味无穷。

"不知泉生兄可否喝得上来？"

"品好茶似品好酒，都有心旷神怡之感。"

"铁观音有着清香型、韵香型、浓香型、陈香型四种，安溪凭此成为中国茶都。仁兄手中的茶杯是当地德化白瓷所制，晶莹的质感被欧洲人称为'中国白'。"

"济南自开埠以来商业繁荣，工业兴盛，尤其莲心茶和黑陶在南方城市销得特别好。老弟若回去转转，就不会只沉迷于老城的湖光山色喽，现在的泉城愈发强大了。"

马桂婵起身，亲自给虎泉生续上茶，问道："我就不明白，扒鸡有啥好吃的，能让你们千里迢迢到此寻什么顶级香料？"

隗寿山接口说："夫人既然说做英雄就要讲口碑，在我心中能制作出'华夏第一鸡'的就是英雄。"

车一贤沉吟了一会，呷了口茶道："《鲁菜心得》我也随手翻了翻，打小在老家时还真没少吃，要说这鲁菜重在调味，也难在调味。"

马桂婵静静地看着虎泉生，等着他的高论。

虎泉生捋了捋胡须，斟酌道："鲁菜以咸味为基础，有咸、鲜、酸、甜、辣等主要味型，其味纯正浓厚，咸甜分明。"

"儿时吃的爆炒腰花、九转大肠、奶汤蒲菜现在想起来就犯馋。"车一贤动情地说。

"鲁菜追求本味，调料为骨，品味为髓，最擅长吊制清汤，熬制奶汤，追求自然本味。"

"调味调味，调和滋味，咱鲁菜讲究。"

虎泉生点点头："车老弟说的是，调味在烹饪中的地位自古早有定论，甚至还被用来形容治理国家的道理。伊尹、彭祖、易牙都是调味高手。"

"这香料多从海外而来。"马桂婵道。

"秦汉以来，海外引进的香料着实不少，荜茇、肉豆蔻、砂仁、丁香、胡椒都是，明代引进了辣椒，近代引进了咖喱、番茄酱。"虎泉生说道。

"那鲁菜调味讲究的是什么？"车一贤问道。

"五味调和，性味平衡。"

"愿闻其详。"

虎泉生解释道："俗话说'五味调和百味香'，味的组合变化无穷，比如鲁菜的糖醋味型，口感甜酸味浓，回味咸鲜；酸咸味型，重在突出酸、咸二味。这其中的技巧，要到真正烹饪时方能解开。性味平衡就是说鲁菜烹饪中味道与养生的有机统一，古人讲究调和五味，提出了'五味之美，不可胜极'。有许多香料都是中草药，大都性温，利于脾胃，有一定养生作用。"

"高论，高论哪，咱齐鲁旅店有救喽！"车一贤夸道。

马桂婵眉眼含笑，冲丈夫点点头。车一贤赶忙吩咐："小莲啊，把给两位贵客从荣昌祥定制的西装拿来，试试可合身？"

但见英纺纯羊毛面料的灰色西装外套、西裤、背心一上身，虎泉生与隗寿山瞬间变了模样，感觉洋气十足，焕然一新。

"二位就安心在府里过年，新店要明年四月才开张。在泉州过年，够味儿。"车一贤诚恳说道。

夜深了，隗寿山难以入睡。想到与师父近日逛遍了泉州的香料市场，还真就没瞧上几味，要么香气不足，要么产地不地道。马刺桐的出海，给事情制造了不确定性，毕竟等候时间太久。

此刻的隗寿山想起了即墨姑娘段芝香：窈窕的身姿，难忘的流苏，会说话的眼睛，甜美不乏刚毅的性格，在他眼中或许是来自另外一个世界，需要用心灵去体味，更要用一种新的思想去认识。可在制作出"华夏第一鸡"之前,他却不想谈婚论嫁。

隗寿山的耳边回响起马桂婵的言论:英雄不应盲目崇拜,更要看他成功的背后,多是他人的支撑以及口碑相传。他对自己总结道:"平生积攒出做成一件事的力量,读懂爱人的心思,走进爱人的世界,与爱情一起融化,这才是婚姻追求的方向。"

跟济南传统年夜饭动不动就十个盘子八个碗不同,泉州人的年夜饭叫作"围炉",温情暖心,畅意自在。

除夕夜,车一贤、马桂婵、虎泉生、隗寿山围坐一桌,正中摆着铜炉,锅里沸腾的是海蛎煮成的汤底,浓浓的奶白色汁液让隗寿山见到了透明的鲜亮;而虎泉生则想起了那碗漳州卤面,心中默道:"师父,徒儿回来了,这里的一切都没变。"

看到虎泉生有些发怔,马桂婵轻声说道:"两位贵客,这醋肉外酥里嫩,放到锅里煮一会儿,口感软糯,请品尝。"

隗寿山连喊了两声"虎叔。"虎泉生才缓过神来,有些不好意思地说:"今天过年,想起了师父云岭道长,慈悲慈悲。"

"虎兄啊,快来尝尝这醋肉,入口带着醋香,吃多了保证不腻。"

"好,好。"虎泉生说着,认真领略起这南方美食。

"这春卷是围炉必备,用薄饼裹着蔬菜丝、虾米、香菇,还有海蛎干,清脆爽利,快尝尝!"马桂婵招呼着。

隗寿山嚼着春卷,内心极大满足。这席上精致的油焖红蟳、海蛎煎、深沪鱼丸汤、姜母鸭等菜品，无不显示出主人的深情厚意。

"几位稍等，寿山马上就把制作好的扒鸡端上来。"

缺少百年老汤及两味香料，宫廷扒鸡的味道自然不足，但这齐鲁美食一亮相，还是得到了车一贤夫妇的啧啧称赞。春节，就在这大吉大利的寓意中拉开了帷幕。

日子波澜不惊，却处处风景。隗寿山在泉州古城最爱逛的地方就是藩人巷。海上贸易的鼎盛，使刺桐港成为东方第一大港，许多海外藩商在此定居，藩人巷里的清真寺、穆斯林墓地及佛教寺庙让他大长见识。就在藩人巷的西侧有着既庄重又高贵的千年孔庙，这是他心灵向往之地，那一个个高悬的匾额代表着对教育宗师的尊崇。从小在仁爷的影响下，"温良恭俭让、忠孝勇恭廉"早已注入骨子里，已经成为他的处世原则。

隗寿山不时思索起高裕斗所说的儒匠概念，没有破茧而出的强烈愿望，破釜沉舟的十足勇气，涅槃重生的坚定信念；即便讲究慢工出细活，择一事终一生，对精品有着莫名的执着，也不能算作儒匠。他将目光望向更远处，想利用难得的喘息机会，将所学的知识逐一梳理，不急不停地去迎接蓬勃美好的未来。

明媚的四月，随着虎泉生成为狮子桥畔齐鲁旅店的主厨，慕名而来的食客如雨后春笋。

新装修的旅店为两层七楹高楼，上层檐下正中嵌有"齐鲁旅店"四字，为泉州著名书法家曾遒所题。四周客房环绕，墙上镶嵌有描绘齐鲁风情的帛画，古朴典雅。旅店内结构精妙，小巧玲珑，楼中有园，园中有景，园园相通，景色各异，步移景迁，如入仙境。

在虎泉生的指导下，后厨所烹制的红烧面筋、糖醋鲤鱼、锅烧肘子、松子肚卷、糟煎鱼片等地道鲁菜广受当地食客好评。隗寿山协助师父创意推出了以泉城风景名胜为主题的"十大风景菜"：趵突腾空、五龙追月、百花争春、大明秀色、芙蓉烟火、千佛胜境等，将雕刻艺术与美味佳肴融为一体。看着这造型逼真、制作精细、玲珑剔透的菜品，泉州食客叹为观止，回味无穷。一时间，千味之王虎泉生在泉州坊间风头无两。

转眼间，中秋已过，泉州的深秋四处充盈着静谧的气息，望着飘逸的秋云，如镜的秋水，心境亦随之开阔起来。虎泉生、隗寿山在车一贤夫妇的引领下，乘车一路欢歌，去惠安游历了一番。

踏着清晨的微光，村落里斑驳的古厝风景怡人，忙碌的田农，垄间的黄牛在悠闲地散步，师徒二人心情十分放松。他们来到惠安东部的崇武，海边一些佩戴着花色头巾和橙黄色斗笠，上身穿着紧窄短小的衣服，下身穿着特别宽松肥大裤子的女人们，露出肚脐，肆无忌惮地迎着海风欢叫着，追逐着。

"勤劳的惠安女。"马桂婵笑着说。

"做家务、捕鱼、采石、日日守候丈夫出海归来，这样的女子才是男人们的月亮。"车一贤接口道。

马桂婵剜了一眼丈夫,娇嗔道:"难道她们比我还好?"

"夫人,开个玩笑嘛!"车一贤红了脸。

"车兄说出了天下男人的向往,有啥不好意思。"不笑不说话的虎泉生在一旁捋着胡须解围。

凝香坊的老板马刺桐是十一月底的一个寂静深夜悄然返回泉州的。随船一起回来的,除了半仓波斯原产地的香料,还有十一箱价值连城的霍拉桑极品藏红花。

马刺桐回到泉州的第三天,在古城西街与虎泉生师徒见了面。

泉州西街有着绚丽多姿的文物胜迹和烟火气十足的商铺与古民居,漫步在骑楼洋房间,或登上古厝老宅天台,精美的墙壁雕刻触手可及。这天,马刺桐打算给西街首富霍启远家中运送极品藏红花,他掐好了时间,应侄女马桂婵之邀插空来到鸿伯茶馆。

马刺桐宽方脸,额头饱满,眉骨突出,鼻头宽大,身着金黄色绸制长衫,脸上一股傲气尽现。

"马老板好,我是虎泉生,这是小徒隗寿山。"虎泉生自茶馆内迎出门外,双手抱拳。

马刺桐看了一眼虎泉生,又瞥了一眼隗寿山:"怎么,小婵没来?"

"马老板,车夫人临时有事走不开,让我们先聊着。"隗寿山躬身施礼。

"你们的事我听说了,不急不急,刚回来没两天好多活儿等着安排，有空自然招呼你们。"马剌桐掏出御制象牙拳形烟斗，点上猛吸了两口，露出不耐烦之色。

"多谢马老板，只是我们对所需的香料要求比较高。"隗寿山说道。

"噢，高到什么程度？"马剌桐叼着烟斗的嘴微微撇了撇，有些不屑。

"不如我们坐下谈。小二，来一壶上等铁观音。"

"不必了，我还有事，先走一步。"

望着盛气凌人的马剌桐，隗寿山有些看不惯。

见徒儿想开口，虎泉生抢先说道："这样也好，马老板您先忙，待您忙过这段时日，我们专程去府上拜望。不过……"

"不过什么？"

"您刚才问这香料要求到什么程度，我可以先告诉你。"

马剌桐见虎泉生一脸正色，吸了一口烟斗缓缓说道："好吧，说来听听。"

虎泉生故意高声说道："我们要的肉豆蔻是印度尼西亚伊里安岛产的长形肉豆蔻，宽度不能超过半厘米；胡椒则是果实在印度四月的第二个周末成熟后，经果穗晒干后，果皮在一分钟内变为黑色的胡椒；山柰是肉凸饱满，直径不能小于两厘米，香辣气味最浓郁的台湾山柰；白芷须是切成一点五毫米薄片，白煤烘干，经硫黄烟熏二十七分半钟的新西兰白芷……"

"嗯嗯，虎师傅，我这还有事儿。"马剌桐说着，心里暗自吃惊，这位可是行家里手。

"马老板着急去送藏红花吧?"

"你怎么知道?"马刺桐从嘴里摘下烟斗,大惑不解。

"看看这是什么。"说着,虎泉生自马刺桐的长衫袖口上取下一粒粘在上面的橙红色弯弯细细的藏红花。

马刺桐赶忙用手去捉,口中喊道:"这可是极品,要一百块龙洋一克哩。"

虎泉生身子一转,将拈在手里的藏红花看了个仔细。

"也罢,虎师傅好好研究,我的时间不好再耽搁。"

"且慢,这料有问题!"

"什么?!开什么玩笑,这可是我从万里之遥的霍拉桑运来的,真金不怕火炼。"

"我劝马老板还是尽早把这批货退掉。"

拾壹 千味之王

临近中午，马刺桐深陷在自家客厅的沙发里，反复琢磨着虎泉生的话，凸眉骨、肉鼻头的宽脸上露出愠色。他觉得虎泉生不可理喻，自己闯荡江湖二十余年从未失过手，自波斯霍拉桑大宗进口藏红花已有数十次。他曾经亲自跟随当地采摘工接连起大早，赶在太阳出来之前把花提前采摘掉，唯恐阳光把藏红花暴晒，品质成色就会大打折扣。那再熟悉不过的甘草香气，入口微苦，细品回甘的味道早已刻入他的味蕾之中。更何况这批货来自霍拉桑最大的藏红花种植基地，怎么可能有假？

他起身走到落地窗前，窗外的景色幻化成一幅图画：成片的藏红花朝澄明的雪山铺去，紫色的花瓣映衬着红色的花蕊，在阳光下无比美艳。满眼的闪亮，满目的芬芳。

"刺桐，想什么呢？好不容易在家里歇一天，就别再想你的事了。看看，我这身新衣服做得如何？"

马刺桐的妻子盘若蕙穿着一身传统的"凤凰装"出现在客厅，因是畲族女子，即将回丰顺老家与族人一起过招兵节。

"阿蕙，这次回家可要当心，去年祭祀时是出了人命的，本来是趋吉求福，千万别弄巧成拙。"

"刺桐，快别胡说，转眼就到年关，咱都图个平平安安，过好日子。"盘若蕙娇嗔了一下，媚态横生。

"眼下，还有几处藏红花没送出去。"

"你是说胡、蒋、钟、白四大巨佬？最近波斯商会这一闹，给咱凝香坊平添了不少麻烦。"

泉州四大巨佬分别是胡绍、蒋铸、钟子勋、白德志，出身本地商贾世家，均年逾五十，五十八岁的白德志岁数最大。四大巨佬的营生各不相同，胡绍主营瓷器，蒋铸主营茶叶与丝绸，钟子勋主营钱庄，白德志主营烟草。内地到泉州的所有瓷器、丝绸、茶叶、烟草都会被胡、蒋、白三巨佬采购，然后转手出口海外，至于钟子勋则在福建全省拥有三百多家钱庄，靠长期贷款给胡、蒋、白三家扩大生意规模，赚取巨额利息为生。泉州四大巨佬精诚合作、共荣共赢，在当地二十余年屹立不倒。他们只有一个共同经营的行当，就是香料。

马刺桐把眼一瞪："我就不信纳辛反了天，一个小小的商会会长，能把四大巨佬怎么样？"

盘若蕙眉头微蹙，将玛瑙漂壶递给丈夫。马刺桐接过，将少量鼻烟膏从壶中取出，将其放在手的虎口部位，然后用一个鼻孔贴上去，猛地大力吸了一下，连打三个喷嚏，然后满足地伸了个懒腰。

盘若蕙说道："还不都是钱惹的祸，纳辛见从波斯进出口的商品税率迟迟不提高，政府百般不允，知道就是四大巨佬联手抵制的结果。"

"可咱们凝香坊得罪谁了，竟也卷了进来。"

"四大巨佬的香料生意都由我们进口，咱是波斯商会的纳税大户，纳辛待咱不薄，所以最近还是疏远他们四家为好。"

"这批藏红花四大巨佬早就付了定金，货如果送不到，等人家找上门来可就不好办喽。夫人，还得你想想办法。"

马刺桐笑吟吟地贴向妻子，然后绕其背后，两手抚在肩上，轻轻揉捏着。

盘若蕙一脸享受的模样，双眼紧闭，玉口微张，吐气如兰。凝香坊的商业帝国还真是由她顶了半边，因她有着异乎寻常的社交手段，与胡、蒋、钟、白四大巨佬的夫人情同姐妹，就连纳辛见了她，也得给几分颜面。

"我可是下午五点走，车早就定好了。再说，我若挨家上门去送，也太扎眼。"

"夫人知道这藏红花的妙处，四大巨佬早就巴望着接货呢。"

马刺桐再次深陷在沙发里，点燃手中的象牙烟斗，用渴望的眼神望着妻子。

"我提醒你，这个节骨眼走动，要是引起纳辛的不满，伺机报复咱们,我可不管。"盘若蕙瞥了一眼丈夫。

"哎呀夫人,咱少给纳辛私下点钱了?正常走动不会有事。"

"别看纳辛长了一张男人脸,心眼儿却比针鼻儿还小,不可不防。"

马刺桐不再言语。

盘若蕙终于做了决断,她摸起电话分别打给四姐妹,约了两点到祥华茶楼喝下午茶。"把货提前备好,让罗总管跟着我,见机行事。"

"欸,还是我的夫人好。"马刺桐眯着眼睛,柔柔的烟雾升腾,罩住了他那张宽方脸。

见妻子去往后厨照望午餐,马刺桐长长舒了口气,心想:如若今天能将藏红花送至四大巨佬宅邸,那么泉州地面儿上地位最高的几个大户均已送到,又妥妥地狂赚一笔。一个成功的商人就是要有野心,要做就做别人做不了的生意。

马刺桐凝神了一会儿,将小包装的藏红花打开,找来一个透明玻璃杯,注入清水,取出两粒藏红花浸入水中,仔细观察着水的颜色,依然是真品的黄色,没有沉淀,水面也没有油状漂浮物。他吐了一口唾沫,恨恨道:乡巴佬,懂个屁,在我马刺桐跟前班门弄斧,也不看看自己的斤两。

恰在此时,虎泉生也正给徒弟讲述着藏红花的妙用。

"藏红花流传最盛的是后宫嫔妃们把它当作争宠的工具。"

"争宠?"隗寿山一脸疑问,忙着给师父斟上铁观音。

"这种名贵中药材，能使孕妇流产。"

"原来如此。"

"波斯帝国的使臣将它一批批贡奉朝中皇室，民间的进口价格水涨船高。据我所知泉州当地做大宗藏红花生意的只有凝香坊和紫珍坊，马刺桐经营的进口香料高达数十种，所以坊间称他为进口香料代理大王。"虎泉生呷了口茶，接着说道，"眼下藏红花的进口价格差不多三十块龙洋一克，马刺桐这批货恐怕能赚到三十万龙洋。"

"我的天，这么多。"隗寿山瞪大了眼睛。

"藏红花能活血化瘀、解郁安神、凉血解毒，乃中药之贵品，你想想这达官贵人、商贾高士还不个个家中常备。"

"虎叔，你对藏红花咋这么了解？"

"当年我的泉州师父邢慕岩传授给我一道祖传药膳——藏红花乌鸡汤，这菜抗衰老、美容养颜，在聚丰楼做过几次，其中一次是招待隆裕太后的侄女。你想啊，爱美的女人一边喝着美味鸡汤，一边想象着它给身体带来的各种好处，简直美好至极。"虎泉生捋着胡须露出得意之色。

"虎叔，凭啥说这批藏红花是假的呢？"

"邢师父就出生在波斯霍拉桑，他的父亲是从事种植业的波斯人，母亲是泉州人，他对藏红花的真伪了如指掌，他把这里面的诀窍传给了我。"

"马刺桐干了这么多年的藏红花生意，我就不信他能走眼。虎叔，真替你捏把汗，咱要是得罪了他……"

"常在河边走，哪能不湿鞋，不出七天他自会来找咱们。"

五天后,马刺桐匆匆造访车宅。

马桂婵看着眼前平日里趾高气扬的叔叔竟一脸沮丧,神气全无,有些惊诧。

马刺桐故作镇定,掏出口袋中的烟斗点燃,缓缓开口:"小婵哪,你的济南客人好生厉害,我这老江湖自叹不如。怎么,他们没在?"说着话,环顾四周。

"家里只有我一人。叔叔说的哪里话,人家师徒可是仰慕你的名声不远数千里来拜望,这厉害从何谈起啊?"

听着侄女话里有话,马刺桐狠狠吸了两口烟斗,这才把事情讲明:原来这批藏红花真有问题。这两天,胡、蒋、钟、白四大巨佬,西街首富霍启远等泉州头面人物纷纷前来马府告状,他们的亲人服用藏红花后,分别出现了不同程度的呕吐、腹泻,最严重的是白德志的夫人关晓,竟出现了癫痫般抽搐,眼下正在惠世医院救治。

"小婵啊,你可要让虎先生帮帮我,这一船的藏红花可是耗费了巨资,如果退不掉,可把我坑惨喽。"马刺桐带着哭腔说道。

马桂婵同情地看了一眼马刺桐,略做沉思,开口道:"既然虎先生看穿了这假药,待他回来去找叔叔,一同商量吧。"

"唉,只好如此了,当初真该听你婶子的。"

泉州古城沿河而建,码头、街铺、市场、仓储依次分布;衙门、官舍、民居、番坊相间错落,就在瓦库瓷窑往北,泉赐茶园以西,接近藩人巷的地方有一栋白色哥特式洋楼,这里就是波斯商会所在地。此刻，商会会长纳辛·贾巴利塔埃姆正端坐在二楼宽敞的办公室内。

由秘书引领着，马刺桐、虎泉生、隗寿山先后走入，纳辛有些意外。眼下，与四大巨佬斗法仍未分出胜负，对这个既值得信赖又不得不防的朋友，该采取哪种态度？他的脑子转得飞快，俗话说"没有永远的朋友，只有永远的利益"，在商言商总没有错。

"马老板，有日子没见，夫人没与你一同来吗？这两位是？"

虎泉生打量着眼前的波斯商会会长，近五十岁年纪，身材壮硕，浓郁的一字眉和茂盛的胡须极具男人味。

"若蕙老家有事，她让我转达对纳辛会长的问候。这二位是来自山东济南的虎泉生先生与隗寿山先生。"

虎泉生抱拳施礼。

"济南我去过，那里的趵突泉非常美。"

"谢谢纳辛会长，泉州的虎乳泉毫不逊色。"

"说吧，找我什么事？"

纳辛并没有请来客坐下说话的意思，眼睛里流露出些许鄙视。

马刺桐正想搭腔，虎泉生说道："依我看，贵国商人分为三类——一种是时常面带微笑，风尘仆仆中有着善良本分的守业商人；一种是低调经营，有着小算盘和机警的过人心态，只顾埋头赚钱的商人。而这第三种嘛……"

"第三种是什么？"纳辛开始正视眼前的新朋友。

"夸夸其谈，坑蒙拐骗，专门杀熟，不计后果的唯利之徒。"

"我不明白先生的意思。"纳辛隐隐觉出事端。

"纳辛会长，你来看。"

顺着虎泉生所指方向，马刺桐将装有藏红花的透明玻璃瓶放到办公桌上。

"这是不久前从贵国霍拉桑进口的极品藏红花，它可给我捅了大娄子。"

听完马刺桐的讲述，纳辛微微一笑："马老板，你的货又不是从我这里进的，该找谁找谁。再说了，当初你是怎么验的货，那可是霍拉桑，谁都知道它是我们国家的神圣之地，怎么可能有假？"

"事实如此，假药的受害者仍在接受治疗。"

"哈哈，马老板，这会子才想起我纳辛吗？"纳辛笑里藏刀。

"纳辛会长，你们波斯商人在古代非常有名，千百年来一直在挣中国人的钱，唐代最高峰时有上万的波斯商人客居长安，特别擅长'奇货可居'。"虎泉生说道。

"我们波斯商人是最遵纪守法的，不像你们中国人……"

"不管是中国人还是外国人，一旦产生跨国贸易就需要像会长您一样的公正管理者出现，既要在商业道德上进行规范，还要协调双方商务关系，倘若影响了商誉，哪一方都不好受。"虎泉生看出纳辛另有所图。

"虎先生，我理解你们的心情，我也可以帮着出面协调，但你们并没有证据。"

"如果我给你找出证据呢？"

"那就试试看。"纳辛两手一摊。

"请取一杯清水来。"

纳辛给秘书使了个眼色。但见虎泉生不慌不忙从口袋中拿出个小纸包，打开，里面尽是些紫黑色闪亮晶体。他将黑色物质洒在清水中，等待溶化；然后从透明玻璃瓶中取出几粒藏红花，将溶液滴在上面，过了一会儿，藏红花暗红的颜色竟然变成了紫色。

"如果是真的，它的颜色是不会变的。"

"我怎么知道你是不是中间掉了包，动了手脚，把我们的真货换成了假货。"纳辛暗自吃惊，强词夺理道。

"我怎么可能搬起石头砸自己的脚？"马刺桐着急道，"纳辛会长，您别误会，我一直对四大巨佬的做法有意见，您才是财神爷，他们目光太短浅，我保证回去做通他们的工作，把咱商会的既得利益最大化，一定最大化。"

纳辛不再言语，正襟危坐在椅子上，随手拿起一份文件批阅起来。忽然，隗寿山的目光停留在文件标题上，那正是立体飘带式的奇异图案。他恍然大悟，竟然是波斯文。他从贴身口袋里取出绘有图案的纸条，开口问道："纳辛会长，能帮我看一下这上面写的是什么吗？"

纳辛抬头瞧了一眼隗寿山，嘴里嘟囔着什么，拿起纸条说道："这是草果和当归。我们波斯文是世界上最有特点的文字，你写的更像你们国家的书法。"

隗寿山如释重负，暗自窃喜，没想到在这远离故土的地方，竟以这种方式揭开了宫廷扒鸡最后两味传世配料。

纳辛冷冰冰的话语传来："不如这样，马老板你先回去做做工作，待政府批准商户付给商会的进出口税率提高20%，我就帮你处理此事。"

"一言为定。"

"三日为限。"

走出波斯商会，马刺桐后悔没听虎泉生的劝，但为时已晚，他恳请师徒二人晚上赏光，在泉州最奢华的庭芳酒楼设宴款待。虎泉生谢绝了美意。

"请教先生，您刚才在清水中浸泡的是啥？"

虎泉生手捻须髯，笑道："马老板，如果再用清水勘验时，不妨多泡一会儿，两个时辰后再观颜色，真的假不了，假的真不了，它一定会由黄色变为红色。不妨告诉你，刚才我用的是碘。"

当晚，隗寿山就将破解的宫廷扒鸡最后两味配料告诉了师父。虎泉生并未表示惊讶，只是喃喃道："为什么用波斯文撰写呢？为什么恰恰是草果与当归这两味呢？"

不出三天，马刺桐花费大把龙洋说服四大巨佬同意提高进出口税率，实现了对纳辛的承诺。经波斯商会与藏红花出售商紧急斡旋，对方严查后，证实企业有一偷奸之徒，在货品装船时暗地里掉了包。因假货中掺杂了小部分真正藏红花，肉眼很难分辨，即使用清水验判，短时间内也毫无破绽。霍拉桑商人最终同意全额赔偿所售款项，并赔付受害人全部医疗费。

纳辛、马剌桐、虎泉生、隗寿山再次见面时，是在马府的餐厅。古香古色的茶桌、茶器，紫檀的桌椅、刺绣、花瓶、唱机，温馨舒适。

"听马老板说，是您虎先生识破假货的？造诣不浅哟。"

"纳辛会长过奖，只是平时多研究了一些香料常识罢了。"

"眼下先生在泉州已是著名厨师，今天能否露一手？"

"我知道纳辛会长最喜欢吃南方的面，虎先生可有拿手的呀？"马剌桐故意说道。

隗寿山起身倒酒，给师父使了个眼色，仿佛在说：那就给他点儿颜色瞧瞧！

"好，恭敬不如从命。"

片刻后，两碗香气扑鼻的漳州卤面出现在餐桌上，鱿鱼、虾干、笋丝，配料齐全，浸在卤过的酱汁中，八角的清辣甘甜调和适口，色香味诱人食欲。

这碗面陪伴了虎泉生整个厨师生涯，尽管许久不做，但出手就摄人心魄。在纳辛与马剌桐的交口称赞中，虎泉生娓娓而谈："在每道菜中，香料有着独特的秉性，分为潜在之味、显现之味、长韵之味、中层段、尾韵及回韵。"

"妙，我马剌桐洗耳恭听。"

"具有潜在之味的香料有明显的甜味，用来铺底，可以快速定味，是主味幕后的大功臣，比如香草。显现之味是扩散能力强的香料，如八角、丁香，是炒菜时的勾魂手，又称为'头香'。"

"虎先生，我敬你一杯。"纳辛端起了酒杯。

虎泉生微微沾唇，接着说："长韵之味是有着全方位调味的香料，它有着整合各种香味的能力，比如卤肉时放一小根辣椒，那口感自然不凡。"

"那这中层段讲的是什么？"马刺桐问道。

"中层段的香料就是扮演'缓和味觉'的角色，如果一道菜中所添加的香料种类繁多，味道较重，那就需要轻柔、飘逸的香料来调和，让人吃得顺口，比如大茴香。尾韵就是增加尾香，在烹调最后阶段加入，比如甘草。回韵就如同品尝醇厚的白酒一样，散发出食物的余味余香。"

"虎先生绝非池中之物，别看我干了二三十年的香料生意，真要是做菜，那是门外汉，若要谈理论，就更不着边际喽。来，我敬你一杯。"

虎泉生淡然一笑，说道："这杯酒应该我敬你才对。"

"这是哪里话，虎先生的本事我是领教了，有不敬之处还望海涵。"

"哪里哪里，马老板客气，只是希望从贵坊采购的香料必须要一等一的好货，助我徒弟完成心愿。"

"什么心愿？"

"制作出'华夏第一鸡'。"

临近春节的一天，虎泉生师徒启程返回济南，车一贤夫妇、马刺桐前来码头送行。

泉州的天很蓝，一丝浮絮不见，滤过一切杂色，瑰丽得熠熠闪光；通济栈桥将海岸与码头、礁石相连，凸显出悠悠古韵和开放气息，此刻的虎泉生正忙着跟车一贤道别。除了十八种顶级香料外，马桂婵准备了安溪铁观音、黄金桂、永春佛手等数种当地茗茶，还特意定制了一款扒鸡造型的德化瓷塑，祝愿隗寿山早日美梦成真。

船起航了，隗寿山看到车一贤憨憨的笑容；马桂婵挥动着玉臂；马刺桐将烟斗从嘴里拔出，一时间怅然若失，心里空落落的。

此时天空飘下雨滴，船渐行渐远。

马刺桐叹道："高手真的在民间。"

"叔叔，知道虎先生的绰号吗？"

马刺桐摇摇头。

"千味之王。"

他们无人知晓，就在两天前，虎泉生去了清源山的虎乳泉。在泉畔，他发现了刻于岩坡上的一段词文：

> 泪咽却无声，
> 只向从前悔薄情，
> 凭仗丹青重省时，
> 盈盈，
> 一片伤心画不成。

他体味着词文中的悔意，想起了从未见过面的父母，他们或许还在一起厮守着、呵护着、恩爱着；或许早就分开，天各一方。

虎泉生访泉后，又来到狮子桥旁曾与云岭道长居住过的地方，已然物是人非。他从怀中抓出一把香料撒入河中，把对师父深深的思念永远埋在了心底。

隗寿山满载而归，体会到了寻找的快乐，要寻找的话，只需用心。命运的列车，在寻找途中一站接一站地换乘，但从未迷失方向。说到底，寻找也是命运的一种方式，是穿越所有谜团的通道，从而乐此不疲。

眼下，扒制"华夏第一鸡"的顶级铁器、传世老汤、十八种配料均已备齐，仅剩扒鸡的主要原料尚未入手。隗寿山想起了汶上的芦花鸡，曾经斗败"紫红阎王"的"黑白魔头"。

若去找茄二，感觉不踏实，人品太差。

"汶上，汶上。"隗寿山心里念叨着，"对，就找他。"

济南特产烤地瓜一直是隗寿山爱吃的美食，就在隗家庄南口街市上，有一个卖烤地瓜的摊主，名唤萧一，汶上人，绰号"烤地瓜圣手"。隗寿山每次光顾摊位，总是排着长长的队，虽然两人相熟，只因萧一太忙，没时间多说话。

据熏鱼铺的卢大爷讲：萧一是梁山好汉"圣手书生"萧让的后代，其祖辈在雍正年间官拜三品为皇家御厨，因皇妃夜宴服毒案被牵连治罪，从而家道中落。后来，族人来到平阴发展，在当地获得烤地瓜绝技的真传，萧一是第五代传人。既然祖上有"圣手书生"的绰号，人们便唤他"烤地瓜圣手"。这圣手不是白叫的。

隗寿山嘴刁，为寻找好吃的烤地瓜，愣是逛了整个济南城，从南门内大街的"薛记"到估衣市街的"刘大伯"，从冉家巷的"冉家"再到西燕窝街的"好再来",他尝了个遍,可这味儿就属萧一的正。

萧一烤地瓜"极肥、极透、极甜"。极肥是个顶个椭圆形,一般大小,皮薄肉厚,这红薯经过了严格挑选;极透是指手艺有绝活儿,没有一个生心的,没有一个烤煳烤干了的,火候把握得恰到好处;极甜是说甜而不腻,越吃越香,吃完还想吃,皮都舍不得扔。

此刻的隗寿山排上了队,往前移着步,就等着这口儿解馋。

眼看要下雨,萧一嘟囔道:"最后一炉,准备收摊喽。"

说来也巧,隗寿山买到炉中最后一块。

"萧师傅,今天难得收摊早,咱们去聊斋茶舍拉拉呱咋样?"

萧一圆圆的脸膛,单眼皮,长相白净。

"寿山哪,有事儿?"

"找你打听点儿事。"

"行,等我收拾收拾。"

两人刚在聊斋茶舍落座,雨就下得紧起来。

"平日里忙,三天两头来买我的烤地瓜,照应不上,这次我请。"

"萧师傅说的啥话,一天不吃你的烤地瓜就睡不着觉哟。"隗寿山给萧一斟上莲心茶。

"听说你从泉州回来,干啥去了?"

"买了些东西。"

"买东西还用跑这么远，你小子准是憋着事儿哩。"

隗寿山淡淡一笑，道："经常吃你的烤地瓜，早就想听你聊聊这手艺。"

"怎么，想学会了去泉州卖？"萧一抿了一口茶。

"要说济南把地瓜烤成这样的，萧师傅是独一份，有秘诀吗？"

"七分烤，三分捏。"

"啥意思？"

"烤的过程只占七分，余下的三分全凭着一点点捏熟，这捏要轻重适度，捏轻了不好熟，捏重了会变形，卖相就差了。"

"那你这挑地瓜的本事也不是一般人能做到的。"

"寿山老弟看得明白，我这地瓜说百里挑一不足为过，品相品相，既有品质也有卖相。"

"据说当年乾隆爷夜宿平阴，见一摊主刚刚拿出烤熟的地瓜，还是纪晓岚买给乾隆爷的，即刻吃成了御用美食，那摊主是不是你的祖上？"

"我还真查过，摊主姓张不姓萧。"

隗寿山剥开地瓜皮，露出金黄色的瓜瓤，那软软和和、热气腾腾、香糯无比的美味入口即化，端的过瘾。

"看你这副吃相，想起了小时候曾经在承德吃过的一种美食，一辈子忘不了。"

"啥好吃的？"

"御土荷叶鸡。"

"鸡？"隗寿山来了兴趣。

"由承德特有的离宫黄土、热河泉水和湖里的荷叶作为原料，就像你剥开地瓜皮一样，剥开荷叶后，一股独特的、淡淡的荷叶清香，那鸡肉让人胃口大开，回味绵长。"

隗寿山一边吃着烤地瓜一边想象着荷叶鸡的美味。

"别噎着，喝口茶。"

"对了，萧师傅，你老家汶上可有芦花鸡的养鸡场。"

"有啊，规模大的有两个，庙口和榆阳。"

"有熟人没？"

"怎么，真想烹制这御土荷叶鸡？"萧一开玩笑道，"你问对人啦，我堂哥就是庙口养鸡场当家的。"

经萧一介绍，隗寿山乘马车自济南城南行三百多里，来到了汶上庙口养鸡场。萧一的堂哥萧华羽草草吃过早饭，匆匆来到这片密林中查看，五千只芦花鸡是他的心头肉。

"萧一找人给我捎信儿，说今天隗老弟要来，这不，来看看这些鸡，顺便在这里等你。"

"萧大哥，给你添麻烦了。"

但见这片密林之中，接近天然放养，鸡吃着玉米、稻谷和山间虫草，喝着活水，生意盎然。眼前的芦花鸡，个个体型庞大，单冠，羽毛黑白相间，形似芦花，隗寿山不觉想起了"黑白魔头"。他听刘火头说过，芦花鸡乃鸡中佳品、柴鸡之王。

"说起这芦花鸡，还有个典故。春秋时期，汶上的富户王员外有一个儿子叫王健，其母病逝后，续娶严氏，得一子王康。严氏溺爱王康，虐待王健，王员外却被蒙在鼓里。两个孩子长大后，王员外在家中宴请宾客．天气严寒，上了一道烧鸡后，众宾客个个称赞，只有王健哆哆嗦嗦、大失体面。宾客告退，王员外大骂王健，拿起鞭子抽打起来，鞭子抽处芦花纷飞，员外大惊，原来王健的棉衣用的不是棉花，而是难以御寒的芦花。王员外恍然大悟，即刻要休掉严氏，王健跪在地上苦苦哀求父亲不要休妻，应保全家室。家人收拾残席，见那只残羹的烧鸡上沾满了芦花，煞是好看，于是汶上人便把此鸡叫作芦花鸡。"

"芦花鸡竟与孝亲文化有关，令人感慨，得知不忘。"

"要说这芦花鸡呀，肌肉结实，食之味美，嫩滑不腻嘴，香味回味长，最适合制作扒鸡。"

"萧大哥，不瞒你说，我这次来就是为了探寻适合扒鸡的原料，你这里的芦花鸡我算是相中了。"

"你的眼光还真不赖！"

"萧大哥，今天我先带两只回去，咱说好喽，每隔一周来取十只，将来嘛，一定多多益善。"

"好，你们济南府的大户也有从这里买鸡的，回头送货时给你捎上便是。"

"那就谢谢萧大哥。"隗寿山抱拳施礼，将十块龙洋双手奉上。

回到隗家庄的第二天，隗寿山抽空去了一趟虎宅，此访的目的很明确，就是想让师父帮忙将十八味扒鸡配料的比例调适到最佳。

虎泉生自泉州回来后，身体有些疲惫，加之临行前对过往之事用情过度，一直沉浸在悲伤气氛中。隗寿山的到来，让他打起了精神，他知道徒弟的扒鸡事业即将起航。

看着隗寿山将十八味配料依次摆放在桌上，虎泉生取来了戥子称，开口道："要想扒鸡香，配料加老汤，这里面的活儿可讲究。肉桂闻起来香气浓郁，但入味很柔和，只进表皮，不会遮盖鸡肉香，反而会和鸡肉的香味融合在一起，形成很自然的香型。"

虎泉生一边给徒弟讲授，一边抓起一撮肉桂，用戥子称称量着克重，而后倒进一个木质方盘中。

"良姜本身气味比较淡，细腻芳醇，但回口香浓，它可以为鸡肉增加浓郁的回香，凸显一种复合味型。"

隗寿山见师父称量着良姜，便仔细聆听着，做着笔录。

"白芷的香味很特殊，比较清淡，跟其他香料搭配时不会有冲突，能增加鸡肉的回味。但白芷香味易挥发，放的数量太少往往起不到显著效果，所以用量要大些。'要想骨里香，就得放丁香。'丁香香气过于浓烈，用量不宜太大，只需放一点就能达到效果。"

隗寿山悄悄给师父冲泡了一杯莲心茶，放到桌上。

"白豆蔻和草果都有辛辣的味道，功效基本一样，能引起食欲，但加入过多会遮住鸡肉淡淡的香味，所以不能多用。"

"虎叔，那这砂仁与陈皮呢？"

"砂仁有着突出的草根香味，不宜放太多，而且回口略苦，陈皮的果香能中和这种苦味，所以两者常会搭配出现，比例常为1∶2。陈皮的作用比较多，中和肉香，祛腥增鲜，减弱丁香刺激浓烈的气息。"

当虎泉生把十八味香料的特性分析完毕，隗寿山已将香料按用量多寡排好了顺序，他将总结完毕的用料配比表递给师父，请其验看。

虎泉生看后，捋着胡须微露笑意："此表可用矣。"

隗寿山一脸兴奋："多谢虎叔，我这就回去支锅、煮鸡。"

"我看哪，你就把家什备齐，到我这里开工，我还能跟着尝个鲜儿。"虎泉生微笑着说道。

"寿山这就去办。"

就在虎宅的厨房里，隗寿山第一次亲手制作扒鸡。

他严格按照烛夜坊宫廷扒鸡的制作技艺，从杀鸡、初加工、盘鸡，再到上色、油炸、倒入老汤、下入香料包，加上箅子，压重物，大火煮、小火焖，直至叉子撩、笊篱托，将鸡捞出，盛入托盘。看着黄中透红，闻起来香喷喷的扒鸡，隗寿山兴奋异常，他大声喊着正在书房读书的虎泉生。

"虎叔，虎叔，快来尝尝啊，我的扒鸡出炉了。"

虎泉生进得厨房，先闻其香，后观其色，再撕下一块鸡胸肉放在嘴里细嚼着。品罢，认真说道："肉感紧致，鲜嫩适口，咸香及回韵不足，在火候上也差几许。"

"虎叔，你感觉比先前俺爹制作的咋样？"

虎泉生沉吟道："不及也。毕竟是第一次，能制作出这个味儿实属不易。"

在泉城老饕高裕斗的撺掇下，隗寿山与段芝香又见了两面,因在虎宅第一次制作扒鸡没有达到想要的效果,隗寿山有些郁郁寡欢、心不在焉。段芝香反倒显得落落大方,并不介意。

隗寿山从高叔口中得知,段芝香希望将来与他结婚后能随她到青岛定居,继承德润斋烤肠店,恰与自己追求的理想相悖。他纠结起来,害怕自己对扒鸡事业的执着,无法走进爱人的世界,与爱情一起融化。经过一番内心挣扎后,黑暗夜空被光斑闪闪的意志刺破,渐渐明亮起来。他发誓要完成历史使命,不惜放弃唾手可得的爱情。

拾贰 | 不疯魔不成活

初春的一天,隗寿山在家中阅读着叶春墀撰写的新书《济南指南》,看到其中一段话:"其人多文秀,其俗喜诗书,好利而乏远谋,故富商大贾往往无土著者。"显然这是对济南人的性格描写,如此看来,济南富商大多为外地人,不喜欢读诗书的,倒也有瑞蚨祥大掌柜孟洛川。孟洛川曾曰:"道是河,术是舟;道是舵,术是桨。无河无以载舟,无舟难以渡河。无舵则无方向,无桨则无动力。"他琢磨着,如果把它运用到扒鸡制作中,应该尝试更多的方法,从更多的角度去发现口感的不足,尤其在不被察觉的细节上,从而形成独有的制作技艺。

片刻间,他想到了"蜜水上色"。记得严怀德师父说过:"蜂蜜的蜜种有很多,做扒鸡只能用一种,总感觉有最合适的,扒鸡沁蜜环节最不容忽视，好蜜一定能提味儿。"隗寿山制作扒鸡一直用枇杷蜜，前两天购得一罐狼牙蜜，不妨试试。想到这儿，他决定即刻制作扒鸡。

这一次，他在给鸡身上色的环节尤为注意，将狼牙蜜按比例和的蜜水均匀地涂抹在鸡身上。先抹头，顺茬抹鸡翅，抹完鸡背后，再抹两肋，继而抹完鸡臀，最后抹两腿，绝不含糊，如此精细制作，就是让它保持鲜亮色泽，提升口感。待扒制完毕，一尝，味道没有丝毫起色。隗寿山并未灰心，打听到在老城区有几处蜜铺出售的蜂蜜质量还不错，特意抽出一天前去探访。

他最先来到鞭指巷，见人流如潮，熙熙攘攘，除了票号钱庄、大户府宅外，一些经营鞭子、缰绳、鞍子等皮革制品的手工作坊鳞次栉比。虽自幼在老城长大，却不曾有时间闲逛，只是在初中跟着仁爷来过这里，鞭指巷的传说是仁爷讲的，如今记得清楚：当年乾隆爷出游至此，见商品琳琅满目、街面繁华十分高兴，扬起鞭子指着这条巷子问随从是何处，时任内阁大学士的刘墉见皇帝兴致如此之高，就随机应变说万岁御鞭所指可名为鞭指巷。邢记蜜铺离鞭指巷陈冕状元府不远，仁爷曾经带着隗寿山专门参观过，这里的雕花抱鼓石、鸟兽木雕门楣、团花座山影壁、龙形砖雕盘头、小瓦花脊给爷儿俩留下了深刻印象。可惜邢记蜜铺出售的蜂蜜没有给隗寿山带来惊喜，购得一罐槐花蜜，便匆匆赶往了高都司巷。

高都司巷隗寿山并不陌生，仁爷开扒鸡铺那会儿，他经常来三和恒银号存钱，除了三和恒，这里还有庆泰昌、协聚泰、大德通、大德恒等知名银号，此地居住的多是些民族资本家和金融业、化工业、毛巾业的头面人物，隗寿山要找的甜囍蜜铺就在阁子西街上。这是一条长不足百米，宽只有三米的老街，厚实平整的青石板下竟冒出汩汩清泉，令隗寿山颇为欣喜。不知为何，此刻想起了师父虎泉生在中泠泉边肆意嗅闻香料的场景，他禁不住蹲下身来，打开成罐的槐花蜜，用手指拈出蜂蜜，而后放入清泉，两手掬起一捧喝上一口，瞬间沁人心脾、甘爽怡然。甜囍蜜铺出售的枣花蜜让他略感辣喉、回味较重，没有想象中那么清甜，只购得两罐，继续寻访。

剪子巷的龙仁蜜铺是计划中的最后一站。巷子东南处就是趵突泉，泉边的小商小贩不避风雨寒暑，坐地而商；说书的、唱戏的、打把式卖艺的、拉洋片的应有尽有。这些小商小贩、养家糊口的艺人以及去往泉边的游人，都必须经过剪子巷，因此热闹非凡。隗寿山见这条街巷也是由青石板铺成，更是积水盈寸，泉水从石板缝中涌出，他童心未泯，弯腰掀开一块石板，水中密密麻麻长满绿如青苔的长水草，悠游自在的青草鱼看起来好不欢乐。直至购买到龙仁蜜铺的荆花蜜，隗寿山总结发现济南街市上出售的蜂蜜质量参差不齐，皆是古法酿制，将整个蜂巢"一刀切"，蜂蜜、花粉、王浆、蜂幼虫等混在一起，色香味欠佳。他不甘心，又打听了几个蜜铺前往探访，最终也没有买到理想的蜂蜜，因对扒鸡沁蜜环节要求甚高，绝不将就。

终于，隗寿山想起了严怀德师父提到的洋蜜，遂向高裕斗讨教，没想到问个正着。高裕斗有一位没出五服的亲戚叫郑龙，关系甚为亲密，老伴早已过世，与女儿郑彤彤相依为命，绰号"蜂魔"。郑龙去年在济阳开办了龙桑蜂场，日夜与蜜蜂为伍，经常耽于幻想，个性张扬，疯癫成性。说来凑巧，他小舅子就是去年从日本购回四群意大利蜜蜂的福建闽侯人王一品，即是国内为数不多的推广新式养蜂技术的蜂匠之一。世代养蜂为业的郑龙得知消息后专程去了闽侯，学习新式养蜂术，采办了意蜂，购置了工具，在济阳开办起这家蜂场，去年至今算下来获利颇丰，龙桑蜂蜜仅供济南官宦家庭，对普通百姓并不销售。

隗寿山此刻徜徉在济阳的澄波湖畔，久违的闲适让他漫看着天边云卷云舒、鱼鹰飞翔，水光潋滟，满目翠绿。龙桑蜂场就在距离澄波湖约两公里处的龙桑山下，这里绿树成荫，花果遍地，藤蔓交织，空气清新，鸟语花香。

隗寿山只身来到蜂场，远远看到许多蜂箱摆放在空阔的地上，七八个养蜂人正在忙碌。当他走近，见一长发披肩、身材枯瘦、年近六十的怪人，戴着帽纱在蜂箱间穿梭着，仿佛在跳华尔兹，舞步轻快流畅，呈8字旋转着；紧接着，竟扭摆起身子，好似游龙摆尾，似乎也是一种独特的舞步。隗寿山呆住了，成群的蜜蜂嗡嗡作响，铺天盖地，怪人身上的蜜蜂越聚越多，填满全身，他仰天狂笑着，一双寒意十足的眼睛直盯着隗寿山。

"还不快走，这里是蜂场，不是你游山玩水的地方。"不远处，同样戴着帽纱的高挑女子呼喊着，声音沙哑。

这一喊，养蜂人都朝隗寿山这边看来。

隗寿山没有退缩，而是奔着怪人走去，怪人先是一笑，吹一个呼哨，浑身上下的蜜蜂"轰"的一声四散而去。

"来了，来了。"怪人冲三四米高的空中挥舞着，侦查蜂由远及近，返回蜂箱给工蜂们报信。

莫名的兴奋令怪人手舞足蹈，他将双手拢到嘴边，喊道："干活喽，干活喽！"这心像是要飞起来，跟工蜂们一起出发采蜜。

隗寿山开口道："这位前辈……"

"有什么事跟我说吧。"不知何时，高挑女子来到了隗寿山近前。

再看怪人冲着高挑女子点了点头，眼中充满温情，自顾往摇蜜机的方向舞去。

"打扰了姑娘，我是泉城老饕高裕斗介绍来的。"

"听高叔说了，你爹是隗家扒鸡的仁爷。"

"俺叫隗寿山，你是郑彤彤吧？"

他打量着眼前女子，虽隔着帽纱，倒也看得清楚，柳叶眉、丹凤眼，长着一对小虎牙，除了鼻子有些塌，还算标致。

"这里不是说话的地方，到前面屋里说吧。"

"是你父亲？"隗寿山看向怪人。

"害怕了？"

"传说中的蜂魔。"

"我爹其实没啥，就是工作起来把自己想象成蜜蜂，养蜂是他的天，他的魂，他的命。他常说是蜜蜂选择了他，他天生是为养蜂而生。不疯魔，不成活。"

隗寿山听着郑彤彤的解释，沙哑的嗓音富有磁性。

"刚才看到老人家好像在跳舞。"

"蜜蜂是天生的舞者，如果蜜源离蜂巢位置很近，会跳华尔兹，如果比较远，就变成了摆尾舞。"

"这些蜂箱就是蜜蜂的家，"郑彤彤指着蜂箱上的小门说道，"从这里进，从这里出，刚刚就有侦查蜂来报信，报完信它们就变成了守卫蜂。蜜蜂的管理比军队还严格，蜂箱里有打扫卫生的、负责采蜜的，还有酿蜜的。"

"这么多蜂箱，它们怎么认家？"

"靠闻气味，每个蜂箱里有一个蜂王，每个蜂王的气味不一样。"

他们驻足在一个蜂箱前，郑彤彤打开了蜂箱。

"站着别动，蜜蜂不会随意蜇人，别怕。"

隗寿山虽有忌惮，但看到郑彤彤确信的眼神，便照话去做了。

"这左右结构的木箱，有啥讲头儿？"

"左边是蜜蜂产卵的，右边是加工生产蜂蜜的，瞧这蜂巢上亮晶晶的，就是成熟蜜，封了盖儿的。尝尝。"说着，郑彤彤从蜂脾的巢洞中抠下一抹蜜，送到隗寿山鼻下，"俺手不脏。"脸竟微微露出红晕。

隗寿山舔舐了一下，甜润绵软，爽口柔和。

"蜜蜂是世界上最伟大的建筑师，你看这些巢洞个个是标准六棱形，巢口上斜15度，里大外小，保证蜜淌不出来。"郑彤彤用手比画着。

隗寿山再次看到了蜂魔的身影。

"你父亲在做什么？"

"在摇蜜，把蜂脾从蜂箱里抽出来放到摇蜜桶里，摇时不能太快，防止蜜蜂被甩出去。"

"他好像在唱戏。"

"吕戏《王小赶脚》。"

隗寿山跟着郑彤彤进了屋，见她摘掉帽纱，肤色白皙。

屋子里的陈设很简单，一张床，一张桌子，几把椅子。

"坐吧，喝水不？"

"不渴，谢谢。你们就住这儿？"

"俺家在仁风镇，这里是蜂场歇脚的地儿。"

"噢，不瞒你说，俺来时转了不少老城的蜜铺，没有找到可意的，都是古法酿制，高叔说咱这里产洋蜜。"

隗寿山看到了屋中的各种采蜜设备。

"这是折叠式摇蜜机、制蜡器、熊蜂拍，还有养王箱，都是爹的宝贝。"郑彤彤如数家珍地说，"我爹研究这些宝贝啊，能成宿不睡觉，简直就像一个疯子。其实，新旧养蜂法的最大区别就在于蜂箱。旧时取蜜要把整个蜂巢割下来，然后放到锅中熬制，将蜂蜡熬出，火候的掌握很重要，若温度过高，蜂蜜中的有益物质就会遭到破坏。新的技法通过摇蜜桶就可以从蜂巢中分离出纯净的蜂蜜，丝毫不损害蜂巢的完整。"

郑彤彤冲了杯蜂蜜水，递了过来，隗寿山正想接，郑龙走了进来，大声呵斥着："有啥好聊的，还不去忙！"

"爹，这是隗寿山。"

"不管他是什么山，这些蜂子只有四十天的命，它们连死都不死在家里，咱和它们一样都是忙碌的命。快去！"郑龙吼道。

隗寿山连忙起身，躬身施礼。

"我们忙得很，改日来吧。"

郑彤彤向隗寿山投来了歉意的眼神，不好意思地笑了笑。之后的一个星期，隗寿山天天来蜂场，到了就跟在养蜂工屁股后面学这学那，郑彤彤生怕他被蜇了，给他戴上帽纱。《王小赶脚》的吕戏，郑龙越唱越有劲，越唱越疯狂，时时瞥一眼隗寿山，琢磨着。隗寿山索性也跟着唱，愉快地接受着这份考察。

终于，机会来了。郑龙在一次爬树寻找蜂王时不小心摔了下来，脚踝肿痛得厉害，只得在屋中卧床歇息。隗寿山带着上好的膏药和同仁堂跌打损伤丸悄然而至，郑龙没有出乎意料，指了指椅子。

"前辈，脚好些了没有？"

"知道我是蜂魔还叫我前辈？"

"前辈就是前辈，与是不是魔鬼没关系。"

"好小子，胆子不小。"

"没想到养蜂这么辛苦。"

"你才干了几天就撑不住了？养蜂这行好人不干，收入与付出不成比例，太劳累；孬种干不了，起码得勤快、执着，挨蜂子蜇更是家常便饭。要让蜜蜂越养越多，不能越养越少，还得多产好蜜。其实很简单，把自己当成蜜蜂就行，我觉得它们是世界上最魔性的动物，一辈子劳碌，向死而生。"

"前辈，我给你把膏药贴上吧。"

"别前辈前辈的，叫我龙伯吧。你的事儿听裕斗说了，扒鸡我不懂，跟前蜜种少，只有槐花蜜。不过，下周我们启程去江浙，先到苏州浒墅关采油菜花蜜，再去黄埭采紫云英蜜，估计得一个多月。这要到了夏天，再去浙江濮院采收乌桕蜜，到底哪种蜜更适合扒鸡用，初冬再来蜂场看吧。"

隗寿山给郑龙的脚踝贴膏药时，闻到了一股酒香，原来老人的腰间系有一酒葫芦，上面烙着两个遒劲的草书"蜂魔"。

"龙伯，让我跟你们去采蜜吧，给你们打杂。"

"这活儿你可干不了。"郑龙笑了。

"龙伯，我不要工钱，这是我买蜜的定金。"说着，隗寿山掏出一百龙洋，放到桌上。

"哟，看不出，你小子还挺趁钱。"

两人正说着，郑彤彤进了屋。

"爹，就带上他吧，咱也多个帮手。"

三月蔷薇蔓，四月牡丹开，五月榴花照眼，大地回春，百花萌动，诗一般的季节，龙桑蜂场有了大动作。

这一天，郑龙父女、隗寿山连同六个养蜂工一起上了路。他们赶着四辆载满蜂箱的马车，向苏州浒墅关出发，此行的蜜源地都是著名蜂匠王一品推荐的。

经过半个月的鞍马劳顿，一行人抵达浒墅关。春的律动，搅动了浒墅关油菜花的金黄馥郁，勾起水岸的绿涛奔涌，翠色迷离，如烟似梦。阵阵花香扑鼻而来，采蜜时节已至，闻香而来的追花寻蜜人粉墨登场。

"浒墅人家远树前，虎丘山色夕阳边。石桥分水入别港，茅屋垂杨系钓船。"隗寿山看着眼前的春景，杨万里的《将近浒墅望见虎丘》脱口而出。

"没想到你喜欢咬文嚼字。"郑彤彤今天穿一袭亮黄的宽袍大袖，下身着雪青色绣花彩裤，显得干练脱俗。

郑龙解下腰间的酒葫芦，喝了一大口，高呼道："痛快！就近扎帐篷，你们先去弄些吃的，填饱肚子再干活。"

众人在帐篷里吃过饭，将四百个蜂箱从马车上卸下，摆放到山坡上。

起风了，天气有些凉。

隗寿山随郑龙走近蜂箱，听得一阵阵嗡嗡声，看不到蜂箱周围有蜜蜂起舞，蜂箱门口有几只蜜蜂在蠕动。

"这几只是哨兵，一旦有入侵者，它们就会发出警报，并冲上前与入侵者搏斗。"

虽光照充分，但蜜蜂没有出来，郑龙担心它们的状况，就打开一个蜂箱，把一格蜂脾拿出来看。

"还好，精神着呢。"

此时，有一箱蜜蜂被风吹倒了，蜂箱倾倒在地，封盖打开，许多蜜蜂无助地围着蜂箱盘旋。郑龙仔细验看了一下蜂箱，然后小心翼翼地将蜂箱内的三格蜂脾拿起来，把蜂箱摆放好后，再将蜂脾放进去，盖上木板。那轻柔的动作，仿佛照看自己的孩子，虽然长发遮挡住了面庞，但隗寿山还是看到了些许温存。

侦查蜂踩好点，工蜂们终于展开行动。向阳的山坡上，油菜花盛开，一股浓郁的香味扑鼻而来。蜜蜂在蜂王的带领下一蓬一蓬奔向目的地，呈现出勃勃生机。郑龙按捺不住，喝了一口酒葫芦里的酒，一边唱着《王小赶脚》，一边跳起了华尔兹，蜂魔开启了他的表演。

隗寿山显然有些激动，想着干些什么。

郑彤彤走了过来，手里拿着帽纱，说道："快戴上，这里的天气说不准，若是阴天下雨蜜蜂最容易蜇人。"

隗寿山感慨道："这活儿真不容易，每一分的甜蜜背后都有着苦涩。"

"放蜂是一项风餐露宿的行当，我跟爹白天放蜂，晚上数星星。有些蜜源地昼夜温差大，山里的温度只有两三度，我们在帐篷里常常被冻醒。"

隗寿山端详着眼前的姑娘，不知不觉有种亲切感，他喜欢她的坚毅与烟火气。

此番浒墅关采蜜，极其顺利，中间虽有小的波折，但还是收获满满，接下来，一行人要去黄埭。

"知道吗，黄埭的紫云英远近闻名，它的花朵和小伞一样，紫里透红，红中泛白，与黄色的油菜花不同，更为安静，是我最喜欢的花。"在路上，郑彤彤对隗寿山说。

"花美人更美，我还知道当地有个'糖果号'炒制的西瓜子特别好吃，是由同治年间黄埭人殷福熙开设的，就在河渎桥东，到了买给你吃。"

郑彤彤羞涩一笑，露出了小虎牙，甚是可爱。

到达黄埭灵蜂花谷，紫云英满目盛放，这些花朵以个体的纤弱汇集成粉红色的海洋，犹如一幅恬静优美的田园画。隗寿山忽然想起了什么，对郑彤彤说道："清代文人朱彝尊和你一样，最喜欢紫云英，他曾在诗里写道：'草生田中，花开如茵，可坐卧，每籍此泥饮。'人在紫云英田间喝酒，喝得烂醉如泥，睡紫花眠床，盖白云棉被，多么怡然浪漫的场景。"

"你哪来这么多感慨，爹让咱们卸车、搭帐篷，干活儿。"

"这就干。"

郑龙本来就瘦，最近更加消瘦，追花寻蜜以来，通常早上四点半起干到半夜，他真的是一个工作狂魔，遇事坚决不拖，劳累的时候吕戏唱得高亢，舞步丝毫没有懈怠，如同蜜蜂一般自律。

"龙伯，平时你也太拼了，得注意身体。"

"这蜂蜜已经封好盖儿了，必须取出，否则会垒得乱七八糟，如果加厚一层就麻烦了，一定要勤快。四百个蜂箱，箱箱有工作日志，笔记一点不能马虎。"

"龙伯，你这葫芦里装的啥酒啊？"隗寿山问。

"用蜂胶泡的酒，好东西。知道金字塔里的木乃伊吗？"

"在书里看到过。"

"古埃及人在与蜜蜂打交道时，无意中看到了蜜蜂王国的'木乃伊'。当入侵者跑到蜂箱里，蜜蜂把它杀死后没法搬出去，就用蜂胶把入侵者庞大的尸体包裹起来，弄成一个'木乃伊'，这样尸体就不会腐烂，也不会影响到蜂箱中的环境。古埃及人就将蜜蜂制作木乃伊的方法用到了人的身上。"

"前所未闻，蜜蜂的本事可真大。"隗寿山感叹道。

郑龙看着蜜蜂们刚刚采过蜜那圆鼓鼓的肚子，脚上抱着一团团花粉，眼睛滴溜溜直转，瞬间焕发出光彩，竟又兴奋地唱起吕戏来。

夜沉下来，郑彤彤把隗寿山买来的当地特产海棠糕、梅花糕、定胜糕，还有殷福熙西瓜子给大家分了，难得的闲适，山坡上寂静无声。

隗寿山体会到人间最新鲜最甜美的生活。

随着夏季来临，郑龙一行辗转来到嘉兴濮院采收乌桕蜜。

这天，蜂魔郑龙心情大好，给工人们放了假。

千年古镇濮院有着"日出万匹绸，嘉禾一巨镇"的美誉。那楼、廊、檐、瓦，古香古色，民居、寺庙、街巷皆浸染在墨色里。此刻，隗寿山与郑彤彤一同游逛，两人沿着青石板路慢慢走着，谁也不想打破这难得的静谧。

隗寿山一袭白色对襟绸褂格外精神；郑彤彤身上穿了一件绿绸窄袖紧身褂，下面穿了月白缎子长脚裤儿，显得娇小玲珑。

"喜欢南方的景致吗？"隗寿山打破了平静。

"你们男人不都喜欢吴侬软语吗？"

"怎么想起这个？"

"北方女子粗拉呗。"郑彤彤把头发一甩，故意说道。

"谁说的，我看你把蜜蜂照看得无微不至。"

"那是受我爹的影响，在他心中我也是一只蜜蜂。"

"我觉得……我觉得你对我也挺好的。"隗寿山说着将眼神递了过去。郑彤彤低下头，玩弄着手中的香帕。

"你对我……对我也不错。"郑彤彤沙哑的声音低低说道。

"你的声音真好听。"

郑彤彤笑了，露出了一对小虎牙。

"知道濮氏家族吗？"

"你的学问跟谁学的？"

"念过初中，大多是自学的。"

"那就说说呗。"郑彤彤用倾慕的眼神望着隗寿山。

"元代的儒商濮鉴是咱山东老乡，最早就在这里经营家业。后来在苏、杭、嘉、湖四郡中间打造了一个万商云集的丝绸交易市场，日进万金，富甲江南，成为嘉禾巨族。这里的古迹大多与濮家有关，像什么濮绸、棋盘街、银杏树，还有香海寺。"

"濮院的名字也由此而来吧？"

"没错，不如我们去看戏？"隗寿山提议道。

"俺爹爱看吕戏。"

"这里哪有山东的剧，只有桐乡花鼓戏。"

"啥戏名？"

"《大明五虎将》。"

"你喜欢？"

"将来我的扒鸡招牌就是'五虎将'。"

"真有意思，咱们去看。"

眼前的树木绿意葱茏，亭台楼榭繁华如初，粉墙黛瓦风姿绰约，两颗心体味着本真的风月浪漫。不知是谁先牵起了对方的手，一切变得美好起来。

天有不测风云，人有旦夕祸福。要说养蜂人被蜜蜂蛰，那是家常便饭，蜂魔郑龙与蜜蜂共舞了近四十年，最多一次被蛰了一百余下，因长期被蜂蛰就对蜂毒有了抵抗力，换作他人早就没命了。女儿郑彤彤便没有这份功力，可偏巧遭了难。

去往濮院的乌桕林需经过语儿桥，古为吴越分界处。沈涛《幽湖百咏》诗云："语儿桥下女儿嫁，南北苏家尽浣纱，王谢堂前春燕去，满街桑影夕阳斜。"就在这幽幽古镇之处，不明洪水突然来袭，眼看要没过桥身。

郑龙高声喊道："小心马车，千万注意蜂箱！"

此时，一辆载着蜂箱的马车过桥时，突然受惊，赶车的工人和郑彤彤死命抓住缰绳，但还是因为疯马乱颠乱颤，有一个蜂箱摔了下来，正好砸在郑彤彤身旁。这狂热的天气，蜜蜂极易暴躁，"轰"的一下，劈头盖脸蛰上来，郑彤彤躺倒在地，昏死过去，可疼煞了蜂魔郑龙。不多时，他将缓醒过来的女儿背进帐篷，看着大片红肿的肩背，见女儿瘙痒难忍，痛苦不堪，果断说道："隗寿山，快去找些荆条来，把叶子捣碎，快，越快越好。"

隗寿山回到帐篷内，发现郑龙在女儿的蛰伤处一一拔出毒刺，再用一种特制的药膏外敷，郑彤彤传来阵阵呻吟声。

"来得正好，叶子捣碎了吗？"

"用石头捣碎了。"

"好，快敷上。"

隗寿山顾不得许多，照话去做。

接下来的时日，隗寿山不离左右地照顾着郑彤彤。爱不需要任何理由，一旦依附太多的理由，就会成为一种负担。那喂到嘴边，一勺一勺的汤羹里充满着爱；那心无杂念，一次一次的换药中充满着爱；那尽心尽力，一晚一晚的擦洗中也充满着爱。

隗寿山对女儿的精心照料，郑龙看在了眼里。

入秋的一天，蜂魔郑龙打算前往苏州光福采收香气浓厚的枇杷蜜，被女儿拦下了。

"爹，眼下新式养蜂法好是好，可蜂群的大量增加导致了蜜源不足，我找人打听了，去年到光福采蜜的养蜂人可遭了殃。"

"咋了？"

"被当地的乡民打了呗。"

"怕啥，追花寻蜜的又不是咱一家，吃的就是这碗饭，怕就别吃。"郑龙没有理会。

郑彤彤知道拗不过父亲，便说道："那就依你，但到了光福要先去寺里求个平安。"

"你这闺女就是心眼儿小，到时让隗寿山那小子陪你去。"

郑彤彤脸一红："爹，俺自己去就行。"

光福的秋天是最美的季节，枫叶红、银杏黄、菊花开……远远望去，一片色彩斑斓，令人沉醉。铜观音寺坐落在龟山之上，乃千年古寺，香火极盛。隗寿山与郑彤彤来到矗立于龟山之巅的光福塔下，两人拾级而上，登塔眺望。但见高处峰峦攒簇，低处层林叠翠，湖光山色，美不胜收。

"知道俺爹为啥这么喜欢养蜂吗？"

隗寿山摇摇头："早就想问你。"

"我们郑家是养蜂世家，爹从小身体不好，有时说着说着话就能晕倒，严重的时候一年犯过七回病，甚至早晨起床喝口水都能晕倒。"

"那是啥病？"

"遗传性心脏病。爹三十二岁时，爷爷对他说：'你还这么年轻，干这干那的，干来干去身体不行，就跟我养蜂吧。'那时奶奶已经没了，爷爷说了算。其实爹打心眼儿里是不愿养蜂的，因为他看到养蜂太苦。"

隗寿山默不作声。

"'养蜂能想吃点儿就吃点儿，喝点儿就喝点儿。'爹知道爷爷这是为他好，从此爹就跟着爷爷学养蜂，爷爷干得多是些危险的活，爹净干些力气活。结果干了三年，再也没有犯过病。"

"这是咋回事？"

"就是因为养蜂，经常被蜜蜂蛰。"

"你是说蜂毒治病。"

郑彤彤点点头:"再一个就是蜂胶泡酒。"

"没有无缘无故的爱,你爹对蜜蜂的这份感情可谓真挚。"

"他是怀着感恩的心在养蜂。"

"阿弥陀佛,二位施主可是从山东来?"一位高僧双手合十,凝神问道。

"法师怎知?"

"听口音错不了,咱们是老乡。"

"幸会幸会,给法师见礼。"

"这一世所有的相遇,都是上一世的重逢,唯愿这相遇皆为生命中没有遗憾的永恒;心意柔软,身得轻安,心生欢喜。阿弥陀佛,这两串佛珠就送与二位施主吧,有缘再见。"

高僧说着,将佛珠塞到隗寿山手中,高呼佛号,朝山下走去。

隗寿山定睛观瞧,这是两串紫檀佛珠,一串上刻有"心生"二字,另一串则是"欢喜"。隗寿山不禁一愣,想起了仁爷的烟袋锅。

"怎么,两串佛珠都想自己收着?"郑彤彤俏皮一笑。

隗寿山赶紧将佛珠递到郑彤彤手中。

"既然是缘分,那就你一串,我一串。"郑彤彤红着脸说道。

俗话说:是福不是祸,是祸躲不过。就在众人放蜂采蜜的第三天晚上,劳累了一天的郑龙和工人们正在枇杷林内歇息,忽听得不远处传来声响,原来是镇上乡民鸣锣集众,手持火把棍棒,三十余人蜂拥而至。

"给我砸。"随着带头大哥一声令下,乡民挥舞手中的棍棒见着蜂箱就砸，逢着马车就砍。隗寿山护着郑龙父女，大声喊道："朗朗乾坤，还有没有王法了？"

"呸，你们采的是我们的蜜，滚回你们老家去。"

话音未落，竟然有乡民点燃了蜂箱，一时间火光冲天，蜜蜂四窜。

"我看你们谁敢！"郑龙竟用身躯扑向燃着的蜂箱，幸亏隗寿山眼疾手快，将郑龙死死拽住。

一旁的郑彤彤操起烧火棍，大声嘶喊着："谁再动蜂箱，我就跟他拼命。"郑彤彤披头散发，一张瓜子脸瞬间变了形，露出狰狞的面容。

众乡民被震住了，他们从未见过如此护蜂之人。

带头大哥挥了挥手，说道："都别动。给我听好了，明天辰时我在石嵝庵旁的传福客栈等你们，不听话，让你们有来无回。散了散了，大家都散了。"

看着乡民们四散，几个养蜂工扑灭了火，只烧毁了三个蜂箱，损失不大，但有一辆马车被砸得稀烂，郑龙怒骂着。待老人出完了气，隗寿山与郑彤彤将他搀进了帐篷。

隗寿山今夜难以入睡，他半梦半醒，内心有一种巨大声响和可怕喧嚣。在自己的知解之外，在一切被判定为正义的东西之外，还存在另一种可能。

传福客栈是带头大哥何铮经营的，今天与他一起的，还有副镇长罗德义。五十五岁的罗德义着一袭深灰色绸制长衫，头戴瓜皮帽，手里拄着文明棍，长相滑稽。

郑龙父女与隗寿山准时来到客栈，出现在大堂。

"何掌柜，这几位就是采蜜的朋友吧？"罗德义阴阳怪气地说。

"这是我们罗镇长，还不行礼。"

三人一动未动。

"那就打开天窗说亮话，采蜜可以，但要给我们交钱。"何铮恶狠狠地说。

"要是不给呢？"郑龙按捺着。

"你们只能人回去，东西全都留下。"

隗寿山淡淡一笑，问道："你们要多少钱？"

"三十万龙洋。"

"要钱没有，要命有一条。"郑龙斩钉截铁地说。

"那就别怪我们不客气。"何铮话一出口，一班乡民自门外涌了进来。

罗德义走到郑彤彤身旁，像一只黄毛犬闻着味儿，而后淫笑着露出了大金牙。

隗寿山用身体护住姑娘，朗声说道："给钱可以，但要给我们立字据。"

何铮歪着脑袋，鄙视地看着隗寿山："就你？三十万？那还不得等到蜂蜜变成黄连喽！"

"哈哈哈哈。"众人哄堂大笑。

"行，答应你，只要拿出三十万，马上就立字据。"罗德义的娘娘腔再次传来。

郑龙刚想发作，被女儿按住了。

隗寿山给在场的乡民抱拳施礼,说道:"各位乡亲,我们龙桑蜂场到此采蜜,冒犯了诸位,眼下有一宝物要献给贵镇,请求各位的宽恕并算作赔偿。请众乡亲给做个见证。"

说着话,隗寿山从贴身的口袋中将顺治皇帝御用的碧玉刻诗扳指掏出……

拾叁 | 蜜姻缘

　　且说来自济阳龙桑蜂场的"蜂魔"郑龙一行在隗寿山帮助下逃过一劫，他们即刻收拾行囊，来到了苏州城西、太湖以东的藏书镇。正午时分，素有"吴中第一山"的穹窿山近在咫尺。郑龙不觉心痒，想要找片合适的地方"放蜂采蜜"。

　　"爹，你就不能消停消停，咱刚在光福遭到乡民毁蜂，要不是寿山……"

　　郑龙把眼一瞪："别寿山寿山的，想当我的女婿就得像个爷们儿。"

　　"爹，你说啥哩。"郑彤彤红了脸。

　　"爹知道你咋想的。"郑龙翻身下马。

　　隗寿山走到父女俩跟前，不慌不忙道："龙伯，这里恐怕不是久留之地。"

"怎么？怕了？"

"怕啥，不是怕，咱没法放蜂啊。"

"为啥？"

"龙伯，知道吗？这里叫藏书镇，地名的由来是为了纪念朱买臣。"

"朱买臣是谁？"

"西汉大臣，会稽太守，就生在这里。他家贫好学，常常一边砍柴一边读书，怕人嘲笑，书籍都藏在山中，不带回家去，这就是'藏书'的出处。"

"那他与咱放蜂何干？"

"你来看，这里的游人会越聚越多。"

郑龙顺着隗寿山手指的方向，看到熙熙攘攘的人流从四面八方赶来。

"穹窿山有着咱中国五大名台之一的'朱买臣读书台'。"

"真把我说糊涂了。"

"每年的九月初十，当地人都会前来穹窿山纪念这位发奋读书的名臣。"

"那这？"

"就是今天。"

郑彤彤听了个明白，忙说道："爹，这么多人，咱咋放蜂？"

郑龙摸着后脑勺，无奈地皱皱眉。一个无活儿可干的"蜂魔"是不会闲着的，他忽然躲进花丛，跟随几只蜜蜂跳起了轻快流畅的华尔兹，嘴里哼唱着吕戏《王小赶脚》。就在众人等待他的最终号令时，他突然停下舞步，大声说道："听说这里的全羊宴远近闻名,中午咱们吃顿好的。"

此话赢得欢呼声一片。

藏书镇的全羊宴就属"老庆泰"正宗。当龙桑蜂场的一干人围坐在此,有说有笑、开怀畅饮时,数月的辛劳与遭遇顷刻化为乌有。这羊骨、羊蹄、白切羊肉、羊血、羊肚、红焖羊排,制作透着讲究,不失传统精髓,加上这温热的黄酒助兴,"蜂魔"郑龙话多了起来。

"你们是不是觉得我像个领头的蜂王,只知道傻干蛮干啊?"

郑龙喷着酒气,环顾四座。

六个养蜂工大气不敢喘,只是点头应和,忽觉不对,又慌忙摇起头来。

郑彤彤在一旁说道:"各位大哥,不必拘谨,今天吃好喝好。"转头向郑龙,嗔道:"爹,谁愿听你的歪理,大伙儿都想放松放松。"

隗寿山接道:"我倒想听听龙伯的见解。"

刚想动怒的郑龙微微一笑:"就你小子讨人喜。"

"这蜂场实话说是沾了孩子她舅的光,她妈死得早,娘舅格外疼外甥女,过年过节不说,平时就经常从闽侯老家寄些好吃的来。"

"龙伯,你说的是王一品先生吧?"

"他是咱国内第一批推广新式养蜂技术的蜂匠,我就是跟他学了新法子,才建的这蜂场。照他的话说,为啥推广蜂业?是为了以蜜代糖。"

"以蜜代糖，啥意思？"有工人问道。

"一品先生说，自五口通商以来，国内的糖业越来越差，多半仰仗洋糖进口。新式蜂业的发展能增加蜜的出产量，用蜜代替舶来的糖，防止洋糖倾销的同时，还能挽回国家外贸损失。"

"原来是这样，没想到小小蜜蜂有着大用场。"

"咱们一起敬掌柜的。"另一工人端起酒杯说道。

大家一饮而尽。

"落后就要挨打，咱国内的工业刚刚起步，糖制品不精良，出产率低，价格还贵，短期内无法与洋糖竞争。一品先生推算，如果以新法饲养中国蜂，并予以适当的管理，即使在中等蜜源的地方，每年每群平均产蜜三十斤以上。我养了一辈子蜂子，知道任何手艺都讲究传承与创新，西洋的东西好的就是好的，不但要引进还要发扬光大。"

"龙伯，我在咱蜂场看到摇蜜机、制蜡器、熊蜂拍，还有养王箱，这些设备都是从闽侯进的吧？"

"制蜡器是我自己琢磨弄的，有了它能让蜂蜜与蜂蜡更好地分离。"郑龙干瘦的脸膛露出得意之色。

"没想到这放蜂采蜜也是为国家做贡献，晚生佩服。来，大家共同举杯！"

看着觥筹交错，坐在隗寿山一旁的郑彤彤小声提醒道："小心别喝多了。"

隗寿山心头一热，往她的米饭碗里夹了块羊排："放心吧，没事儿。"

"其实产蜜往大了说是为国解忧，往小了说也是利民的事。乡间花木因为蜜蜂传布花粉能多结果实，田园因为蜜蜂的尸体能多得肥料，你们说是不是好事啊？"

隗寿山由衷道："叫我说，这人哪，'聪明只是一时，智慧方能一世'，龙伯的见识非同一般哪。"

大家随声附和，杯箸不停，畅饮不断。

"来来来，今天最应该敬的是隗寿山，要不是他慷慨解囊，闹不好这次真就回不去了。"

"对对对，敬隗寿山！"

"敬隗寿山！"

隗寿山慌忙起身："龙伯言重了，一件小事不足挂齿。谢谢大家，我先干为敬。"

郑龙瞪眼说道："小事？！你那件宝贝价值连城，就是把龙桑蜂场都卖了也抵不上。"

"龙伯，能跟大家结伴同行、患难与共，这缘分不是用金钱能衡量的。"

郑龙听罢，哈哈大笑："好，是条汉子。大家干了！"

说话间，小二上了新菜："木桶煮羊肉，客官慢用。"

"等一下。"郑彤彤沙哑的嗓子喊了一声。

"这位姑娘，您有事？"小二满脸堆笑。

"咋用木桶？你给讲讲。"

"姑娘有所不知，咱藏书镇的木桶煮羊肉是当地一绝。因为木材的清香可以起到去腥膻的效果，更能突出羊肉的鲜美滋味。有些老饕来镇上吃羊肉，会专门到后厨观瞧木桶的颜色，这色泽越深说明年头越久，煮出来的羊肉也越香。"

"噢，还有此一说。好啊，大家快尝尝。"郑龙招呼道。

吃罢饭，一行人在古镇繁华的桃花坞大街寻了一家客栈安顿下来，分头歇息。

酉时刚过，郑彤彤在自己的房间闷得慌，就走到天井，恰巧碰见隗寿山由客房里出来透气，两人打了一个照面。隗寿山喝了不少黄酒，仍在上头，脸色红扑扑的。

郑彤彤轻启樱唇关心道："看你喝的，以后不许喝这么多。"

"怎么，心疼了？"

"净瞎说，懒得理你。"

郑彤彤不知怎的，心头一阵发热，气息不稳，两腮现出潮红，慌忙转身低头快步走回房去。

隗寿山站在原地，痴痴地望着娇柔的背影。

郑彤彤给自己斟上一杯碧螺春，静心平气，看着茶叶在水中舒展，鼻尖闻着茶香，闭上眼满是隗寿山。她望着窗户外挂的帘子，顺着帘子，更可看到隗寿山那个楼窗。

此时，郑龙走进屋来。

"爹，刚沏的茶，快尝尝。"

郑龙将手里的一摞脏衣服放到凳子上："回头给爹洗洗，这味儿怪难闻的。"

"爹，你先坐下，别着急忙慌的。"

"有事儿想给爹说吧？"郑龙抿了口碧螺春，笑道。

郑彤彤一脸羞涩。

"你打小跟爹东奔西跑,吃了不少苦。一年四季,只有冬天可以休息,赶完一个花期又要赶另一个花期,这逐花采蜜的日子没有个头。说起来,我对不起你娘啊!"

"爹,你说的啥话,俺没觉得苦。"

"以天当被,以地为床,我这老头子习惯了孤独寂寞,可让闺女跟着受罪就不行喽。爹知道你眼眶高,一直想找个可心的,我看哪,自从遇见隗寿山这小子,你算是踏实了。"

"爹。"郑彤彤摇了摇郑龙的臂膀,把脸贴了上去。

"这男人哪,善良实诚最重要。你蜇伤的时候,他比我心急,照顾得比我周到,那时候爹就想好了。"

"想好什么了?"郑彤彤露出些许期盼。

"给我当女婿呗。"

"爹。"郑彤彤红着脸嗔道。

"哈哈哈,我闺女同意啦。"

"才不呢,我要跟爹过一辈子。"

"傻闺女,将来爹走了,谁照顾你啊?"

"爹,别说这不吉利的话。"

"这小子要是光伺候你一个也许有私心,可在光福帮着大家逃过一劫,算是真爷们儿。我平生最瞧不起自私自利的小人,把手里的钱、浪得的名看得比亲爹亲娘还重。"

郑彤彤给父亲续上茶。

"回头爹去探探他,不过我有一个条件。"

郑彤彤紧张地看着父亲的脸。

"就是要我闺女结束放蜂采蜜的生活，两个人好好过安生日子。"

次日上午，郑龙本想找时间到隗寿山客房里坐坐，却被老蜂工姜老爹拉去集市逛蜜铺了。

当郑彤彤由房间里出来时，隗寿山恰在楼上凭窗远眺，正巧看见她，那高绾的双髻刚刚梳放为辫子，更显清纯可爱，心中为之一动。因见她悠闲地走向大门口，估计去买东西，他赶忙穿上绸制长衫追出客栈大门。刚走出大门，转脸一看，就见郑彤彤斜靠了门框，两手抱在胸前，冲他莞尔一笑，小虎牙不经意露出，楚楚动人。

"背后长眼了，我的大小姐。"

郑彤彤娇嗔着："你以为是在等你呀，我是在看它们。"

郑彤彤一努嘴，隗寿山见柳荫下有两只画眉在一跳一跳，那艳丽的羽衣，让人喜上心头，婉转的叫声，悦耳动听。

隗寿山低声吟道："百啭千声随意移，山花红紫树高低。始知锁向金笼听，不及林间自在啼。"

"我的大诗人，知道本小姐听不懂是吗？"郑彤彤撅起了小嘴。

"就是故意的。"隗寿山逗道。

"你这叫卖弄风骚。"郑彤彤扮了个鬼脸儿。

隗寿山不觉上前拥她入怀。

郑彤彤气若幽兰，凤眼迷离。她抓住隗寿山的手，急道："别这样，让人看见笑话。你随我去买酒吧，爹的蜂胶酒断档了。"

隗寿山轻轻说道："不着急，你随我到楼上去，我有一件好东西给你。"

郑彤彤笑道："净哄我。"

隗寿山道："我若是哄你，就认罚。"

"罚什么？"

"罚我七天不吃饭。"

"你要是饿死了，我怎么办！"

郑彤彤一边说一边笑着抢在前面走，到了隗寿山楼上的房间里，故意乱翻一阵。隗寿山赶到房里，将她的两只手捉住，笑道："你先别忙，我有几句话问你。"

"啥话？"

"咱们快要回去了。"

"还用你说，天都凉了，还采啥蜜？"

"这几个月咱俩处得……处得挺好的，你……你就没啥想法？"隗寿山有些吞吞吐吐。

郑彤彤红了脸道："没啥想法。"

"我怕……我怕回去就不常见你了。"

"想见就能见，除非不想见。"郑彤彤低下头，羞羞的。

"我现在满脑子都是你，无时无刻不在想你，每天都得见到你，不然我会疯掉的。"隗寿山紧紧攥着郑彤彤的手说道。

"我从小跟爹干采蜜这行，一路走来，孤独、疲惫、落寞，别人看到的光鲜、阳光、暖心，只是其中一面。结果是甜的，过程是苦的，但我从来没有后悔过，作为'蜂魔'的女儿，我骄傲。娘死得早，我把爹对我的呵护还有采出的蜂蜜当作世界上最甜美的味道,直到遇见你。"

"遇见我?"

"我才了解到世间还有更甜美的味道,就是……"

"是什么?"

"与你在一起。"

"彤彤,相信我,我会让你过上好日子的。"

隗寿山松开郑彤彤的手,转身探往床底,拉出自己的皮箱。他的手中分明是一对玉镯,玉质晶莹,琢制精细,光泽明亮柔和。

"这是娘留给我的,爹说过,如果将来遇到可心的姑娘,就送给她做定情信物。"

"真漂亮。"郑彤彤拿起一只玉镯,冲向窗外投射进的阳光,"你看这絮状的东西像什么?"

"我看像鱼脑。"

"我倒觉得像蜂巢。"

"像,真像蜂巢。这就是我俩的缘分。"隗寿山激动地说。

"你不后悔?"

"后悔啥?"

"那还不给我戴上。"

两个人像偷吃了蜜的孩子,害怕被家长发现,紧紧依偎在一起。

数月的采蜜之旅结束,隗寿山找到另一半的同时,也找到了自我。他坚信,能够抓住幸福的时刻,内心必定是纯粹的,除了实现理想就是理想的实现,生活就是一次伟大的坚持,只要做过或付出过，都能得到相应的回报。

隗寿山答应郑龙明年春天就与郑彤彤结婚。

回到龙桑蜂场，由郑彤彤亲手挑选的成罐油菜花蜜、紫云英蜜、乌桕蜜、枇杷蜜铺排开来，隗寿山仿佛看见一抹鲜亮的曙光正在驱散扒鸡技艺上的暗影。他激动地拥抱了郑彤彤，只有共度生死，才能发现彼此的真诚。对于爱情的期许，其压倒一切的价值就是可以托付终身。在隗寿山看来，放蜂采蜜是善良的人们亲近自然、寻找爱情的绝佳方式。

两人尚未分开，已然开始怀念：怀念这段时日，怀念这种经历，怀念这份感情。隗寿山答应郑彤彤，十天后请她到自己的蜗居品尝亲手制作的扒鸡。回到隗家庄，他马不停蹄地跑了一趟汶上庙口养鸡场，给萧一的堂哥萧华羽留下钱，说好三日内需要五十只芦花鸡，有劳宰杀后送至自己家中。他知道这场"沁蜜实验战"的艰辛。

若不是今年的冬天特别冷，五十只鸡的存放是个大问题。这一天，雪不经意间下了起来，竟大如鹅毛，漫天飞舞的雪花把整个隗家庄盖得严严实实。

生活中的每个人都醉心于各自钟爱的事，而提升制作扒鸡的技艺足以迷醉隗寿山。在爱的感召下，寒冷的冬日，孤独的忙碌本该是一幅黑白的画面，他却从内心描绘着自己的七彩天空，从而创造出扒鸡绝技的无限可能。

此刻，站在厨房里的隗寿山，面前摆放着制作扒鸡的原料、器具、老汤及配料，还有数种蜂蜜。他小心翼翼地用油菜花蜜调制糖色，涂抹鸡身时，刻意用开水提高了糖色的温度，这样可以使鸡身上的蜜脂充斥着本香。油菜花蜜的灵魂是在一刻间被捕捉到的，他要保持这种本香，给鸡身赋予更美妙的色与味。经过油炸后将整鸡放于老汤中，加入十八味香料袋、食盐、酱油等炖煮。

隗寿山清楚，沁蜜环节的关键在于将紫云英蜜、乌桕蜜、枇杷蜜，还有油菜花蜜按与清水不同的比例分别调制糖色，这是一个考验耐心的、细致的工作。虽然他在京城烛夜坊私下里苦练过这门技艺，可眼下再拾起来，却有了更高的追求，甚至一款蜜种就要调制数十遍，而后依次按流程制作。他无论如何都要从中找出最适合的蜜种，要求在糖色的本香上，使肉质增味缓和、持久，起初是淡淡的，混杂着大自然的甜香，随后越嚼越浓越有回味，外观着色也浑然天成，看上去赏心悦目。经过反复制作，他发现扒制后的鸡肉采用乌桕蜜的口味最佳。

就在隗寿山制作的扒鸡口味日臻完美时，家中迎来了郑彤彤。坐了整整一天的马车，傍晚才在情郎的陪伴下走进屋门，她的面色有些憔悴，顺势钻入隗寿山怀中，闭着眼睛，娇羞地喘着粗气，一副享受的模样。

"咋就你自己？赶车的姜老爹呢？"隗寿山柔声问道。

"忙去了。"

"连口水也没让人家喝。"

"他表弟就住在隗家庄，一进庄子就嚷嚷着去讨酒喝，准是叫酒虫儿拿住了。"郑彤彤笑道。

"说啥来，那是人家姜老爹识趣。"隗寿山轻吻了一下爱人的额头。

郑彤彤见屋里炉火烧得很热，便脱下外衣，只是上身穿了一件小小的红缎子窄袖紧身袄，下面穿了月白缎子长脚裤，显得温婉可爱。

她环顾四周，见是一间二十多平方米的瓦房，除却床铺、衣橱、餐桌等老旧家具，唯一亮点就是一张西式柚木三人沙发，夺目舒适。

"隗先生的眼光还挺时髦。"说着，郑彤彤斜身半躺在沙发上，瞥着隗寿山。

隗寿山脸一红，开口道："这是庄子里龙胜典当行陆掌柜送的。"

"这么贵重的家具，你帮人家什么忙了？"

"他闺女得了严重的肺病，是我带她去京城瞧的西医，后来还真就控制住了。"

"再后来，人家就送了这沙发？"

"当时陆掌柜上门道谢，见我原来的沙发实在破得不行，就提出要给我换个新的。四年前我从京城回来买下这瓦房，原来的家具都是房东的。"

"啧啧，就凭这家具，连丑八怪都不肯嫁你。"

隗寿山笑了："可我看上的是蜜蜂仙子，本就不是凡人。"

"瞧你这张油嘴啊，本仙子渴了。"郑彤彤嚷嚷道。

"莲心茶早就沏好喽。"

隗寿山一边倒茶一边说道："咱共康里一共六个小院，每个院子四户人家，就属这最南头的院子阴凉、背静，关键是我相中了这小瓦房旁的大厨房。"

郑彤彤来了兴致："走，带我瞧瞧去。"

"我的姑奶奶，里面一半地儿都囤着白条鸡，有啥好看的，先吃饭，明天再说。"

隗寿山把爱人让到餐桌旁。

此时，这饭菜的香味就如同香水的味道让郑彤彤着迷。

"扒肘子、糟口条、历下双脆、白扒鱼肚，还有五虎将扒鸡。"隗寿山把菜名一一报出。

"看把你得意的。"

"我可是花了大心思给你做的。"

隗寿山给爱人的酒杯里斟上平阴"积盛和"酿制的玫瑰露，只见"色媚如梅，清香凝玉，色露四射，芳蕴不绝"。

"你怎么知道我喜欢喝这个？"

"我还知道你爱吃扒肘子，还不都是老丈人说的。"

"好啊，你是不是从见第一面就惦记上本仙子了？"郑彤彤笑着端起酒杯抿了一口。

"说得没错，快尝尝菜好吃不？"

郑彤彤夹起一块肘子放在嘴里咀嚼着，两眼放光，忘情说道："味儿浓浓的，吃起来软软的，还透着筋道，好吃。"

"好吃就多吃点。"

隗寿山劝郑彤彤吃这吃那，自己也斟上玫瑰露，陪着喝起来，心里盼着听到对扒鸡的评价。

"你先说说这扒鸡用的是哪款蜜？"郑彤彤夹起一块鸡肉问道。

"乌桕蜜。"

"嗯。"忽然郑彤彤口中的味蕾一刹那被美味炸开，非比寻常的韵致在舌尖流淌，"简直太好吃了，从没吃过这么好吃的扒鸡。"

"怎么个好吃法儿？"隗寿山笑着啜下一大口玫瑰露。

"就是香，细品之下，混合了甜香、咸香、料香，还有大自然的鲜香，还有，还有一种……让我想想。"郑彤彤似乎比隗寿山还要兴奋，她大口喝着玫瑰露，不一会儿杯子竟见了底儿。

"还有一种淡淡的清香，让人回味无穷。"

隗寿山一边给爱人斟酒，一边说道："知道嫁给我的好处了吧，今后就享口福吧。"

"谁说嫁你了。"两腮绯红的郑彤彤把眼睛一瞪，"若是再要我喝，我就醉了啊。哎，对了，这些菜都是跟你虎叔学的吧？"

"扒鸡的手艺是跟严怀德师父学的，这菜的手艺有一部分来自爹的《鲁菜心得》。"

"回头借我瞧瞧呗。"

"怎么，想和我比试比试？结了婚有的是机会。说真的，咱婚后就在隗家庄开一家'五虎将'扒鸡铺。"说到这儿，隗寿山若有所思，"我的想法和爹一样，把世上最好吃的扒鸡让天下人都吃到，都能吃得起。"

"敬未来的大掌柜。"郑彤彤举起酒杯。

"敬未来的老板娘。"两人碰杯，尽兴而饮。

"爹说了，俺嫁给你就不再放蜂采蜜了，俺就一心一意跟着你打理扒鸡铺。"

"你放心，其实……"

"其实啥呀？"

"现在的家底足够咱全家花上一辈子，我都想好了，等成了家就把爹接过来。"

"他才不听你的，离了蜜蜂他就活不了啦。老头儿的倔脾气你也知道，甭劝，劝也白搭。"

"那咱就换套大房子，把这旧家具全换了，这样住着也舒服不是？"

"你以为嫁给你就是为了图享受吗？错了。我从小到大比你苦得多，爹常说'做事要高调，做人要低调'，两个人生活在一起最重要的就是目标、想法一致。咱们还年轻，没必要换大房子，等着咱的扒鸡铺干起来有了起色再说。"

隗寿山听到这儿，大为感动："贤妻等着，我去给你盛汤。"

"谁是你贤妻！"郑彤彤娇嗔道。

隗寿山将清氽丸子汤端到桌上，郑彤彤酒意上来，觉得口干舌燥，心里不住地扑通扑通乱跳。她舀了几勺子热汤先盛在隗寿山的小碗中，而后再盛给自己，慢慢地喝着，故作镇静，实则心里翻腾得厉害。她愈想把这心跳压一压，可这酒劲儿就愈发发作，再用热汤一浇，鼓动得更厉害，心跳加速脑袋发晕，只得放下碗筷，双手托住头。

"真喝醉了？"隗寿山问道。

郑彤彤摇摇头，手按着桌子缓缓站起身，隗寿山赶忙把她挪到沙发上，这西洋物件就像有什么东西催眠一样，既然坐下了，也就无论如何挺立不起来了……

数月后的龙桑蜂场，槐花盛开的日子，隗寿山与郑彤彤的婚礼热热闹闹地举行了。高裕斗、虎泉生自然前来，孙志彬与两个闺女更是忙前忙后。自此，高、虎二人与"独眼匠人"结为好友。因虎泉生和蔼可亲，很得孙家姐妹的喜爱。

那天郑龙的亲朋也欢聚一堂，小舅子王一品从福建闽侯赶来送上祝福，工人们更是开心得不得了。郑龙在婚宴上喝得酩酊大醉，竟借着酒劲儿在花丛中跳起了华尔兹，呈8字旋转，又好似游龙戏凤。孙灵、孙秀从未见过这样的怪人，瞪大眼睛观瞧，当得知这就是"蜂魔"时，不觉在内心画起像来。

"放蜂！"一声狂呼，成群的蜜蜂瞬间嗡嗡作响，那甜蜜的祝愿遮天蔽日般把一对新人湮没在幸福里。

随着入夏，住在隗家庄的郑彤彤有些不耐受，习惯了大山里的凉爽与娴静，猛地热浪袭来，除却吃西瓜、摇蒲扇降温，再就是"心静自然凉"。只有一样东西，如同待字闺中常惦记的放蜂采蜜，有种强烈的期盼，即便是热得不行也看得过瘾十足，那就是孙家皮影戏。

此刻，隗家庄大集人山人海，隗寿山与郑彤彤被裹挟其间，脚步停留在了"孙家皮影"迎风招展的杏黄大旗下。独眼残指的孙志彬在掌声中登场，一旁孙灵的锣鼓早已敲响，孙秀的唢呐声清脆洪亮，乐器还是那么几件，俊逸的五虎将皮影人跃然于白色幕布上。孙志彬九指神功灵活多变，不时地跺脚，脸上神情专一投入，即刻与皮影戏融为一体。

> 狄青五虎惊动了天，
> 各位客官听我言。
> 卓尔不群武曲星，
> 出山猛虎是狄青；
> 博学多才双枪舞，
> 笑面猛虎是石玉；
> 耿介不阿绿林赞，
> 扒山猛虎是张忠；
> 鲁莽英雄一声吼，
> 离山猛虎是李义；
> 神毯绝技破敌营，
> 飞山猛虎是刘庆。

郑彤彤看得眼花缭乱，热血沸腾，那古老的、经典的、传统的故事在眼中泛起了不一样的色彩。她的生命因喜爱皮影戏更有滋味，在生活里注下了金黄色、银绿色、澄蓝色、花红色等七彩的斑斓情致。

隗寿山忽而想起在泉州观看的高甲戏《五虎平西》，脑海中浮现出车一贤、马桂婵夫妇，还有聪明伶俐的小莲、趾高气扬的马刺桐。人生的乐趣就是永远不知道下一秒会遇到什么样的人、什么样的事，又有着什么样的缘分。

一时间恍若梦中。

当隗寿山回到现实,看到兴奋不已的妻子时,自信是懂她的。她的身上流淌着"蜂魔"的血液,"侠义"与"狂放"正是五虎将文化的特点,夫妻二人的精神追求惊人的相似。

三天后,自冰城回来的李义烽让隗寿山惊喜不已。

这天一大早,郑彤彤回了龙桑蜂场,临近傍晚时,李义烽才跨进隗寿山的家门。章丘铁匠李义烽明显消瘦,黝黑的脸膛添了褶皱,胡子拉碴更显桀骜不驯,两只眼睛炯炯发光。

"李大哥,想煞兄弟了。"

李义烽把沉重的包裹放到地上舒了口气,拥抱了隗寿山:"我回来了,兄弟。"

"走,叫上孙大哥,给你接风。"

"等等,这屋里有女人的味道。"李义烽耸着鼻子说道。

"你有弟妹了。"

"什么?兄弟结婚了?"

傍晚的鸿昇酒楼人满为患,隗寿山好不容易找到个位置,三人落座,方才叙说一番。孙志彬听得故人返济,十分高兴,从家中拿来一坛白龙泉高粱烧,打算不醉不归。

李义烽讲述了在冰城的所见所闻,他将充满风情的冰城比作女人的脸色,说变就变,并讲述了初到冰城的第一场雪,那雪暴烈、狂放,是济南不曾有的性格。

"我倒希望把豹子头林冲雪夜上梁山的故事放在东北,更像一杯醇酒,愈浓愈烈,英雄气会更加悠长。"李义烽叹道。

"说得好,咱哥仨儿干一个。"隗寿山提议。

"干！"

去到东北，李义烽就住在边琴的老家康家屯，他对那里的饭菜赞不绝口。

"小鸡炖蘑菇、酱骨头、东北乱炖、坛肉，甭提多香啦。"

"比咱鲁菜还好吃？"孙志彬问道。

"我看哪，倒不如说边琴爱吃的义烽兄就爱吃。"

听到这话，李义烽沉默不语。

隗寿山见罢忙起身赔不是，先干了杯中酒。

"我本是卧龙岗一闲散之人，就是喜欢闲散的生活，冰城合我的口味。"

"那你咋回来了？"

"说实话，想我那混饭吃的家什儿了。"

"打铁。"

"对，手艺人想自己的手艺，就像想自己的另一半。寿山，说说你咋就成亲了？"

隗寿山趁着酒兴，把自己访泉州、闯江浙，一路探求制作扒鸡的顶级配料，最终喜获良缘的来龙去脉详细讲来，李义烽听得瞠目结舌。

"对了寿山，你爹是叫隗自仁吧？"

隗寿山点头道："咋想起问这个？"

"康家屯的四元山上有个正活庵，俺在庵里的柏树上发现许多悬挂在上面的红丝带纸牌，有一张写着'隗自仁'。"

"有这事？怕是重名吧。"

"可在'隗自仁'三字的前面还写着'济南隗家庄'。"

隗寿山这一惊非同小可，他想起爹在去世前去过冰城，难道真去了正活庵？或许那个地方藏着爹离奇身亡之谜的答案。他在脑海里搜寻着，突然想起了什么，对，是爹留给他的《鲁菜心得》，应该就在最后一页。然而他的思路很快被孙志彬带来的消息打断了，且让他陡生牵挂。

原来，孙志彬打听到隗寿山的姐姐烛花两年前怀了章丘富祥当铺大掌柜龚斌的孩子，因没有名分，生活得很不幸。后来在当地军阀与匪徒的一次混战中受到惊吓，导致胎儿流产，据说被一名军官当场搭救，如今不知所踪。

隗寿山后悔当初没有找到姐姐，不禁唉声叹气，两位大哥纷纷劝导。这白龙泉高粱烧很快见底，三人又叫了一坛，喝到亥时方才回去。李义烽自然住在了隗寿山家。

次日上午，李义烽告辞回魏东村，隗寿山百般挽留，他却执意要走。李疯子从包裹中取出两支野山参，递给隗寿山："这参是好东西，泡酒喝最妙。一支你留着，另一支给孙大哥。俺走了，记得来找俺。对了，给弟妹捎好吧。"

"大哥等着，我去给你找马车。"

送走李义烽，隗寿山找来了《鲁菜心得》，迅速翻到最后一页，这是一首总结全书的七言律诗：

泺邑纯正锅塌奇，

福山鲜活化原汁；

奉高素庵三美传，

济州味寻油淋鲢；

孔府宴东做工细,

金瓶古里拙中雅;

临淄咸甜多豆豉,

水浒本真浓郁风。①

　　他仔细揣摩着,终于在诗中发现了"正活庵寻东里甜真"。

　　东里甜真不正是爹的师姨吗?冰城正活庵果然隐藏着秘密,隗寿山盘算着近日独自前往,倒要看看它与爹有何渊源?

　　济南人历来有头伏吃饺子的传统,伏日里人们往往食欲不振,而饺子正是开胃解馋的食物,郑彤彤最爱吃爹包的西葫芦素饺。小暑日,两口子一早就赶往济阳仁风镇,隗寿山给丈人准备了好多东西,还特意捎上三坛白龙泉高粱烧,给他泡蜂胶喝。

　　"蜂魔"郑龙依旧干瘦,精神矍铄,今天特意给自己放了假,在家中忙活。此时,早就准备好了饺子馅料。

---

① 济南菜以味道纯正著称,锅塌是其独有的一种烹调方法;
胶东菜讲究清鲜,多用活海鲜保持原汁原味的烹饪特色。
泰安菜以素菜闻名,豆腐、白菜、泉水被誉为泰山三美;
济宁菜口味嫩爽、醇厚,油淋白鲢是其代表菜。
孔府菜多宴请达官贵戚,礼仪庄重、用料讲究、做工精细;
金瓶梅菜是民间大众化典范,朴中见真、拙中见雅。
淄博菜口味咸鲜,略带甜味,多使用酱油、豆豉制菜;
水浒菜有着本真和朴实的烙印,吃起来浓郁过瘾。

"爹,看寿山给你带什么了。"

"白龙泉可是好酒,这女婿没白疼。"郑龙笑眯眯道。

"爹,这是东北野山参,你泡酒尝尝。"

"好,好哇。"

郑彤彤在一旁看到爹高兴,喜上眉梢,甜在心里。

郑龙的西葫芦素饺那叫一个考究:沥干水分的西葫芦丁、火腿丁、葱末、香干丁,还有炒蛋丁,被分置在瓷盆瓷盘中,就等小两口一到,即刻调馅儿。

"这西葫芦素饺,关键有三步:第一步提前去水,挤压水时不要太用力,容易捏碎;第二步调馅时要先放油,为了锁住食材的水分,避免出水;第三步要选用现磨的花椒粉,最后蚝油提鲜,这样饺子才好吃。"

郑龙说着话,饺子馅已然调好,郑彤彤一边和面一边指挥隗寿山干这干那,可他并没有包饺子的经验,有些手忙脚乱。

"别难为寿山了,他原先孤家寡人一个,哪会包饺子?寿山哪,等着吃就好。"

"爹,你啥时候对我这么温柔过?"郑彤彤撇了撇嘴,嘟囔道。

"说起饺子,你们知道来历不?"

隗寿山摇摇头道:"爹,你讲讲呗。"他见包饺子插不上手,就给父女俩沏了壶莲心茶。

"这饺子与东汉末年的名医张仲景有关。"

郑龙包的饺子是典型的月牙饺,手法极快且一包馅,边包边说道："建安年间，张仲景告老还乡时看到许多穷苦百姓忍饥受寒，耳朵都冻烂了，心里难受，一心想要救治他们。他是个医生，自然想到了羊肉、辣椒这些热性食物煮汤可以祛寒，就把这些材料放在锅里煮熟剁碎，用面包成耳朵样子的'娇耳'。"

"我说这饺子为啥长得跟耳朵一样呢。"郑彤彤插话道。

"别插嘴，听爹说嘛。"

"这张仲景就把它唤作'祛寒娇耳汤'，老百姓吃了之后，浑身暖和、两耳发热，冻伤的耳朵都治好了。从此，人们在过年时就学着张仲景'娇耳'的样子，做成饺子吃，也算是对一代名医的纪念。"

"小小饺子竟也有大传承。"隗寿山叹道。

"饺子可不敢小看，这人啊，岁数越大就越惦念爹妈给包的饺子，那口味就怕有一天吃不到喽。"

"爹，你说的啥话，多不吉利，俺这就去下饺子堵住你这张嘴。"郑彤彤说着话转身去了厨房。

言者无意，听者有心。此时的隗寿山联想起五虎将扒鸡，如果将来能像饺子一样源远流长，那这个招牌就成功了，手艺的传承必定得益于文化的护佑。

"寿山哪，你的扒鸡铺咋样了？我给你准备了些乌桕蜜，知道你用得着。"

"爹，最近转着房子哩，还没找到合适的。"

"缺钱不？"

"不缺，俺有钱。"

……

这天的西葫芦素饺,隗寿山吃得特别饱特别香。

次日清早,小两口坐着姜老爹赶的马车返回隗家庄。就在临近徒骇河渡口时,姜老爹发现官道旁的树丛中卧着一个人。

"老爹,下车去瞧瞧。"隗寿山开口道。

两人走到近前,将卧着的人翻过身来,见是一个白净面庞的青年,二十几岁的样子,左脸有一块明显的青胎记。隗寿山试了试此人的鼻息,气若游丝,身体尚有余温。

"快去拿些水与干粮。"

姜老爹答应着,转身走向马车。

隗寿山仔细端详着此人脸上的胎记,见并无须髯,忽然想起什么。

"饿,饿。"白净青年用虚弱的声音说道。

隗寿山接过姜老爹手中的水壶,送到了白净青年的口中。他紧着喝了几口,呛着了,竟剧烈地咳嗽起来。

"这是在哪里?"尖尖的娘娘腔印证了隗寿山的想法。

"不急,先吃点东西。"白净青年接过干粮狼吞虎咽着。

不一刻,隗寿山见他缓醒过来,有意说道:"小兄弟,你住在哪里?我们送你回去。"

白净青年摇摇头,说道:"老家齐河发了大水,俺是到这里来投亲的,不曾想迷了路,又身无分文,谢谢你救了俺,俺给你磕头了。"

隗寿山说道："不必客气，你命不该绝，此乃天意。"

"俺有个叔叔就在垛石，大人行行好，把俺送到家，你的大恩大德俺记一辈子。"

"好人做到底，送佛送到西。随我上车。"

隗寿山招呼姜老爹将白净青年搀扶起来，他竟一瘸一拐走得艰难，显然是一个跛子。

在郑彤彤的撺掇下，隗寿山把开办五虎将扒鸡铺提上了日程。这天上午，他打算继续踅摸合适的房子，走到集上感到腹中饥饿，便走进了"苏家烧饼铺"，这里的马蹄烧饼赫赫有名。整个烧饼分为底、瓤、盖三层，上层为盖，沾满芝麻；中层为瓤，像舌头般柔软；下层为底，揭下来是硬饹馇。

隗寿山将马蹄烧饼夹上馃子，一咬之下，酥脆软嫩中焦香味与芝香味浑然天成，端的是大快朵颐。走出店门时，忽然被"噼里啪啦"的爆竹声吓了一跳，举目望去，不远处一家店铺正庆祝开业。铺门之上高悬的匾额"长隆居扒鸡铺"甚是醒目，门框两边张贴着一副楹联，上联是"香飘九州赛过翰音"，下联是"酥烂天下不让司晨"，横批"神州第一鸡"。

隗寿山寻思：嚯，还真有想到一起的，这"五虎将"尚未亮相，"长隆居"却力拔头筹。他赶忙排队买了两只，再没有心思去找房子，回到家与妻子细细品尝。

长隆居扒鸡工艺相当考究，选材配料无可挑剔，肉质饱满，鲜香四溢。郑彤彤吃过后，不禁问道："这扒鸡的味道与咱'五虎将'有一拼，不知长隆居是啥来头？"

隗寿山紧皱眉头："虽然味道诱人，还是稍稍逊色，在香气上有撩人之处，咱若没有顶级香料、正宗乌桕蜜做支撑，与它难分伯仲。"

"老百姓哪里吃得那么细法，依我看，咱扒鸡的味道只有远超长隆居，才能在隗家庄立住脚。"郑彤彤思忖道。

"真是半路杀出个程咬金，打乱了咱的计划。"

一周后，隗寿山从高裕斗口中得知：长隆居扒鸡铺是由临城郁香斋与隗家庄开过酱肉店的郭施亮联手开办的，且郁香斋只为长隆居提供扒鸡老汤及配料，其余的啥都不管。

隗寿山暗自吃惊，他想起了汪子华当初的一番话："兄弟，眼下宫廷扒鸡技艺日臻成熟，要知道够格给御膳房供应扒鸡的还有司晨坊、翰音坊，如果郁香斋找到其中任何一家合作，你想制作出'华夏第一鸡'难上加难。"

看着销售火爆的长隆居扒鸡，隗寿山意识到自己的"五虎将"尚未出锅便遇到了对手。

拾肆 | 高傲的存在

多年的经验告诉隗寿山,"五虎将"扒鸡只差最后的点睛之笔,要在扒鸡的凝香上做文章,配合现有的制作技艺和顶尖的品质配料,从质感、口感、香感三个层面全面提升,方能完成"华夏第一鸡"的宏愿。隗寿山明白,这件事从工艺上已经难以突破,只有向外寻求方法。为此,他成了长隆居的常客,知己知彼百战不殆。

郑彤彤看着日渐消瘦的丈夫,心里清楚,此时不会有人轻易走进他的内心,高手之间的对决往往在不经意间,就看双方谁先露出破绽。

"后天我去趟冰城,半月后回来。"隗寿山突然对妻子说。

"知道这阵子你心情不好,总是憋着事,我也不好多问。"郑彤彤给丈夫沏了杯莲心茶,轻声回道。

"之前给你说过,爹死得蹊跷,这次出门一定会有收获,再就是顺便散散心。"

"去正活庵?"

隗寿山点点头,抿了一口茶道:"去找东里甜真。"

"这人啥来头?"

"是爹的师姨。"

"师姨?"

"我也只是听严怀德师父提过,这里面的因由待我了解清楚,回来讲给你。"

"我陪你去吧?"郑彤彤小心问道。

"冰城太冷了,如果冻坏了夫人,爹可饶不了我。"隗寿山笑道。

"大老远的,叫上义烽大哥吧,那地方他熟,也好有个伴儿。"

"我想一个人去,路线都计划好了,这年头通了火车,方便。不通火车的地儿还有马车哩,放心吧。"

"在外面照顾好自己。"

"对了,上次给你的那本《鲁菜心得》放哪儿了?"

"就在衣橱的抽屉里。"

"找出来,我要带上。"

初到东北,隗寿山正赶上百年不遇的极寒天气,毫无准备。凛冽的西北风刀子般刮过脸庞,酷寒的冷气肆无忌惮地呼啸而来,钻入骨髓。临近中午,康家屯四元山近在咫尺,隗寿山冻得周身即将失去知觉，近乎是跌跌撞撞地闯进了正活庵。

"呀，看这人。怎么冻成这样了？施主快快醒来。"年轻的尼姑绿竹与刚刚做完法事的女居士走到近前。

隗寿山张了张冻得发紫的嘴唇，竟没有发出声响。

"绿竹师父，快拿杯温开水来。"

温水入喉，隗寿山稍做喘息，忙说道："我找东里甜真。"

"你说的是甜真师太？"

"我只知道她叫东里甜真，请带我去见她。"

绿竹把隗寿山引至禅房门口，躬身说道："师太，有人求见。"

"阿弥陀佛，是哪位施主？"低沉的声音传来，透出岁月的沧桑。

"来自济南隗家庄的隗寿山求见。"

紧接着房门洞开，一位年迈的尼姑疾步走了出来。

隗寿山定睛观瞧，但见老尼慈眉凤目，恬淡清秀，眉已染白。

"阿弥陀佛，你的父亲是？"老尼双手合十，问话间泪已盈眶。

"隗自仁。"

"孩子，终于盼到你了。快，快进屋。"老尼赶忙吩咐道，"绿竹，把我的武夷雀舌取来，给客人泡上。斋堂备饭，六样精致各少许。"

绿竹答应着退出禅房，把门掩上，心里嘀咕：此人年纪轻轻，竟受师太如此礼遇，好生奇怪。

屋内的火盆炭燃正旺，隗寿山顿觉暖意，望着眼前的老尼，不知该如何称呼。

"孩子，叫我姨奶吧。"隗寿山隐隐觉得师太眼中存有一丝不甘。

"姨奶在上，请受寿山一拜。"

"起来孩子，快起来。我苦命的孩子啊！"

"姨奶，我来晚了。"隗寿山掏出怀中的《鲁菜心得》，摇头叹息道。

"你终于还是参透了。再有一年，你若不来，我会照你爹的话前往隗家庄找你。对了，你的姐姐烛花呢？没有跟你一起来？"

"我姐失踪好多年了，至今联系不上。"隗寿山难过地低下头。

"唉，造孽啊！"

"如果不是我的朋友看到爹的纸牌，还真就找不到这里。姨奶，我爹九年前到底是怎么死的？他既然离世前来找过你，你一定知道真相。"

甜真师太听到这儿，回忆起当年她与仁爷见面的场景。

只见仁爷从怀里掏出一个锦袋，双手呈上。

"师姨，这里面有一封信，还有一枚吊坠。"

"这信我能看吗？"

"师姨请便。"

甜真师太打开锦袋,取出信笺,一目十行。

读完信,她将吊坠握在手里,轻轻点了点头,泪水夺眶而出:"这是济梅的吧?"

"正是。"

"我明白你的心意,放心吧。"

"师姨,如果十年后的今天,姐弟俩还不来找你的话,就有劳你去隗家庄把信交给他们。"

"不知道我还能不能活十年。"老尼苦笑道,"那这吊坠呢?"

"师姨最好亲自给烛花。"

"你怕她不信?"

"烛花的个性太强,我担心她会为难寿山,是我对不起她。"泪水模糊了仁爷的视线。

"如果,我是说如果,十年后他们一个也找不到了呢?"

"那就把秘密永远埋在地下。"

"自仁,这是何苦呢?"老尼怨道。

"我不希望他们活得像我一样累,而且……而且我也答应过师父,要保守这个秘密。"

"姨奶,你没事吧?"隗寿山问道。

难掩悲伤的甜真师太摇摇头,缓缓答道:"孩子,你爹是自杀的,九年前他心意已决来找我,至于他想用什么方式结束自己的生命,并没有提及,我无从知晓。"

"那你怎么确定我爹是自杀?"

"你等一下。"甜真师太转身走向里屋。

此时，绿竹手捧一盏武夷雀舌，进得门来恭敬说道："施主，请用茶。"隗寿山抿了口茶汤，惊诧从未喝过味道如此特别的茶，那花香、乳香，伴着甘蔗的甜香，醇厚绵长，岩韵浓郁。

待绿竹退下，甜真师太手持一封信笺走到隗寿山跟前。

"这兔毫盏是你父亲曾经用过的，也是姐夫留给我的。"隗寿山分明看到她眼中的温情，绝非寻常。

"我听严怀德师父说起过颜伟大师和师奶东里闻莺。"

"你都知道些什么？"

"我只知道爹继承了颜师的衣钵；曾经救过师奶的命；师奶的外曾祖父是烹饪大师王小渔；因为继续经营德禽坊一事，师公与师奶吵了架，爹没能得到宫廷扒鸡老汤。"

"还知道些什么？"

"其他的就不了解了。"

甜真师太将手中的信笺展开："孩子，你自己看吧。"

隗寿山双手接过，仔细读罢，不敢相信自己的眼睛："爹的内心隐匿着这么多不为人知的故事，我居然是故事里的主角。"他惨然一笑，心乱如麻，慌忙饮尽兔毫盏中的茶汤，用疑问的眼神望着老尼。

甜真师太徐徐说道："孩子,信里所说的一切都是真实的，相信我。"

半个时辰后，隗寿山依然沉浸在甜真师太的讲述中不能自拔，泪水潸然而下，脑海中闪过戏剧性的一幕幕，有些转不过弯来。或许，每个野蛮生长的孤勇者，都会有一个百转千回的人生。

"你知道世界上最清净的禅房在哪里吗？"

隗寿山没有回应，咬着嘴唇凝思着。

过了一会儿，他开口说道："自然是最清净的寺院里。"

"不对。"

"那在哪里？"

"阿弥陀佛，在每个人的心里。"

"为什么？"

"心脏每跳一次，禅房的钟就敲一声；眼睛每眨一回，禅房的灯就多一盏；嘴巴每碰一遭，禅房的经就诵一遍；双手每勤快一番，禅房的香就燃一炷；耳朵每动一下，禅房的鼓就敲一通。"

隗寿山似懂非懂地点点头。

"既然最清净的禅房在心里，现在你又坐在最清净的禅房里，心静才能看清自己。接受现实，包容一切，方能心静。"

隗寿山缓缓起身，躬身施礼道："多谢您的指教，寿山感激不尽，我想在庵内叨扰几日，不知可否？"

"孩子，只管静心住下。阿弥陀佛，善哉善哉。"

隗寿山望着眼前的老人，有种说不出的亲切，这种亲切源自平实，超越友善，归于血脉。

这天晚上，隗寿山返回隗家庄已近亥时，郑彤彤东家长西家短地跟丈夫说这说那，眉眼透着高兴。俗话说"小别胜新婚",不一刻,两口子熄灯上了床。

看着满足的妻子沉沉入睡,隗寿山耳边传来均匀的婴儿般呼吸声,一种氤氲的热气徐徐飘来,沉浸其中竟生出几分醉意。他起身倒了一杯开水,两眼怔怔地望着暖水瓶思忖着:在正活庵的时日,每天诵经礼佛、坐禅入定,心绪已然平复。此刻亟待出炉的"华夏第一鸡"凝香问题尚未解决,现有工艺绝对无法提升。

隗寿山逼迫自己坐下来,屋内静得出奇。

突然,他快步走进厨房,将十八种扒鸡配料依次取出,铺排于地面,而后如同坐禅一样正襟危坐,缓慢地呼吸。他仔细嗅闻着香料,眼前的气味像云朵腾空,又似雾锁鼻喉,那是一缕缕经过加工的自然香气。有没有一种纯天然之香能够聚拢它们,使之来一场凝香革命,把这顶级的香料气味激发到极致,调制出清柔、持久、丰富,具有完美诱惑力的香气?隗寿山此刻追求的不仅仅是成为一个出色的匠人,而是成为民国时代最优秀的扒鸡制作者。坚定信念中,灵光一闪,他想到了烤地瓜圣手萧一曾经提过的"御土荷叶鸡"。

次日一早,隗寿山来到大明湖小沧浪亭,遥望烟波浩渺的九曲莲群,那挺拔的荷叶仿若从天而降,又似绿瀑丛生,颇有韵致。细碎的露珠点缀叶面,如珍珠镶嵌,生出几分禅意。

"常记溪亭日暮,沉醉不知归处。兴尽晚回舟,误入藕花深处。争渡争渡,惊起一滩鸥鹭。"他从心底默念着,悲伤悄然袭来,骤然感到这一切都是虚像,醉酒游湖的传说顷刻烟消云散,正如陪伴他二十余年撒手人寰的父亲,终于让他登上迷幻之舟更加逼近灵魂的最深处。

不管怎样，隗寿山在大明湖畔还真就找到了五虎将扒鸡的"点睛之笔"。回到家中，他精心制作了一锅扒鸡，用大明湖清香的荷叶包裹后，荷叶香气融入鸡的每一丝纹理之中。与妻子细尝之下，鸡肉熟烂，鸡皮鲜亮，鸡骨入味，荷叶的清雅香气渗透其中，呈现出丰腴饱满和直截了当的逼人香气。

隗寿山兴奋地喊道："成功了！"

郑彤彤从未见过丈夫这般激动，美味扒鸡更是尝在口中爱在心头。

"咱们赶紧去给虎叔报喜。"

说着话，隗寿山从锅中又捞出两只扒鸡，分别用荷叶包上。这诱人的香气凝成香雾瞬间升腾，充斥屋中，穿过空窗弥漫院落上空。奇异的扒鸡香味迎着街坊四邻的鼻子飘过，他们有生以来闻到了最为满足的扒鸡香味，短暂的时刻享受到了绝世美食的召唤。

邻居们纷纷来叫门。

隗寿山索性将锅中的扒鸡全部包上荷叶，分给大家。

北屋孙大娘抢着说："活这么大，从没有闻过这种香味，吃上一次，就没白来这世上一遭。"

西屋李二嫂打开荷叶，掰下一个鸡翅，边嚼边说："这么好吃的扒鸡就连神仙也挡不住，非吃不可。"

南屋张大哥夸赞道："你小子真不赖，能做出这么好吃的扒鸡，咱隗家庄的百姓有口福啦！"

隗寿山站在自家门口，笑眯眯地看着大家。

"拜托各位一件事，帮我把这好吃的扒鸡做下宣传，让咱庄子里的人都知道我隗寿山有个好手艺。"

"行哩，没问题。"

"放心吧，寿山。"

虎泉生品尝完隗寿山夫妇送来的扒鸡，竟流下了热泪。不知怎的，他想起了云岭道长、邢慕岩和段明铎师父。冥冥中正是对善良与传承的坚守，正是徒儿对扒鸡技艺的高高群山做出了一次长长的进入，终于让他在领略了出类拔萃和神奇莫测的险峻风光之后，站在群山之巅迎来最甜蜜的时刻，那就是可以让天下人品尝到最美味的扒鸡。

长隆居掌柜郭施亮年近五十，生得五短身材，獐头鼠目，三绺髭髯一尺长。早年间经营过一家酱肉店，卖些剔骨肉、炖肘子、酱骨头之类的酱味，可开张不到一年就摊上官司赔了钱，因为他用变质的猪肉做成炖肘子让食客中毒并休克，只得关门大吉。

郭施亮近年来凭着马车运输的行当攒了不少钱，且专跑济南、临城一线，时间长了，遂与临城郁香斋扒鸡铺的掌柜吴正结为好友。肥头大耳的吴正这两年没少背地里忙活，他利用原内务府总管大臣康宝辉的关系，花重金购买了京城扒鸡四大名坊之一"翰音坊"的老汤及配方，目前在山东各地张罗开店。吴正将成本收支算得明白，只做第一大股东，不参与店铺经营；只提供老汤、配方，不参与扒鸡制作。长隆居扒鸡铺就是他在济南的首家控股商号。

当郭施亮来到共康里登门造访时，隗寿山笑吟吟地将他迎进屋里。

"寿山兄就不问问我是谁?"郭施亮捋着髭髯说道。

"眼下郭掌柜可是咱隗家庄的大红人,我认得您,您未必认得我。不知是哪阵风把您吹来了?"

"寿山兄真会开玩笑,整个庄子都传遍了,说最好吃的扒鸡在共康里,可惜我没尝到。"郭施亮眉眼一挑,露出嫉妒之色。

"郭掌柜请喝茶,这么热的天还让您亲自上门,派个伙计传话也就是了。"郑彤彤将沏好的莲心茶双手奉上。

郭施亮接过茶,欠身说道:"久闻'蜂魔'郑龙的名号,这女儿一定随爹,透着英气。"

"郭掌柜过奖,有事不妨直说。"

郭施亮抿了一口茶汤:"不知寿山兄可曾吃过我长隆居的扒鸡?"

"开业第一天就尝过哩。"隗寿山答道。

"味道如何?"

"要说味道不好,贵店不会赚得盆满钵满。"

郭施亮没想到隗寿山会如此作答,接连喝了两口茶。

"依我看,当今天下能与渡口烧鸡、符庄集烧鸡、乔帮子熏鸡相提并论的,唯有京城翰音坊扒鸡。德禽坊、烛夜坊早已退出江湖;大掌柜庞海令因背地里资助白朗起义,所掌管的司晨坊一年前就被政府取缔了。宫廷扒鸡四大名坊已经成为传说。"

郭施亮摇摇头:"我不明白寿山兄的意思。"

"自津浦铁路通车，济南的扒鸡铺发展了十多家，其中要属禹城的扒鸡最受欢迎，仅火车站周边就有福喜居、祥乐坊、五大处等扒鸡铺，可它们的味道却不及长隆居。俗话说，'宁要一锅汤，不要三间房'，这百年宫廷老汤不是地方扒鸡铺能拥有的。"

郭施亮瞅了瞅隗寿山，心道，"这小子是个扒鸡内行，看样子已经摸清了我长隆居的来路。"

隗寿山往茶杯里续上水，说道："郭掌柜，临城郁香斋可是名声在外的扒鸡老店了。"

"啥事儿也瞒不住寿山兄，我这长隆居还真就是与郁香斋合作的。"

"我想郭掌柜前来并不仅仅是让我点评一下扒鸡味道吧？"

"痛快，既然寿山兄早有准备，那我就直说了。我想下周日在聊斋茶舍举办一场扒鸡争霸赛，由我长隆居向您讨教，届时邀请享誉全国的烹饪大师冯彦天前来品评。"

"赢了有什么说法？"

"谁赢了，谁就是'华夏第一鸡'。"

"好，不过我有一个条件，临城郁香斋的大掌柜吴正必须到场。"

这天的聊斋茶舍被挤得水泄不通，提前得到消息的百姓一早就拥在茶舍门口等候观战。在孙大娘、李二嫂、张大哥口中，隗寿山所做的扒鸡美味被传得神乎其神，犹如食客盛赞著名闽菜佛跳墙"坛启荤香飘四邻，佛闻弃禅跳墙来"。

能把佛吸引来的美味会是怎样的呢？

扒鸡争霸赛由泉城老饕高裕斗主持，年近七旬的烹饪泰斗冯彦天一出场便引起了轰动，人们不禁鼓起掌来。冯彦天是历城人，出生于厨师世家，清光绪至宣统年间受雇在驻任城治黄钦差龙泽图公馆掌厨，对炒、炸、溜、焓、烤等技术造诣极深。他用鸡肉做主料，曾经制作出传世名菜"百鸡宴"。

虎泉生拍了拍徒儿的肩膀，说道："寿山哪，看到了吗？冯大师身上有一种洁净的气质，人的一切都应当是洁净的，无论是面孔、装扮，还是心灵、思想。为师佩服至极。"

一旁的孙志彬感慨道："寿山能有今天，得亏有你这样的师父。"

"你们兄弟意气相投，肝胆相照，老夫甚是高兴。"虎泉生捋着须髯欣慰道。

正说着，章丘铁匠李义烽挤到近前，隗寿山大喜过望，刚想开口。

"寿山，看我把谁接来了？"

"爹，你咋来了？"

"我女婿今天夺头魁，一定要来加油助威。"郑龙摇晃着干瘦的身形，一脸笑容。

"这是咋回事儿？"隗寿山转向妻子。

"这么大的事儿，是我通知义烽大哥的。"

"这不光是个大事儿，还是个好事儿。等我女婿赢了，鸿晟酒楼我做东。"

话音未落，冯彦天宣布比赛开始。

长隆居的伙计在郭施亮安排下，在二楼的一个大包房里秘密制作起扒鸡；而在一楼院里的隗寿山，面对拥挤的人群，大显身手，倾尽艺道，从活鸡宰杀到白条鸡的洗理，当场配料，就地支锅焖煮，直至成熟起锅。当大明湖清香的荷叶包裹着的一只只形美色鲜、香味扑鼻的扒鸡展现在众人面前时，现场的百姓竟然被美味迷醉了。他们瞪着眼睛大张着嘴，仿佛要把这一只只扒鸡瞬间吞下，浑身不停颤抖着，摇晃着，伸出双臂去迎接来自上天赐予的厚礼。知道隗寿山是仁爷的儿子，百姓们虔诚地祷告，愿老天爷保佑隗家庄的惊世美食一代代传承下去。

当郭施亮手捧刚出炉的扒鸡来到楼下院子里时，现场鸦雀无声，长隆居的扒鸡居然也裹上了荷叶，香气冲天。

所有的目光聚焦在冯彦天身上。他先是品尝了长隆居制作的扒鸡，不觉眼前一亮，先闻其香，再尝鸡皮，咀嚼鸡肉，咂摸鸡骨，顿觉鲜爽无比。一句妙语脱口而出："热中一抖骨肉分，异香扑鼻竟袭人；惹得老夫伸五指，入口齿馨长留津。"

掌声响起，郭施亮躬身作揖，向冯彦天拜谢。

接下来就要品尝隗寿山制作的扒鸡了，郑龙父女、孙志彬、李义烽把心提到了嗓子眼儿，只有虎泉生一脸平静。当冯彦天接过扒鸡，仅闻其香已是惊讶无比；待他尝了一口鸡皮，开始泛起泪花；鸡胸肉、鸡腿肉、鸡翅根越品越激动，细细咀嚼竟然泣不成声。围观的百姓不明所以，现场静得可怕。

冯彦天将扒鸡放置桌台，拜了三拜方才止住泪水，开口道："老夫自幼受家父影响，深知鲁菜之精髓，'纯正平和、原汁原味、脆嫩滑爽、清香淡雅'，这十六字诀牢记于心。后经御厨恩师刘灵峰指点，在烹饪界浪得虚名，如今已是古稀之年，别无他求。平生唯一挂齿的'百鸡宴'算得上是老夫代表之作，从而跻身鲁菜经典，自信懂鸡、懂烹饪鸡、懂品评鸡。今日品尝隗寿山所制扒鸡，我感到自己的技艺已经迟暮，后生可畏，后生可畏啊。鲁菜得以在传承中创新，在创新中传承，老夫可以瞑目矣……"

"到底谁赢啦？"

"对啊，到底是谁赢啦？"

现场百姓叽叽喳喳纷纷问道。

冯彦天因过于激动说不出话来，身体颤颤巍巍站立不稳。高裕斗赶紧上前搀扶，老人趁机在其耳边交代了几句。

泉城老饕向百姓们拱了拱手，大声说道："下面，我代表冯老先生宣布比赛结果。隗寿山制作的扒鸡在味道上已然超越了京城的司晨、德禽、翰音、烛夜四大名坊，长隆居自然不是对手。'华夏第一鸡'的称号由隗寿山获得。"

掌声雷动，欢呼声不绝于耳。

郭施亮沮丧至极，阴沉着脸向二楼张望。

"吴掌柜，该下来了吧？"隗寿山朗声喊道。

肥头大耳的吴正跟随两个伙计走下楼来，这位临城郁香斋的大掌柜穿着藏青色西服，不怎么称身，更透着臃肿。他先向冯彦天抱拳施礼，又冲隗寿山冷笑道："鲁菜历史悠久，文化内涵丰厚，深受儒家文化土壤之滋养，长隆居扒鸡运用得天独厚之食材，施以精妙之红扒技艺，独树一帜。遗憾的是强中自有强中手，败给京城烛夜坊的传人隗寿山，我吴某虽败犹荣。"

此话出口，一片哗然。

"想必吴掌柜在翰音坊的老汤和配方上，也下了不少功夫吧？"

"吴某没有你拜师学艺的本事，可有的是钱，窃以为没有钱办不到的事情。"

"我师父的事情你就没有办到吧？"

吴正听到这里，脸色陡变，颤声说道："隗寿山，你什么意思？"

"你这无良小人，当年栽赃我恩师严怀德，拿你的狗命来！"

"放屁！我与你师父素无往来，再胡说八道，别怪我不客气。"

此刻，两人剑拔弩张，一众长隆居的伙计已经围在吴正身边；孙志彬、李义烽一左一右护住隗寿山，郑龙、虎泉生则护着郑彤彤。

就在此时，人群中有人高呼："吴掌柜，认了吧，你就是真正的凶手。"

"你是谁？"

但见此人一瘸一拐地走到跟前，脸上有一块明显的青胎记。

"我就是当年给你当枪使的小川子。"

"小川子？"

"没想到吧，要不是隗大哥救了我，我早成鬼了。"说话间，他从怀中掏出一张泛黄的收据，在吴正面前晃了晃，"看清楚，这上面有你的签字，也有我的签字。"

吴正此时喘息加重，汗流浃背，事已至此，百口难辩。

"各位父老乡亲，四年前就是他指使小川子用烛夜坊扒鸡毒死了军机章京霍武，而后嫁祸我的恩师严怀德，致使老人含冤去世。此仇不报，不共戴天。吕警长，还不叫人拿下！"

埋伏在人群中的警察一拥而上。

"隗寿山，你敢算计老子。"吴正青筋暴起，怒目圆睁，"小川子，你这个王八羔子，居然用假收据糊弄爷儿们，当心天打雷轰。"

"天打雷轰的是你，收据是真是假自有定论，人证物证俱在，我要替死去的恩师讨回公道。"隗寿山义正词严。

"押回去，好生审问。"随着警长吕娄酆的一声喝令，吴正的气焰瞬间被浇灭。

吕娄酆向隗寿山拱拱手："这小川子作为证人也要跟我们走一趟，寿山兄今天双喜临门，可喜可贺。"说着话，露出一对明晃晃的大金牙。

此刻，五花大绑、颜面扫地的吴正在众目睽睽之下被押送隗家庄警察所，犹如一只斗败的公鸡彻底没了精气神。

隗寿山从早已备好的包袱中取出父亲隗自仁与师父严怀德的牌位，恭恭敬敬地摆在放有扒鸡的桌台上，而后仰望苍天，泪如泉涌，扑通一声，双膝跪地。

"爹，最好吃的扒鸡儿子做出来了，接下来我要让全天下的人都能吃得起，买得到。"

三个响头磕完，隗寿山将目光转向严爷的牌位，动情说道："师父，您的真神显圣，今日大仇得报，徒儿填了一首词告慰您的在天之灵。"

南依泰山，北跨黄河，古城济南。看趵突腾空，千佛胜境，人文荟萃，商贸繁盛，物华天宝，气象万千，厚德载物代代传。只身闯，京城烛夜坊，绝世百年。五十三志未酬。

唯匠心，历尽酸甜苦辣咸。从九大工坊，三绝八扒，潜心静心，恒心良心，不畏辛劳，志存高远，技艺归根命中缘。怀师恩，华夏第一鸡，今朝得愿。

诵之完毕，隗寿山长跪不起，围观百姓无不动容。

冯彦天来到近前，劝道："后生，莫要伤心啦，你的心意上苍看得明白，老夫送你一份厚礼。裕斗，笔墨伺候。"

说话间，泉城老饕高裕斗捧出笔墨纸砚，恭敬说道："冯老，请。"

在孙志彬、李义烽的搀扶下，隗寿山站起身来，控制住自己的情绪，凝神观看。但见冯彦天将宣纸铺展开来，提笔在手，饱蘸浓墨，群鸿戏海，舞鹤游天。

"华夏第一鸡"落纸如云烟。

次日上午，隗寿山给远在京城的汪子华拍去电报，说严师的大仇得报，请大哥放心，万望保重。

一周后，隗寿山梦见了仁爷。

梦里仁爷显然知道"华夏第一鸡"宣告出炉，夸奖儿子手艺超群的同时，还唠叨着隗家扒鸡当年的风光，那铺子里有他仅存的念想。

"难道这是爹给咱托梦，让咱们重回隗家院子？"

"人人都做梦，我觉得梦就是一种愿望、一种理想的原动力。"郑彤彤回答着，思忖道，"爹的意思是让你戒骄戒躁，回到起点，从头再来。"

隗寿山一边踱着步，一边喃喃道："戒骄戒躁，回到起点，从头再来。说得好，我这就去打听打听咱家的老院子。"

麟翔街的隗家院子几易其主，现在的房主是一年前从浙江绍兴来的酒商，因代理的传统名酒女儿红在隗家庄有些水土不服、销路不畅，正想盘出。隗寿山心中暗叹"此乃天意"，真应了佛家一句话：去留由天，一切随缘，得之坦然，失之淡然。

当重新回到青砖铺地的自家庭院，那熟悉的杨树、石榴树仿佛向隗寿山绽放出久违的笑意，璀璨、浓烈。身旁的郑彤彤同样心潮澎湃，崭新的生活扑面而来。

五虎将扒鸡铺择吉日开业，隗寿山专门从上海定做了门口摆放的霓虹灯，晚间甚是醒目。铺里招了两个伙计，一个叫展荃，另一个叫高陵。由隗寿山手把手传授扒鸡制作技艺，郑彤彤平日里张罗着记账，甭提多认真了。隗寿山还让孙志彬帮忙设计了油纸包装袋,上面印有自己的头像。最具新意的宣传是在小广寒电影院做了幻灯广告:一个伙计手托一只热气腾腾的扒鸡,而后热气变成字——济南扒鸡哪家好,隗家庄五虎将。

"五虎将"甫一上市,因味道绝佳、价格实惠,供不应求。每天早上排队挨号购买扒鸡的百姓长达五十米,一时间名声大噪。

隗寿山交代伙计,生意再忙也要每周三上午,雷打不动地将刚出锅的扒鸡送往虎泉生、高裕斗、孙志彬、李义烽家中。周末,会与妻子一起捎上扒鸡前往仁风镇看望老丈人。

且说这天,隗寿山许久未见孙志彬,心中挂念,亲自备了扒鸡来到树德里。一进门却看到孙志彬躺在床上,面色发青,身形消瘦,没了往日的精神头。

"孩子,你爹这是咋啦?"

孙灵眼圈一红,欲言又止。

一旁的孙秀喊道:"爹,俺寿山叔来看你了。"

昏昏欲睡的孙志彬挣扎着从床上坐起来,招呼道:"灵啊,还不赶快给你叔沏茶。"

"老哥哥,你这身体不得劲儿?"隗寿山问道。

"就是累了,我能有啥事儿?想吃你的扒鸡喽。"孙志彬强打精神,开起玩笑。

隗寿山将油纸包装袋打开。

"给你画的头像还满意不?"

"'五虎将'卖得这么好,全都指望这包装哩!"

"当了大掌柜，就是会说话。"

随着隗寿山将包裹的荷叶去掉，金黄色、油光发亮的扒鸡异香扑鼻。

"我呀，就爱吃鸡脯肉。"孙志彬夸张地撕开乳白色的鸡肉，放在嘴里使劲咀嚼起来。突然，他捂着右上腹，双眉紧蹙，细密的汗珠爬满鼻尖。刚刚吃下的东西呕吐出来，喷到了隗寿山身上。

"这到底是咋啦？"

正准备给隗寿山端茶的孙灵着急上前，用湿毛巾擦拭着隗寿山衣服上的呕吐物。她给妹妹递了个眼色，隗寿山看得明白。

孙秀小声嘟囔着，将孙志彬安顿到床上。

"寿山哪，没事儿，歇两天就好了，两个女孩子演戏不能没有主心骨啊。"孙志彬忍着腹痛安慰道。

"老哥哥，我这俩侄女那是巾帼不让须眉，有当年穆桂英、樊梨花的风采，你就别操心喽。"

孙志彬平躺着，脑子里就像过电影，水浒、三国、瓦岗、大明，还有狄青，那一个个驰骋疆场的五虎英雄次第闪过，继而瞬间消失。不知为什么，他感到死亡在向自己逼近。虽然孩子们不曾向他透露真实的病情，但他猜到了结局，等候着生命最后一刻的到来。

隗寿山从姐妹俩口中得知，孙志彬已是肝癌晚期。

就在袁世凯任命张武弨为济镇将军，署理山东军务后不久，隗家庄传遍了一个惊人的消息：茄二暴亡。尸体倒悬树干，肠子流出缠绕脖颈，双眼被挖，耳朵被割，赤身裸体。

隗家庄从道光年间自发形成以来，就没发生过如此惨烈的命案，这警察断案就像没头的苍蝇瞎撞乱窜，吕娄酆更是热锅上的蚂蚁，毫无头绪。恰在此时，隗家庄新任保长贺子壮从晋中老家返济，不久前他刚刚接替了年迈多病的钱保长，与他一同前来的还有在外新讨的三姨太。

年近六旬的贺子壮看上去城府颇深，两撇八字胡，虎虎有神，兵荒马乱的年月，这保长也不是好干的。此刻他正与三姨太在警长吕娄酆的陪同下勘验茄二死亡现场，围观人群中碰巧有出门采买花生油的隗寿山。

远远望去，吕娄酆不停与贺保长耳语，隗家庄的百姓深知这二位都是贪图钱财的主儿。站在一旁的三姨太始终直勾勾盯着茄二的尸身，露出阴郁诡谲的神情。但见这位风姿绰约的三姨太身穿宝蓝花绸羊皮袍，外罩青缎马褂，头发梳得乌光，衬出雪白容颜，那猩红的嘴唇上叼着老刀牌香烟。

隗寿山愣住了，不觉眼光迷离，脑海里浮现出一张年轻的鹅蛋脸，透着红晕的丰润脸腮，黑白分明的眼珠，像出水荷花般清纯动人。

"姐，姐！"隗寿山高声呼喊着，身子向前挤去。

周边的百姓听见喊声，自觉闪出一条道路。

"这不是寿山兄嘛，谁是你姐？"吕娄酆问道。

三姨太看着眼前的隗寿山，叼烟的嘴唇哆嗦着，眼中随着心的悸动泛起一丝不被人察觉的悲喜。她定定神说道："寿山，你还好吧？"

"姐，十年了，我等了你十年！"隗寿山潸然泪下，上前攥住姐姐的双手。

烛花慢慢将双手抽出，并没有正视弟弟的眼睛，而是狠狠剜了一眼茄二的尸身。她似乎把整个灵魂完全放弃之后，才得到这次落叶归根的机会，只要不是肉体与心灵一起融化，仅存的仇恨定会抚平昔日的荒凉。

隗寿山一时没了反应，不知姐姐怎会变成这副模样，她的眼神落寞中透出隐隐杀气。

"你就是寿山兄弟吧？"贺子壮说道，"我与你姐昨日才从晋中回来，正想去寻你，回头定设家宴款待兄弟，让你们姐弟俩好好叙叙旧。"

烛花将手中的烟屁股丢掉，心情复杂地望了一眼弟弟，沉稳中略带阴郁地问道："几时从京城回来的？住在哪里？"

"有五年了，就在咱隗家院子。"

"这么说，你的扒鸡铺开张啦？"

"开张了，卖得还不错。"

烛花听后，嘴角微微翘起，挤出一丝笑容。

说来奇怪，隗寿山激动的心情瞬间归于平静，同样变得复杂起来。在这之前，他设想了十余种姐弟重逢的场景，或抱头痛哭，或肝肠寸断，或喜极而泣，然而命运的安排竟是这般，不禁想起甜真师太那句话：接受现实，包容一切，方能心静。

得知十年不见的姐弟今日重逢，郑彤彤满心高兴，因大姑姐又是新任保长的女人，甭管是几姨太，总归有个照应。可隗寿山却像一只跌入冰窖里的雪兔，既不吭也不响，仿佛在等待着什么。

一周了，迟迟未见贺府邀请，姐姐烛花也不曾来访，隗寿山心中打起鼓来。这天上午，他正与妻子商量是否去贺府走上一趟，新任保长贺子壮偏巧出现在隗家院子。

"寿山兄弟，最近生意可好？"

"我姐呢？她咋没来？"

"噢，这两天她身子不舒服，让我问你好。"

"我姐……我姐她没事吧？"隗寿山心头一紧。

"没事，老毛病了，偏头疼。"

"保长找我有事？"

"奉张武邙将军之命，自今天起你的铺子需在三日内交出三千只扒鸡，用来犒劳参战官兵。若到期交不上，咱整个庄子都跟着受牵连，到时就要抓壮丁，还要筹措二十万龙洋补给军费。"

"张武邙将军？他的部队现在哪里？"

"就在隗家庄二十里外扎营。"

"三天时间，这不可能啊！三千只扒鸡如何做得出？"

"兄弟，我也是被逼的，要说咱这关系，能保一定保，可张将军的部队三天后启程廊坊，点名要吃'五虎将'扒鸡。这年月山头林立，多有混战，到处抓兵；抓一处，一处的百姓就跟着遭殃。"

"既然冲我来，何必这样兴师动众？恳请放过庄里的男劳力,军费增加一倍由我一人来出。"隗寿山愤然说道。

"张将军说扒鸡和龙洋一样都不能少,后天子时派兵来取。"

"保长还有没有其他办法?"隗寿山转口又问。

"将军说了,只要你交出'五虎将'扒鸡的制作工艺、老汤和配方,就可以免除这道军令。"

隗寿山心中猜出了大概,愤愤说道:"身为隗家庄的父母官,难道保长就眼睁睁地看着百姓惨遭涂炭?"

"眼下战事吃紧,作为保长我更要带头征兵,若完不成任务,我自己也要被抓去充军,胳膊拧不过大腿嘛!"

"那你就给张将军回一声,到时让他来取扒鸡。"隗寿山斩钉截铁道。

"兄弟啊,你可想好喽,三千只扒鸡哪!我倒觉得你还是把'五虎将'交出来稳妥,别成了隗家庄的千古罪人。"

"这么说,姐夫是为我好喽?"

"不光是我……"贺子壮欲言又止。

拾伍 我本善良

送走贺子壮,隗寿山越想越不对劲儿,半个时辰后他来到同兴里的贺府。同兴里是隗家庄乃至古城最豪华的里分之一,这条小巷住着大商人、律师、银号经理、中学校长等知名人士。贺府的大门两侧各有一根短小的西洋爱奥尼克柱子,柱上支撑着传统的山墙墀头,两扇带有垂花柱罩的中国传统黑漆木门显得高贵肃穆。隗寿山上前叫门,门子听闻是三姨太的弟弟求见很是客气,遂说道:"隗爷,您来得不巧,老爷与太太刚刚前往火车站,说是去天津,走时啥也没有交代。"隗寿山只得作罢,急匆匆赶往高裕斗家,他留意到街上大肆张贴着缉拿杀害茄二凶手的告示,警察所悬赏五百龙洋寻找提供有价值线索者。

百花洲曲水亭街,泉声水韵中,济南人脱去了北方的"彪悍之气",趋于平和自足,面对城外惊天动地的激变,刀兵相交的野蛮,显得敦厚木讷,缺乏应对时局的准备与前瞻。

听罢隗寿山一番叙述,高裕斗皱起眉头,叹道:"烛花十年未见,咋刚回来就发生了这么大的事,关键是躲你不见,这里面定有缘故。"

"高叔,顾不得许多,接下来咱该咋办?"

"这事儿'秃子头上的虱子——明摆着',贺子壮惦记上了你的'五虎将'。"

"我总觉得姐姐肯嫁他,怕是有苦衷。"

"唉,俗话说'不是一家人,不进一家门',烛花不是以前的烛花喽。"高裕斗思忖着,默默起身踱着步。

魏翠花给叔侄二人斟上莲心茶,低声说道:"咱隗家庄自道光年间建成到现在已经快百年,这中间出过仁爷那样的大善人,有你虎叔那样的实诚人,还有孙志彬先生那样的知礼人。一个保长如果心里没装着百姓,那就不是咱隗家庄的人。"

"婶子的意思是?"

"'五虎将'是老祖宗传下来的东西,一根鸡毛他也甭想得到。"魏翠花恨恨说道。

"你婶子说得对,现在要马上发动全庄的人做扒鸡,与其外求,不如自救。眼下你铺子里有多少鸡能派上用场?"

"白条鸡二百只左右,现成的有一百多只。这两千七的缺口,现在去庙口养鸡场已经迟了。"

"这好办,南山有两个规模挺大的养鸡场,熟得很,庄里的馆子我也熟,这就组织人手跟着我去南山进鸡、杀鸡、盘鸡，顺利的话，明天傍晚送到庄里。"

"太好了，高叔。"

"对了，配料还够不？"

"上周从泉州邮来的配料没用多少，蜂蜜也用不多，足够了。"

"让彤彤跑一趟蜂场，把你丈人叫来帮忙。"

"知道了，我觉得咱得根据扒鸡的制作流程进行有效分工，否则限定时间内根本完不成任务。"

高裕斗抿了一口莲心茶，思忖道："隗家庄两千多百姓，大约六百户人家。我琢磨着，上色、油炸可以在百姓自家进行，但一定要搭配好足量的蜂蜜与花生油。然后，焖煮要统一行动，就在隗轩阁广场，把聚拢来的炸鸡放到备好的大锅里，老汤和配料咱自己掌握。煮锅一定要大，数量一定要足，光这焖煮环节就要三个时辰，所以从现在开始就得跟时间赛跑。"

"花生油前会子买了一些，我再去添，可这么多大锅到哪里淘换呢？"

"这事儿让你虎叔想办法，庄里的馆子他了解得最透，不过肯定凑不够，其余的我找冯老从庄外的馆子淘换。放心，庄外不是还有几家扒鸡铺子嘛。"

"我担心一个环节，蜜水上色。这水与蜂蜜的比例很难把握，百姓手上没数。"

"这样吧，我多找些人手，带着蜂蜜去鸡场，在那里统一完工。"

"只能这样了，我的伙计高陵上色没问题，跟你一起去。

高叔，你给个时间。"

"明天子时前让百姓们在隗轩阁广场等着，你把油提前备好。"

"没问题。"

"通知你的铁匠朋友，让他赶过来。把孙先生也喊上，总得有个干活打气的。事不宜迟，我这就找人去南山，咱分头行动。"

"孙大哥的身体……"

高裕斗面露悲伤，缓缓道："一周前去看过他，情况很不好，恐怕就这两天了；当时孙灵跟我说了她的想法，我帮了忙，前天姐儿俩还来家里。这么大的事儿由着他吧，不留遗憾。"

"对了高叔，我从家里带了钱来，这次要豁出去了。"隗寿山解开包袱，里面龙洋尽现。

"我还有些积蓄，是时候用了。"

"高叔，哪能用你的钱。"

"甭劝我，这不是你一个人的事。"

"关键是咱怎样才能把庄里的百姓发动起来呢？"

"我有个主意，不过要多花些银钱。"

离开高裕斗的家，隗寿山直奔警察所找到了吕娄酆，说有一个关于"茄二案件"的重要线索需要单独汇报……

这天的天气说来也怪，下午骤然浓雾弥漫，百年不遇。浮尘般的雾粒凝结着，铺盖着，形成一层缀网，五步之外不见人影。恰在此时，隗轩阁广场的巨钟骤然响起。"当当当!""当当当!"巨大的声响直灌耳蜗。

"隗轩阁咋下午敲钟了?难道出大事啦?"熏鱼铺的卢大娘问老伴。

卢大爷没说话,抿了一口用黑虎泉水泡的莲心茶,默默地听着钟声。他想着庄里每逢宣布大事前,照例都要在街头张贴告示,而且每次都是巳时三刻敲钟,这回肯定是临时召集开会。

"我看哪,八成与茄二的案子有关,你没见这满大街都是缉拿茄二凶手的告示。"

"走吧老头子,咱们去看看。茄二这孩子打小就是个孬种,上辈子他妈造了孽,托生出这么个贼羔子,这就是报应。"

"杀他的人是替天行道。"卢大爷黑着脸跟了一句。

到了广场,已是乌泱乌泱的人,拥挤不堪。

不出卢大爷所料,还真是警长吕娄酆传达精神,强调的内容与告示上写的没啥两样,满广场的百姓跟着重温了一遍提供杀人凶手线索的重要性。人们打哈欠的打哈欠,不耐烦的不耐烦,想拍拍屁股走人的做着准备。

就在此刻,突然云消雾散,太阳出来了,从高高的隗轩阁背后斜射到宽阔的广场上。人们看得清楚,吕娄酆的身旁出现了一个人。

"诸位乡亲,我身边这位就是给咱庄里清淤通渠、创办育婴堂、修建隗家祠堂的隗寿山隗大善人,五虎将扒鸡铺的掌柜。下面有请隗掌柜代表贺保长给大家讲几句,大家欢迎。"

吕娄酆带头鼓着掌,对于他来讲,没有给钱办不成的事儿。

"我再插一嘴，贺保长今天出差天津时特意嘱咐我，要大伙儿多听隗掌柜的话，有事一起扛，有难一起当。"

现场鸦雀无声，隗寿山的发言掷地有声。

隗家庄的百姓不会忘记这片曾经灯火辉煌的广场，每年的二月二庙会踩高跷的艺人们，扮仙的、扮鬼的、扮鳖精的、扮哪吒的、扮孙悟空的，各路艺班齐聚一堂。那舞动的"长龙"，游过临时搭设的摊市，游进隗家庄大街，游到哪儿，哪儿就响起震耳欲聋的鞭炮声。这里是快乐的起点，是祥和的原点。百姓们听完隗寿山的讲述，知道眼下的广场将面临巨大不安。和平与动荡，欢乐与哀愁，笑声与腥风之间的界限，就在这三天做出三千只扒鸡的任务上，隗家庄的百姓发出惊人的吼声。

"我们不要充军！"

"打倒土匪军阀！"

"支持隗寿山，保卫隗家庄！"

隗寿山看着群情鼎沸的百姓，知道事情开了个好头。冥冥中，唤起了自己救民拯世的决心，义无反顾，死而后已。他当即趁热打铁，把与高裕斗商量的推进计划和盘托出。现场的百姓听得真切，明日子时各家派两名代表在隗轩阁广场集合，统一领取白条鸡与花生油。

"俺们啥时候交上炸好的鸡？"

"对啊，对啊！"

百姓们七嘴八舌地问道。

"时间紧迫，有人会在广场上值班，一直等到两千七百只炸鸡全都交上。"隗寿山答道。

"俺们不光要交炸鸡,还要帮着煮鸡,人多力量大嘛!"

"对,只要大锅到了位,大家宁肯不睡觉!"

"就这三天,齐心协力!"

隗寿山望着百姓们,朗声说道:"我这人是个硬骨头,不然扒鸡的招牌不会叫'五虎将'。眼下正逢乱世,人们都说'生死有命、富贵在天',而我认为应该是'天要我死我不得不死,你要我死我偏要我活',我就不信乌云一辈子遮住太阳,老实人一辈子翻不了身!各位老少爷们、大娘大嫂,是时候保卫咱隗家庄了。我隗寿山给大家作揖啦!"

随着人潮退去,虎泉生与孙志彬出现在隗寿山眼前。

"虎叔、老哥哥,正想去找你们。"

孙志彬是在孙灵、孙秀的搀扶下参加集会的,已是四肢纤细,皮包骨头,肚大如鼓,但他一脸从容,目光如炬。

"爹说下午敲钟必出大事,无论如何让我们把他架来。"孙灵说道。

隗寿山听罢,险些掉下泪来。

"兄弟,趁我没死,干活时还能唱两出!"

次日戌时,"蜂魔"郑龙在女儿郑彤彤的陪伴下,与养蜂工们一起押送着载有花生油的马车出现在隗轩阁广场;"疯子"李义烽及一众铁匠运来了三十余口锃光瓦亮的章丘大铁锅;"独眼匠人"孙志彬父女、隗寿山及伙计展荃陆续赶到;"千味之王"虎泉生率领着隗家庄及邻庄的近百名厨师,用马车载着三十六口大锅、七十二口小锅抵达广场。

起风了,阵阵凉意袭来,人们开始忙着有序卸锅。三十六口大锅分为六组,七十二口小锅分成八组,章丘铁锅则独立编队,分别由手艺最好的大厨担任焖煮组长。

风箱哎,它呼呼吹过哎,
南北西东哟;
炉火哎,它熊熊燃烧哎,
百炼成钢哟;
铁锤哎,叮咚叮咚哎,
收获四季哟;
铁匠哎,吆喝声声哎,
壮士之歌哟;
人生哎,平平安安哎,
刚强执着哟。
唱给我的女人听哎,
咋就爱不够哟!

此刻,李义烽敞开了胸襟,扯开了嗓门,一首豪情冲天的歌谣喷发而出,他不禁想起了与胡四海、边琴跑铁的时光,想起了那碗由胡老爹亲手下的郑州烩面。众铁匠应和着,歌声仿佛要穿越城池,飞入云端。

生活是清苦的、艰辛的,又是浓烈的、繁杂的,但古城济南人用全部的胆识与激情,迎接着未知,抵抗着强权,化解着灾难。它是那样稳实，像一粒粒种子根植在这片深厚的土壤里，相信终有一天会收获真正的太平。

临近子时，火把照亮整个广场，百姓们从四面八方聚拢过来，隗寿山、虎泉生带领着一部分人维持着秩序。郑龙、李义烽则率人将早已准备好的一壶壶花生油从马车上卸下，运送到位。

孙志彬在孙灵、孙秀的搀扶下，远远看到一溜马车狂奔而来，兴奋地喊道："咱们的大功臣到了！"

泉城老饕高裕斗一马当先，紧跟其后的是五虎将扒鸡铺的伙计高陵，再往后是数十名饭店厨师及杂役，押着由二十辆马车载着的两千七百只已经蜜水上色的白条鸡，渐行渐近。

此时的隗轩阁广场亮如白昼，人们排成了十溜长队等待着领取鸡与油。

高裕斗率领的人马从杀鸡、盘鸡再到上色，直至送鸡回来，中间没有一刻歇息。

"孙先生，身体扛得住吗？"高裕斗关心地问。

"放心吧裕斗兄，大伙儿都等着你开工呢。"

"好，开工。"

后来，隗家庄的许多百姓回忆道：那是一个充满奇迹的夜晚，载入史册的夜晚。六百户居民近乎同时将白条鸡放进油锅，灶火冒着烟，嗞啦滋啦，噼噼啪啪，一股股充满炸鸡的香味，近乎浓烈的、金黄的、波光粼粼的体验，十分美妙地显示出来。而一只只炸鸡被放入已经配好老汤和料包的大锅、小锅时，焖煮过程散发出的异香，将整个庄子弥漫，这种难以用文字形容的香味，可以注入骨髓，浸入人心。人们从而感到极大的满足，这不是在自家屋里油炸时感到的醉心满足，而是意识到将自己的力量贡献出来，汇聚成巨大的威力所产生的一种骄傲和激进的满足，那是胜利者的愉悦。

这种焖煮的香味持续了很久，一直持续到后天晚上。

隗寿山、虎泉生、郑龙、李义烽指挥着焖煮团队始终处于亢奋阶段，大锅、小锅轮流焖煮，分分秒秒不敢懈怠。高裕斗早已回家休息，孙志彬的身体已经不允许再开口唱戏，仅仅撑过了次日深夜，便在女儿的搀扶下回去了。

距离交付三千只扒鸡的时间尚有一个时辰，高陵与展荃从自家扒鸡铺运来三百只成鸡，与即将收官的两千七百只一起完成最后的清点。

隗寿山站在广场中央，微笑着。郑彤彤在一旁看着深爱的丈夫，她感觉丈夫的笑容并不是笑容，而是近乎宽容的苦笑，嘲讽似的苦笑，他显示出自己得之不易的胜利和完全彻底的憎恨。

就在此刻，孙志彬在高裕斗、孙灵、孙秀的陪伴下再次出现在广场。

经过鱼油打磨，变得挺括透亮的白幕被架起来。

皮影灯高高挂起，灯亮了。

孙灵站在白幕后，皮影大戏即将开演。

一旁的孙秀将乐器演奏得铿锵有力。

极度虚弱的孙志彬第一次作为观众，在台下观看演出。

搀扶着他的高裕斗已是泣不成声。

济南五虎炸开了天，
各位客官听我言。
千味之王虎泉生，
苦儿流浪盼归程；
万里泉州扬威名，
信字当头破长空；
蜂魔郑龙出深山，
与蜂共舞数十年；
古来痴人皆寂寞，
唯有智者留其名；
独眼匠人孙志彬，
身残志坚心为魂；
拳拳在念五虎匠，
彬彬有礼皮影王。
疯子铁匠李义烽，
倾注绝技铸椎成；
恩怨分明爱不朽，
英雄本色义千秋；
烛夜后人隗寿山，
背井离乡学真传；
终圆第一扒鸡梦，
仁者无敌功必成。
古有五虎秋点兵，
彰显忠孝勇慧毅；

今有五虎广场兴，

再现仁义礼智信；

将与匠者皆英雄，

青史镌刻日月星。

百姓们从来没有看过这样新鲜的皮影戏，既没有帝王将相，也不是才子佳人，平凡人物生动鲜活的传奇跃上白幕，"匠人可以活成英雄，英雄就在百姓身边"。

看着孙灵荡气回肠的表演，孙志彬倍感欣慰，他用微弱的声音问高裕斗："这戏词不是我教的……我想是出自先生之手吧？皮影人刻得可真像……孩子们用心了。只是不知道这出戏……叫啥名？"

"《五虎匠》，匠人的'匠'。"高裕斗颤声说道。

孙志彬点点头，仿若完成了自己的心愿，安心闭上眼睛，他感到了疲惫，昏昏欲睡，就像一粒砂子飘入海底，最轻柔的风吹起他的身躯。他在空中看见亲爱的凤倩，用粗布替他遮住骄阳；哭瞎双眼的娘，抚摸着他的脸颊；还有阳光下沙漠里的石墙、石柱；耳边传来熟悉的驼铃声……他的眼皮越来越沉重，双腿已无力站住，紧紧咬住嘴唇，用最后的执着望向影台。

"爹，我们表演得咋样？"孙灵、孙秀含泪问道。

"这几个皮影人……手臂……手臂稍稍……短了一些，要再长一点，更方便……做动作，表演……会更逼真……"

不远处，传来隗寿山激动的声音："各位父老乡亲、兄弟们，咱们的三千只扒鸡终于完工了！大伙儿辛苦啦！"

就在一片欢呼声中，"独眼匠人"孙志彬溘然长逝。

就在准时上交三千只扒鸡后的第二天，贺子壮夫妇自天津返回济南，他们来去匆忙是因为给贺子壮的表哥奔丧。得知实情后，他们感到不可思议，不可能发生的事情发生了，不可能完成的任务完成了，这样漂亮的计划咋就泡了汤？

孙志彬的葬礼是在隗轩阁广场举行的，庄里的百姓几乎家家有人参加，这是隗家庄历史上首次对一个匠人如此厚待。从筹备到结束，隗寿山耗费了财力与心力。

送走孙志彬，隗寿山彻夜难眠，他感到冥冥中有一张巨大的网被人布着，束缚住手足，生命的血肉与经验顷刻间变得无足轻重，葬送亲情的同时，也断送了人性。

隗寿山再次前往贺府……

冬日的一天，郑彤彤去了龙桑蜂场，隗寿山在家中静静等待着烛花的到来。他精心烧制了一桌传统鲁菜，都是姐姐爱吃的：爆三样、醋烹带鱼、豆腐箱子，还有五香甜沫，当然少不了五虎将扒鸡。他还特意准备了一瓶白龙泉高粱烧。

酉时刚过，烛花悄然现身。

她站立院中，两眼失神地望着周遭的景象，寒风自檐瓦间呼啸而来，雪花像醉汉般摇摆着，仿若要吞噬世间的一切。

"姐，进屋吧。"

烛花上身穿马鞍领黑绒夹袄，下身着湖水色绸裙，显得身材修长，内敛低调。

她坐到沙发上，点燃一支烟，猛吸了几口，险些呛着，脸色愈发苍白。

"姐，喝茶。"隗寿山将莲心茶给烛花斟上。

"你媳妇呢？"

"回娘家了。"

"我知道你老丈人是个养蜂的，说起来，那活儿不是人干的。"

"姐，这么多年，你到底经历了什么？"

"我好得很。"烛花直愣愣盯着手中的茶杯，眼中泛起一丝不被察觉的恨意。

"我在元絮河的玉溪桥上听到过你唱歌，十年来我无时无刻不在找你。"

"那有什么用，一切都晚了。"烛花吐了口烟圈，烟雾升腾叫人有种飘忽感。

"姐，我知道你心里难受。咱先吃饭，都是你爱吃的。"

烛花犹豫地看了一眼弟弟，把烟屁股狠狠踩在脚下。

"这顿饭我盼了好久，真应该谢谢你，亲爱的弟弟。"

"姐，你说的啥话，俺不懂。"

"那你懂什么？你懂柴珏用毒品毁了我吗？你懂在妓院里被下三烂强暴的绝望与呐喊吗？你懂那些赤裸裸的凶汉喷着酒臭带着狞笑把人糟蹋得痛不欲生吗？你懂被禽兽不如的父子变态蹂躏后生不如死吗？你懂搭救了你的军官把你玩够了抛弃你吗？你懂在丝弦弹唱的酒席上被人像畜生一样买卖吗？你不懂，你什么都不懂！我隗烛花就是一个婊子，一个千人唾万人上的婊子！"

"姐，你别说了。我早就提醒过你，柴珏那人不能信。"

烛花夹烟的指尖微微颤抖了一下，大声说道："要不是柴珏，我就被那个人渣强暴了。"

"谁？"

"茄二。他已经死了，老娘就是要让他死无葬身之地。"烛花紧咬银牙，面目狰狞。

隗寿山精神恍惚起来，眼前的人到底是不是十年未见的姐姐？

烛花拿起酒壶，给自己倒满盅，仰脖饮下。

隗寿山说道："姐，咱爹说过，做人一辈子不能丢了仁德。"

"你不配提爹，你不配。"烛花再一次喝干杯中酒。

"姐，你看着我，你不能这么对我。"

"你就是一个杀人犯，是你十年前杀了爹，是你！"烛花歇斯底里地咆哮着。

隗寿山呆若木鸡。

"十年前，检验吏尸检后，在爹的中指末节发现一段白色划痕，那是蛇的毒牙留下的。酒席上，当爹听到六岁的圆圆提到郁香斋，情绪激动加上酒精的作用导致血液循环加快，蛇毒瞬间入侵内脏，这才当场倒下。要不是你忘了剁掉蛇头，爹就不会死。"

隗寿山喃喃道："是的，是的，剥完蛇皮，爹是让我剁头来着，可我忘了，我忘了。"隗寿山红了眼圈。

"隗寿山，就是你杀了爹，你是一个杀人凶手！"

"那你当时为什么不告诉我，为什么？"隗寿山也给自己斟上了白龙泉。

"因为我恨你，恨爹，恨这个家！从小没娘对一个女孩子来讲就是最大的不幸，我想穿什么，做什么，长大干什么，你们谁知道？谁了解？在你们眼中，无非就是一个安分守己、无才便是德的愚蠢女子罢了，你们从来没有关心过我。娘，娘啊。我想你啊，你睁睁眼吧！"烛花声泪俱下，顿足捶胸，长发四散。

"姐，你想错了。"

"想错了？哼，爹就是重男轻女，把你培养成高才生，所有亲朋好友都夸你一表人才，而我早早被打发成一个整天干累活儿的绣工。我把自己喜欢烹饪的想法深埋在心，看到爹让你跟着虎叔学艺，我的心在滴血。这些你们知道吗？我现在沦落到人不是人、鬼不是鬼的地步，也是你们造成的。我恨你们，恨你们！"烛花咬牙切齿，深恶痛绝。

"姐，你埋怨我可以，但不能误解爹。"隗寿山将杯中酒一饮而尽。

"误解？你知道一个患有抑郁症的人是什么感受吗？成宿成宿睡不着觉；每天有人在我耳边嘀咕；深陷黑暗中无尽的孤独；所有人都可以成为我的主宰；我的身心可以接受任何人的宰割。这是命，这是我的贱命！"

"所以你让贺子壮杀了茄二？这三千只鸡的主意也是你出的吧？"

烛花轻蔑地看了一眼弟弟："是又怎样？我是为爹报仇，

因为茄二该死,你也该死。贺子壮怎么啦,比你强百倍!是他从老鸨手里赎了我,否则我会被卖到乡下去做童养媳。这就是贱命,贱命啊!"烛花抱头痛哭。

隗寿山眼泪滴滴落,将甜沫端到姐姐面前,轻轻唤道:"姐,姐啊,是我的错,弟弟对不起你,你就喝一口吧。"说着,从怀中掏出一封泛黄的信笺,"这是爹留给咱们的信,你自己看吧。"

烛花停止了哭泣,快速打开信笺。

烛花、寿山:

你们现在读到的是爹最后的文字,我想先谈谈对人生的一点看法。

爹活了五十多年,感到自己像一个戏子,每一个生活阶段扮演着不同的角色。我不停地在创造它们,为了这创造却丢掉了自我。但我始终没有忘记我是一个匠人,在演出不同剧目时,我的理想从未迷失。希望你们好好揣摩"活着干,死了算"的真正含义。

我与济梅结婚后,三年内有了你们姐弟,第五年的秋天,她得了一种怪病:突然感到全身无力,手不能提东西,蹲下去就站不起来,往后气息不足、吞咽困难,没多久就去世了。爹的心在那个时候就已经死了,这也是我无法再给你们姐弟找娘亲的原因,心死比人死更痛苦。

后来,我认识了美国医生保罗,寿山生病时爹带着他去找这位医生看过病,他所在的医院是美国教会开办的华美医院，我就是从他口中知道了这是个啥病。这个病是1895年由德国医师乔利在柏林学会的一次会议中首次命名的，叫"重症肌无力假性麻痹"。他告诉我这个病会遗传，而且没有特效药，无法治愈。当时我的头就炸裂了，它意味着我的孩子将来逃不出病魔的手掌，不定哪一天，老天爷就会把我的骨血收走。

我暗自发誓，要想尽一切办法，让我的孩子摆脱不幸的命运。大约过了一周，保罗就给我亮出了美国沃德安斯医学研究机构研究员的身份，并说他的学术课题就是《治愈肌无力病的特效药物研究》。我喜出望外，庆幸事情有了转机，而后就一心一意地等待着他将这种救命药研制成功。

可后来，保罗提出手头的研究经费不足，问我是否愿意资助，我压根没做考虑就答应了。他正是利用了我救人心切的心理，彻底欺骗了我。这种药其实根本无法研制出，他只是想从我这里骗取钱财。保罗谎称研制特效药物的费用消耗巨大，一次次骗取我的信任，一次次向我要钱。我狠下心到地下赌场参与赌博，结果赌债高筑，无奈之下，我向久道商行借了六十万龙洋的巨款填上了窟窿。就在此时，保罗在给病人做手术时出了医疗事故，直接导致病人死在了手术台上，他像一只丧家狗卷着铺盖回了纽约老家。这个该死的骗子，都怪爹有眼无珠昏了头，我诅咒他将来下地狱。

眼看日子一天天过去，这么多钱已无力偿还，爹心急如焚。万念俱灰中，爹购买了德恒洋行代理的加拿大永明人寿公司的寿险，暗下决心，只要找到机会就结束自己的生命。

爹走了，你们千万不要难过，因为路是自己选择的。为了"把最好吃的扒鸡让天下人都能吃到"我不后悔；为了"让我的孩子摆脱病痛的折磨"我也不后悔，爹死而无憾。

我平生信奉的是"仁""义"二字，庄里的人都叫我仁爷，没有人知道在我心中"义"字更重。我这辈子最敬佩的一个人是我的扒鸡师父颜伟，他不光传给了我手艺，还教会我怎样做人。当年师娘嫁给师父后，说要振兴外曾祖父王小渔的厨艺，坚决不让师父再染指扒鸡行当。师父那段时间郁郁寡欢，毫无生机，因我在昆明湖曾经救起过失足落水的师母，他对我另眼相待，我们在一起把酒言欢，畅谈人生，很快成为忘年交。也就是从那时起，我开始偷偷地跟他学习扒鸡手艺。

一年后，不幸的事情发生了，师母生下孩子难产死亡，师父因思念过度，身心憔悴，严重影响了健康，不久也离开了人世。临终前，他把德禽坊宫廷扒鸡配方传给了我，这个由他亲手撰写的方子被我藏在了卧室里的《庖厨图》中。最后他将自己的骨肉托付给了我，并嘱咐我遵照师母的遗愿把孩子培养成一名优秀的厨匠，我含泪答应了他，并发誓保守这个秘密。

寿山哪，爹觉得自己的所作所为对得起你的亲爹颜伟大师，在你身上我尽到了责任。烛花啊，你是个好孩子，是爹的亲骨肉，爹最舍不得的是你，最对不起的也是你。

爹知道你受委屈了，如果有来生，爹一定给你治好病，让你健健康康地活一辈子。

寿山，我的儿，一定要照顾好你姐姐，她是无辜的。

隗自仁绝笔
光绪三十二年秋月

"这是谁写的？谁写的？"

"是爹的亲笔。"

"我不信，你们都在骗我，都在骗我。"烛花情绪失控，险些将信笺撕碎。

隗寿山抢过信笺，大声回应道："姐，你冷静些，不要这样！"

"我才不信你们的鬼话，爹是你杀的，你去死！你给我去死！"烛花披头散发，眼中露出凶光，近乎绝望地嘶吼着。

就在此时，屋门被推开，进来一老一少两位尼姑。

"姨奶，你终于来了。"隗寿山悲喜交加。

但见老尼耄耋之年，慈眉凤目、恬淡清秀，着一件灰色海青，正是甜真师太。年轻的尼姑清秀脱俗，虽然被腰宽袖阔的大袍包裹，仍掩不住婀娜的身姿，这不是绿竹是谁？

"阿弥陀佛，罪过罪过。"甜真师太双手合十。

"你是什么人？"烛花惊诧道。

"这位是甜真师太，是爹师母的亲妹妹，十年前，爹到东北就是去正活庵找姨奶。"

"与我有什么关系,我不认得她。"

"阿弥陀佛,烛花,你来看这是什么?"

说话间,老尼从怀中掏出锦袋,将一枚吊坠取出。掌中的玉花字吊坠,精工镂空的梅花,朵朵白净生动,轻灵剔透。

"这是你娘的随身之物。"

烛花接过吊坠,仔细观看,再将胸前佩戴的吊坠与之比较,这恰是一对精致小巧、莹润绝伦的子母坠。

"娘,娘啊,孩儿命苦啊!"烛花涕泗滂沱。

"知道你为什么叫隗烛花吗?这是你娘怀你的时候就给你起好的名字,因为她看到古书中的'烛夜花'能自酿美酒,她希望你能健康成长,即便将来遇到不幸也能逢凶化吉,自己破解。"

烛花瘫坐在沙发上,无声地抽泣着……

有人说,生活中不能没有希望;还有人说,正是希望使生活丧失了意义。对于烛花而言,希望和失望都已不复存在,生活只是一场支离破碎的噩梦。既然梦醒了,就应该随着七彩的甬道回归母体。

次日大清早,烛花离开了隗家庄,从此杳无音讯。

麟翔街口,隗寿山望着眼前的一老一少,心生百般滋味,人生皆是从年轻到衰老,从懵懂到彻悟的过程,至于对错,即便生命结束也未必拎得清。

"姨妈,孩儿有几句话想单独问问你。"

"你叫我什么?"

"姨妈。"

甜真师太喜极而泣,她一边擦拭泪水,一边对绿竹说道:"阿弥陀佛,绿竹,你且去前面的心佛斋买些枣泥秋叶、苹果细酥,咱们路上吃。"

"是。"绿竹答应着,向店里走去。

"姨妈,我想这杆白银烟袋是颜伟大师传给爹的吧?"隗寿山手持烟袋一脸严肃地问道。

甜真师太点点头:"它是我送给姐夫的。"

"那这烟袋锅上'心生欢喜'是什么意思?"

"可以不回答吗?"东里甜真露出缱绻的情愫。

"姨妈,你的乳名可是叫草果?"

"你怎么知道?"

"我瞎猜的,那你喜欢的国度是不是波斯?"

"你,你是从哪里知道的?"甜真师太大为惊讶。

"我,我也是瞎猜的。"

"你跟我说实话。"

"姨妈,我想跟你说,颜伟大师一直没有忘记你,他撰写的传世配方最后两味配料用的是波斯文'草果当归',你的乳名既然是'草果',那颜伟大师应该是盼着你回到他的身边。"

"这是你认为的,我并不这样看。我只清楚在他的世界里只有老汤、配料和扒鸡手艺,他可以为之生,也可以为之死。"

甜真师太笑中含泪,口诵佛号:"阿弥陀佛。"

"姨妈此去万望珍重,孩儿得空便去看你。"

"阿弥陀佛，善哉善哉。"

望着甜真、绿竹一老一少渐行渐远的背影，隗寿山想起了光福铜观音寺高僧说过的话："这一世所有的相遇，都是上一世的重逢，唯愿这相遇皆为生命中没有遗憾的永恒；心意柔软，身得轻安，心生欢喜。"

1992年，红遍济南大街小巷的趵突泉特酿上市后不久，前身是隗家庄"五虎将扒鸡铺"的"五虎匠扒鸡店"重装开业。口感醇厚丰满、绵甜爽净的地方名酒配上肉烂脱骨、色鲜味美的特色扒鸡，这一组合在济南畅销至今，真可谓"趵突腾空酒为魂，五虎扒鸡香泉城"。

一天，"五虎匠扒鸡店"的经理李恭在给工人们讲述创始人隗寿山的故事。

他感慨道："老一辈的传奇告诉我们，任何一个走在大街上的陶工、瓦工、铁匠、织工、木匠、厨子、扫大街的、烤地瓜的都不能小瞧，因为他们里面有着技艺超群的匠人，身上涌动着凡人所不及的力量。"

工人问道："经理不也是吗？"

李恭答道："希望全天下的手艺人都是！"

二〇二二年七月二十九日

于殊绝斋

附 录
主要人物信息一览表

隗自仁： 人称"仁爷"，隗寿山父亲，隗家扒鸡创始人。

隗寿山： 烛夜坊扒鸡第五代传人，五虎将扒鸡创始人。

隗烛花： 隗寿山姐姐，裁缝，被骗堕入娼门。

颜　伟： 德禽坊扒鸡掌柜，隗自仁的师父。

甜真师太： 东里甜真，颜伟的妻妹，出家正活庵。

郑　龙： 绰号"蜂魔"，龙桑蜂场创始人，隗寿山岳父。

郑彤彤： 郑龙的女儿，隗寿山之妻。

高裕斗： 人称"泉城老饕"，美食家。

阚世季： 文谦旗袍店掌柜。

严怀德： 烛夜坊扒鸡第四代传人，隗寿山扒鸡师父。

虎泉生： 调味匠，绰号"千味之王"，隗寿山鲁菜师父。

云岭道长： 商河百脉观主持，虎泉生收养人。

孙志彬： 皮影匠，人称"独眼匠人"，孙家皮影创始人。

贾凤倩： 孙志彬之妻。

孙灵、孙秀： 孙志彬养女，孙家皮影第二代传人。

叶子坛： 文庙戏班班主，皮影大师，孙志彬的师父。

李义烽： 章丘铁匠，绰号"李疯子"。

铁树法师： 戒香寺主持，曾是一名章丘铁匠。

胡四海： 章丘铁匠，李义烽义弟。

边　琴： 胡四海妻子，后嫁与李义烽。

吴　正： 临城郁香斋扒鸡掌柜。

郭施亮： 长隆居扒鸡掌柜。

康宝辉： 慈禧太后御膳房总管太监。

林志雄： 尚衣监总管太监。

小东子： 光绪帝内御膳房品膳太监。

茄　二： 泼皮破落户，以斗鸡为业。

陆介元： 济南首富，久道商行老板，天地会成员。

郭　泗： 陆介元的表亲，陆府护院，萨乌教教徒。

洛宁特： 英国人，威海卫行政长官。

巴泽尔： 德军军官。

孙贵琦： 山东巡抚。

车一贤： 泉州齐鲁旅店大掌柜。

马桂婵： 车一贤之妻,泉州富豪的千金。

马刺桐： 人称"中国进口香料代理大王",泉州刺桐香料市场凝香坊老板,马桂婵叔叔。

纳　辛： 波斯人,泉州波斯商会会长。

萧　一： 绰号"烤地瓜圣手",萧一烤地瓜摊主。

段芝香： 青岛德润斋烤肠店掌柜。

冯彦天： 烹饪大师。

吕娄鄼： 隗家庄警察所警长。

贺子壮： 隗家庄新任保长,隗烛花丈夫。

汪子华： 德茂商行掌柜,天地会万胜堂管堂。

特别致谢

济南市作家协会；

山东文艺出版社；

山东泛亚宏智文化传播有限公司；

中国电影基金会吴天明青年电影专项基金。

尊敬的冯骥才先生、张炜主席、张冀先生的推荐之举；

中国美术家协会会员、山东省青年美术家协会主席李岩先生，山东省漫画家协会会员、著名插画师李志勇先生，平面设计师仇雨女士，平面设计师张德胜先生，篆刻师万凛先生的辛苦付出；

山东工艺美术学院视觉传达设计学院王刚教授，国家级非物质文化遗产济南皮影戏传承人李兴时先生、李娟女士，国家级非物质文化遗产泰山皮影戏传承人范正安先生、范维国先生，蜂匠叶霖先生的悉心指教；

尊敬的赵传新大哥诚挚的帮助；

父母的关爱与妻女的陪伴；

以及鼓励、帮助过我的读者和知音。

图书在版编目（CIP）数据

五虎匠 / 杨明远著. —济南：山东文艺出版社，2023.5

ISBN 978-7-5329-6889-3

Ⅰ.①五… Ⅱ.①杨… Ⅲ.①长篇小说—中国—当代 Ⅳ.①I247.5

中国版本图书馆CIP数据核字（2023）第072469号

五虎匠

杨明远　著

主管单位	山东出版传媒股份有限公司
出版发行	山东文艺出版社
社　　址	山东省济南市英雄山路189号
邮　　编	250002
网　　址	www.sdwypress.com

读者服务　0531-82098776（总编室）
　　　　　0531-82098775（市场营销部）
电子邮箱　sdwy@sdpress.com.cn

印　　刷	济南万方盛景印刷有限公司
开　　本	890毫米×1240毫米　1/32
印　　张	10.75
字　　数	258千
版　　次	2023年5月第1版
印　　次	2023年5月第1次印刷
书　　号	ISBN 978-7-5329-6889-3
定　　价	59.00元

版权专有，侵权必究。如有图书质量问题，请与出版社联系调换。